U0513504

L'écriture ou la vie

写作或生活

幸存者的失语与言说

[西] 豪尔赫·森普伦 著

赵飒 译

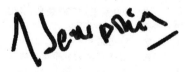

Jorge Semprun

人民文学出版社
PEOPLE'S LITERATURE PUBLISHING HOUSE

著作权合同登记号　图字 01-2024-0767

© Éditions Gallimard, Paris, 1994
Cet ouvrage a bénéficié du soutien du Programme d'aide à la publication de l'Institut français. 本书获得巴黎对外文教局版税资助。

图书在版编目(CIP)数据

写作或生活:幸存者的失语与言说／(西)豪尔赫·森普伦著;赵飒译. --北京:人民文学出版社,2025
　ISBN 978-7-02-018450-7

Ⅰ. ①写… Ⅱ. ①豪… ②赵… Ⅲ. ①回忆录-西班牙-现代 Ⅳ. ①I551.55

中国国家版本馆 CIP 数据核字(2024)第 018149 号

责任编辑　王烨炜
责任印制　宋佳月

出版发行　人民文学出版社
社　　址　北京市朝内大街 166 号
邮政编码　100705

印　　刷　三河市宏盛印务有限公司
经　　销　全国新华书店等

字　　数　213 千字
开　　本　880 毫米×1230 毫米　1/32
印　　张　10.5　插页 2
印　　数　1—5000
版　　次　2025 年 4 月北京第 1 版
印　　次　2025 年 4 月第 1 次印刷

书　　号　978-7-02-018450-7
定　　价　49.00 元

如有印装质量问题,请与本社图书销售中心调换。电话:010-65233595

致塞西莉亚
感谢她奇迹般惊叹的眼神

想要回忆过去，必须拥抱遗忘，拥抱彻底遗忘的风险，以及日后会变成回忆的美丽巧合。

——莫里斯·布朗肖

……我追寻着心灵的关键地带，在那里，至恶与博爱为敌。

——安德烈·马尔罗

目 录

第一部分

1. 目光   003

2. 祈祷文   028

3. 一行空白   065

4. 罗森菲尔德中尉   085

5. 路易斯·阿姆斯特朗的小号   116

第二部分

6. 写作的力量   157

7. 巴枯宁的雨伞   214

第三部分

8. 普里莫·莱维去世之日   243

9. 季节与城堡   274

10. 回到魏玛   297

第一部分

1

目　光

　　他们站在我对面，睁大了眼睛，我忽然在这惊恐的目光中看到了自己：他们的惊骇。

　　两年来，我没有面孔地活着。在布痕瓦尔德，一面镜子也没有。每周一次淋浴时，我能看到自己的身体，它日渐消瘦。这单薄的身体上，没有面孔。有时，我用手轻轻触摸眉弓，高高的颧骨，还有凹陷的面颊。我本来应该可以弄到一面镜子，集中营的黑市里什么都能找到，用面包、烟草、人造黄油来交换。有时用温情也行。

　　然而我对这些细节并不感兴趣。

　　我看着自己的身体，它在每周的淋浴中愈发模糊，变得瘦削，但仍有生气：血液还在流动，没什么好担心的。这具身体虽然变薄但还能用，能承受一种渴望但不太可能的幸存，这就够了。

　　证据就是：我还在这里。

　　他们看着我，目光慌乱，充满恐惧。

　　应该与我的平头无关，不会是它的原因。年轻的新兵、小农等等，他们都毫无恶意地留着平头。这种发型很普通。平头不会引起任何人的不安，它没什么可怕的。那就是我的穿着？它或许有值得惊讶的地方：一件不合身的旧衣服。不过我还穿着软皮的俄式靴子，胸前别着一把德国冲锋枪，这在如今是明显的权威象征。权威不会使人害怕，而是使人安心。是我太瘦了吗？他们肯定见过更瘦的。如果他们今年春天跟随同盟国的军队深入德国，那他们肯定见过更瘦的，其他集中营里的行尸走肉。

我的平头和不合身的旧衣服，这些细节确实可能令他们感到意外和惊讶。然而他们既不意外，也不惊讶。我在他们眼中读到的是惊骇。

总结下来，能让他们如此惊讶的只能是我的目光了。他们惊恐的目光中显示出的是我眼里的恐惧。如果说他们的眼睛是一面镜子，那么我的目光应该是疯狂的，生无可恋的。

他们不久前刚刚从车上下来。在阳光下走了几步，活动一下麻木的腿。这时他们发现了我，走了过来。

三位军官，身着英军制服。

第四位军人，也就是司机，留在车旁，那是一辆巨大的灰色奔驰，仍然挂着德国车牌。

他们朝我走过来。

其中两人三十岁左右，金色头发，偏红一些。第三个人比较年轻，棕色头发，在明显的位置佩戴了一枚洛林十字章，上面写着"法国"一词。

我想起了自己最后一次看到的法国士兵，那是在 1940 年 6 月。应该是正规军。我后来再看到的非正规军——也就是游击队员——人数众多。算是相对来说比较多吧，多到足以让我记住他们。

比如在位于莱涅和拉莱之间的"塔布（Tabou）①"勃艮第游击队基地。

不过，我最后一次见到法国正规军士兵，是在 1940 年 6 月，在勒东街头。他们狼狈不堪，撤退时一片混乱，既可怜又羞愧难当，因溃败而灰头土脸，萎靡不振。然而，五年后的这一天，在四月的阳光下，这位法国士兵脸上并无委顿之色。他把"法国"佩戴在心脏的位置和军人夹克衫的左兜上。胜利的姿态，至少是欢快的姿态。

他应该与我年龄相仿，可能比我大几岁。我或许能理解他。

"怎么了？"我问道，有些生气，甚至有些粗暴，"是森林的寂静让你们吃惊成这样吗？"

他扭头看向周围的树木。其他人也是，并且竖起了耳朵。不，不是寂静。他们什么也没注意到，没听到寂静的声音。显然，吓到他们的是我，不会是别的。

"没有鸟了，"我说道，还停留在自己的思路里，"据说是焚尸炉的烟把鸟熏跑了。这片森林里再没出现过鸟……"

他们用心听着，试图理解我的意思。

"是烧焦的肉的气味，一定是的！"

他们吓了一跳，相互看着彼此，不安之情几乎跃然显现出来，

---

① "Tabou"一词还有禁忌、避讳之意。——译注（如无特殊说明，本书注释均为译注。）

像是打了一个嗝，又像犯了一阵恶心。

"奇怪的气味。"莱昂·布鲁姆[1]写道。

布鲁姆于 1943 年 4 月与乔治·曼德尔[2]一同被押送到集中营，并在布痕瓦尔德生活了两年时间。不过，他被关的地方在真正的集中营围墙之外：在通电的铁丝网屏障另一侧，党卫军军官居住区的一栋别墅里。他从不出来，也只有卫兵进去。有那么两三次，他被送到牙医那里，但也是开着车，行驶在山毛榉林间的废弃道路上，而且是在夜间。他在回忆录中提到，党卫军肩上挎着冲锋枪，手里牵着狗，不停地在铁丝栅栏和别墅之间狭窄的巡查道上走来走去。"就像是面无表情、沉默不语的影子。"莱昂·布鲁姆写道。

正是这种严格看管造成了他的一无所知。莱昂·布鲁姆甚至不知自己身在何处，被关押在德国的哪片区域。他在布痕瓦尔德党卫军营房区的一栋别墅里生活了两年，完全不知道集中营的存在，虽然两者如此之近。

"我们无意中发现的第一个线索，"他回国后写道，"是经常在晚上从打开的窗户飘进来的一股奇怪的气味。如果风一直朝着相同的方向吹，我们一整夜都会被这股气味搅得心神不宁：那是焚

---

① 莱昂·布鲁姆（Léon Blum，1872—1950），法国左派政治家、作家，曾三任法国总理。

② 乔治·曼德尔（Georges Mandel，1885—1944），两次世界大战之间的法国政客，温和派，对 1940 年的停战协议持反对态度。被捕后，他先是被押送至布痕瓦尔德，随后又送回法国。保安队于 1944 年 7 月 7 日在枫丹白露森林中将其处决，作为对宣传部长菲利普·昂里奥遇刺的报复。

尸炉的气味。"

可以想见那些夜晚莱昂·布鲁姆的样子。很可能是在春天：窗户开着，迎接春天的温和与大自然的气息。那是乡愁的时刻，心潮澎湃的时刻，同时沉浸在大地回春时那种令人焦躁不安的未知当中。忽然，随风飘来那奇怪的气味。一种有些发腻、讨好的气味，还带着呛人的臭，确切地说是令人恶心的臭。这种奇特的气味后来被证实是焚尸炉的气味。

一种实际上难以摆脱的奇怪的气味。

直到今天，只消闭上眼；无需努力，相反，只消那充满闲言碎语和微小幸福的回忆稍一松懈，这味道便会再度出现。只消将注意力从生活琐事闪烁着的晦暗之中移走；从自身上，从那定居在你身上并固执而迟钝地包围着你的存在中移走：那是一种隐约想要继续生存下去，延续这种固执的欲望，无论出于何种理性或非理性的原因。只消把注意力真正从自身、他人、世界身上移开一瞬：那是无欲望的一瞬，生活之内安宁的一瞬，在那一瞬，这件陈年旧事的真相得以呈现，那奇怪的气味继续飘荡在艾特斯伯格山①上——那是我至今仍时常回访的异乡故土。

只消一瞬，任何一瞬，偶然的、令人措手不及的、出乎意料的、直截了当的一瞬。或者，正相反，只消一个深思熟虑的决定。

那奇怪的气味就会立刻出现在记忆的现实里。我从那里重生，又因在那里重生而死亡。我像一张透气的网，向这死亡港湾里令

---

① 德国魏玛附近的一座山丘。

人头晕目眩的淤泥气味敞开自己。

在这三位军官出现之前,我其实很想大笑。很想在阳光下跳跃,发出动物的叫声——比如白尾海雕。白尾海雕怎么叫来着? ——并在山毛榉林里从一棵树向另一棵树不停奔跑。

总之,活着对我还是有好处的。

前一天,临近中午时,响起了一阵警报。警报,有敌人,警报,有敌人! [①]一个嘶哑而充满恐惧的声音在连成一片的喇叭里喊道。这个信号,我们已经等了好几天。随着巴顿将军先头装甲部队的迫近,集中营的生活已瘫痪数日。

黎明时,已经没有人再出发去外围指挥部了。4月3日,对集中营犯人进行最后一次总点名。再也没有劳动,除了内部维修部门。布痕瓦尔德集中营内,是一种沉闷的等待。党卫军指挥部加强戒备,哨所的警卫人数增加了一倍。电网外面,巡查道上的巡逻越来越频繁。

就这样等了一个礼拜。战斗的声音越来越近。

柏林已经下令撤离集中营,但命令只得到了部分执行。国际地下委员会立刻组织了一场消极抵抗。犯人们拒绝参加集合出发的点名,于是,党卫军分遣队被派到集中营深处,他们虽然全副武装,却被布痕瓦尔德的漫无边际吓得战战兢兢。令他们惊恐的还有数万名身体仍然健康的犯人,坚定且难以抓捕的犯人。党卫军不时

---

① 原文为德语。

胡乱地扫射一番，意图强迫犯人去点名操场上集合。

可是，你怎能吓住一群因绝望而坚定，已经跨过鬼门关的人呢？

布痕瓦尔德集中营的五万名犯人里，党卫军只成功撤离了不到一半：最虚弱、年龄最大和最没有组织的那部分人。还有那些全体希望走上撤离之路碰运气，等待一场胜负不明之战的人，比如波兰人。或许等待他们的很可能是一场最后时刻的大屠杀。人们都知道，配备了火焰喷射器的党卫军部队已经抵达布痕瓦尔德。

我不会讲述我们的生活，我没有这个时间。至少没有时间讲述细节，那也正是叙事的趣味所在。因为那三位穿着英国军装的军官就在那里，站在我面前，瞪大了眼睛。

我不知道他们在等什么，但他们是打定主意要等下去。

4月11日，也就是前一天，简单来说，正午到来前，警报声响起，一声声短促地咆哮着，重复个没完没了。

警报，有敌人，警报，有敌人！①

敌人就在门口：那就是自由。

战斗小队在事先确定的地点集合。下午三点，地下军事委员会下达行动命令。几个朋友突然出现，手里拿着武器。有自动步枪、冲锋枪、几枚手榴弹、帕拉贝仑手枪、反坦克火箭筒（德文 *panzerfaust*）。有些武器都是从党卫军军营里偷来的，特别是在1944年8月空中轰炸造成的混乱期间；有些是卫兵丢弃在隆冬时

---

① 原文为德语。

节从奥斯维辛拉来犹太幸存者的火车上的；还有些是从古斯特洛夫工厂出来的零件，随后在集中营的地下车间里组装成武器。

这些武器数年来被耐心地搜集到一起，只为了这不太可能发生的一天：就是今天。

西班牙人的突击队聚集在40号监区（也就是我的监区）一层的一翼。在该监区和法国人的34号监区之间的通道里，帕拉松出现了，身后的人拿着武器跟着他跑。

"各小组，列队！ ①"帕拉松喊道，他是西班牙人的军事负责人。

我们大叫着从打开的窗户跳出去。

每个人都知道自己该用什么武器，该走哪条路，该实现什么目标。在那些星期日的下午，我们手无寸铁，混在惊恐的人群中，饥肠辘辘，晕头转向时，便已重复过这些动作，走过这条路线：猛冲已经成了一种生理反射。

下午三点半，控制塔和哨所已经被占领了。汉斯·艾登，布痕瓦尔德集中营里资格最老的犯人之一，通过集中营的喇叭向犯人发话。

不久后，我们带着武器，朝着魏玛行进。夜幕降临，巴顿将军的装甲车半路追上了我们。他们的士兵起初惊讶至极，在听到了我们的解释后大喜。他们发现了我们这些武装团体，这些衣衫褴褛的奇怪士兵。我们在艾特斯伯格山，用老欧洲所有的语言表达了感激。

---

① 原文为西班牙语。

我们当中没有一个人——从来没有——敢做这样的梦。任何精力尚足以做梦和冒险想象未来的人都不敢。雪天点名时,我们几千人站成一条条直线,目睹一个犯人被执行绞刑,那时,我们中没有一个人敢把这个梦做到底:某个夜晚,身背武器,走向魏玛。

生存,只是生存,即便穷困、衰弱、萎靡地生存,也已经是一个有些疯狂的梦。

没有人敢做这样的梦,确实如此。可忽然之间,就像梦一样,它变成了现实。

我大笑着,能活下来这件事让我大笑不止。

春天,阳光,同伴,那一晚一位年轻的美国新墨西哥州士兵给我的"骆驼"香烟,他用西班牙语低声唱着歌,这一切都让我想笑。

或许我不该笑。或许以我现在表现出的精神状态,笑起来有失体面。从身着英国军装的军官们的目光来看,我应该处于一种不笑的状态。

当然,也不该引人发笑。

他们站在离我几步远的地方,一言不发。他们尽可能避免看我。他们中有一个人嘴唇发干,很明显。第二个人眼皮在抽搐,很紧张。至于那个法国人,他在军人夹克衫的一只口袋里找着什么东西,这样他就可以借此别过头去。

我还在笑,不体面也没办法了。

"焚尸炉昨天停止工作了,"我告诉他们,"这一带再也没有烟了,鸟可能会回来!"

他们一脸怪相，稍微有些反胃。

然而他们无法真正理解。他们也许抓住了词语的含义。烟：大家都知道这是什么，或者以为自己知道。在所有人类记忆中，有些烟囱会冒烟。比如有时农村家庭的烟囱里冒的烟：炊烟。

而这里的烟，他们不熟悉。他们永远也不会真正熟悉。这一天的他们不熟悉，此后的其他人也不熟悉。他们永远不会熟悉，也无法想象，无论他们出于怎样的善意。

烟一直在，或呈丝缕状，或呈漩涡形，在布痕瓦尔德焚尸炉低矮的烟囱口上，在劳动处办公棚（劳动统计办公室）的四周。我最近一年曾在那里工作。

我只要稍微偏一下头，不用离开我在中心文件库的工位，从一扇面对森林的窗户向外看就够了。焚尸炉就在那里，体量巨大，四周围着高高的栅栏，炉顶环绕着烟雾。

或者火焰，夜里的时候。

盟军的空军中队向德国心脏前进，准备发起夜间轰炸时，党卫军指挥部会要求熄灭焚尸炉。高出烟囱的火焰对英美飞行员来说是绝佳的参照点。

Krematorium, ausmachen！一个短促而急躁的声音在喇叭里喊道。

"焚尸炉，熄火！"

我们正睡着，在控制塔执勤的党卫军军官低沉的声音吵醒了我们。或者说：这声音起初是我们睡眠的一部分，在我们的梦中回响，随后将我们唤醒。在布痕瓦尔德，在那些短暂的夜晚，我们的身体和心灵都急切地想要恢复活力（隐隐带着一种经久不消的肉体的希望，一种天一亮便会被理智否定的希望），而这两个词——焚尸炉，熄火！——长久地在我们的梦中大声回响，将我们即刻拉回死亡的现实。我们将生活从梦境中拉了出来。

后来，当我们从这种失神中恢复后，再听到它们——不一定是在睡梦中：在某种白日的遐想中或者某个慌乱的时刻（即便是在一场愉快的谈话中）也可以——这两个德语词——听到的总是这两个词，只有这两个词：焚尸炉，熄火！①——总能将我们拉回现实。

于是，从布痕瓦尔德回来后，惊醒或者回过神的时候，我们会怀疑生活只是一场梦，有时是好梦。而这两个词会突然将我们从这梦中唤醒，利用它的从容将我们置于一种奇怪的恐慌之中。因为令我们恐慌的并不是突然忆起的死亡的现实，而是生活之梦，即便这梦是安宁的，充满小幸福的；令我们恐慌的是活着这一事实，即便是在梦中。

"从烟囱中出去，化作烟离开。"这是布痕瓦尔德混合语②中很常见的一句话。在所有集中营的混合语中，这样的说法并不鲜见。人们使用各种方式、各种语气来表达它，甚至包括讽刺的语气。起码在我们之间是这样。党卫军和平民工头（*Meister*）总是用一种威胁或者灾难预言的语气说这句话。

这三位军官无法理解，或者说无法真正理解。必须给他们描述烟的样子：有时很浓密，在各种各样的天色下始终黑如烟炱；

---

① 原文为德语。

② 指用不同语言的群体之间接触一段时间后形成的一种混合语言。

有时又是轻薄的灰色，几乎如同蒸气一般，随风飘荡，拂过集合在一起的活人，像是一种预兆，又像是一种告别。

在天空这片巨大的裹尸布中升腾起的烟，是同伴们的肉体和灵魂最后经过的踪迹。

好几个小时、好几个季节乃至永恒的叙述，才能勉强把它解释清楚。

当然会有幸存者。我就是。我以一个能帮上忙的幸存者的身份，恰巧出现在这三位执行盟军任务的军官面前，为他们讲述焚尸炉的烟，艾特斯伯格山上焦尸的味道，雪中的点名，危险而繁重的劳动，生命的枯竭，永不枯竭的希望，畜生般的野蛮，人类的伟大，同伴们目光中质朴的友爱和惶恐。

然而，这一切现在能讲述吗？将来又能讲述吗？

我从一开始便产生了怀疑。

1945 年 4 月 12 日，布痕瓦尔德解放后的第二天。总的来说，历史仍然是新鲜的，无须特别努力回忆，无须搜集值得信赖并经过证实的资料。死亡仍在发生，就在我们眼前，一看便知。仍然有大批的人死去，比如小集中营①里忍饥挨饿的人，还有奥斯维辛集中营里幸免于难的犹太人。

顺其自然就可以了。现实就在那里，触手可及。语言也是。

然而，我对是否可以讲述产生了怀疑，并非因为这段经历无

---

① 布痕瓦尔德集中营的一部分。运送到布痕瓦尔德的犯人抵达后先要在小集中营里隔离数周，随后再汇入其他营地。

法言说。这段经历的艰难完全是另一回事，这一点很好理解。这"另一回事"与叙述的形式无关，而与它的本质有关；与它的陈述无关，而与它的密度有关。只有那些懂得将自己的见证变成一件艺术品或者一个创作（或者再创作）空间的人才能抵达这本质，这透明的密度。只有精准把握叙事技巧才能成功传达出一部分见证的事实。不过这一点并没有什么特别：历史上所有伟大的经历都是如此。

一切终归还是可以言说的，那种已经让我们感到厌烦的无法表达之说只是一种托词，或者说一种懒惰的表现。一切都可以言说，语言能容纳一切。我们可以言说最疯狂的爱，以及最可怕的残暴；我们可以说出恶的名字，它罂粟般的味道，还有它带毒的幸福；我们可以言说上帝，而且这话分量十足；我们可以言说玫瑰与露水，某段早间时分；我们可以言说温柔，还有善意——这片守护我们的海洋；我们可以言说未来，诗人闭着双眼在那里尽情冒险，妙语连珠。

我们可以完整地讲述这段经历。只需想起它，置身于其中，或许只需足够的时间和勇气，来进行一场无限的、很可能无尽的叙述（当然还是有结局的），而启发叙述的正是这种能无止境地讲述下去的可能性。代价便是陷入重复和老调重弹，是无法走出来，延续死亡，还可能在叙述的反复堆叠中不断地重新体验死亡，沦为这种死亡的语言，以致命的、自我伤害的方式生活。

然而，我们现在能听到一切，想象一切吗？将来能吗？我们有必要的耐心、热情、同情和怨恨吗？我从一开始，从我初次见到故人、外面的人（来自生活的人）那一刻起，从我看到三位军官惊恐到近乎敌视，至少是狐疑的眼神时起，便产生了怀疑。

他们一言不发；他们的目光躲避着我。

两年以来，我第一次在他们恐惧的目光中看到了自己。这三个家伙毁了我这第一个上午的好兴致。我以为自己活着出来了，至少是回归了生活。做到这一点并不那么容易。如果猜想一下他们的目光反射出我自己的目光是什么样子，我感觉自己似乎离死亡还不算太远。

我忽然有了一个想法（如果这一口振奋精神的热气，这股涌动的血流，这种对人体知识的合理自豪感可以称为想法的话），总之是一种突如其来的强烈感觉，感觉自己没有逃脱死亡，但是穿越了死亡；或者说感觉自己被死亡穿越了；感觉在某种程度上经历了死亡；感觉从死亡归来，就如同从一场改变了你（或者你的样貌）的旅行归来。

我忽然明白，这几位军人完全有理由感到惊恐并回避我的目光。因为我并没有真正幸免于死亡，我没能避开死亡。我没能逃脱死亡。倒不如说我从头到尾经历了一遍死亡。我走遍了死亡之路，在那里迷失，又重新找到自己，那是一片流淌着缺席的广袤地带。简而言之，我是一个起死回生之人。

起死回生之人总是让他人感到害怕。

死亡，它曾如同命运难以预料的制动器一般，将我引向它难以描述的确定性；而此时它已不在视线之内，已不在面前。意识到这一点时，我忽然感到惊讶，甚至激动起来。死亡已经留在了我的过去，被磨秃，只剩下残渣；它那曾吹在我项背上的气息日渐衰弱，离我越来越远。

一想到从这个神奇的四月天开始，变老这件事从此不会让我离死亡越来越近，反而让我远离它，我就有些激动。

也许我并不是简单地幸免于死亡，而是从死亡中复活：也许我从此以后就是不死之身。至少是处在无限缓刑期，就好像我从冥河的一侧游到了对岸。

这种感觉在我回归生活的那个夏天，没有从我回归生活的各种仪式和惯例中消失。我不但确信自己还活着，而且认定自己是不死之身。反正不会受到伤害。我已经历过一切，我身上不再会有意外发生，发生的只有生活，而这是为了能让我对它大快朵颐。我就是带着这样一种确信走过了之后在西班牙从事地下工作的十年。

在那段时间里，每天早上，在投入到会议和会面这种日常冒险中之前——这些活动有时在数周前便已规划好，而由于冒失或者告密，佛朗哥的警察可能早已掌握这些活动的情况——我都会为可能发生的被捕做一番精神准备。也可能遭受酷刑。每天早上，我都会在完成这场精神训练后耸一耸肩膀：我身上不会再发生任何事情。我已经付出了代价，花光了我身上死亡的那一部分。我刀枪不入，暂时是不死之身。

我会在死亡到来时，也就是在这部作品注定的杂乱无章允许（不如说是要求）时，讲述死亡在何时、为何以及如何不再停留于过去，走出我那越来越遥远的过去，还有它何时、为何以及在哪个事件发生时重新出现在我的未来中，这不可避免又阴险狡诈的死亡。

然而，对穿越死亡的确信有时也会消失，展现出它有毒的反面。这场穿越于是成了唯一可以想象的现实，唯一真实的经历。从此以后，剩下的一切都只是个梦，顶多也就是一场无关紧要的节外生枝，即便是令人愉悦的枝节。尽管那些日常的行为举止和它们工具般的效力，尽管表达感觉令我得以从不同视角和各种工具以及他人面孔的迷宫里找到方向，我还是有种难以承受的清晰的感觉，感觉仿佛我只是生活在梦中。我本人就只是个梦。死在布痕瓦尔德之前，化作艾特斯伯格山上的一缕青烟之前，我应该就做过这样一个关于未来生活的梦，在梦里，我假装自己是真实的肉身。

然而我还没有走到那一步。

我仍然身处三位穿着英军制服的军官惊恐的目光中。

近两年来，我周围总是充满了友爱的目光——至少在有目光的时候：毕竟大部分集中营里的犯人都目中无光。他们眼中的光是熄灭的，是模糊的，他们被死亡的强光致盲。他们中的大部分人只是在随波逐流，借着那颗死星，也就是他们的眼睛发出的微弱的光。

他们拖着自动木偶般局促的步子走来走去，谨慎地分配着力气，数着步子。一天中有几个需要像军人般踏步的时刻除外，比如每天早晚在点名操场上的党卫军检阅，还有工作队出发和回来的时候。他们行走时半睁着眼，这样便可以不被外界突然出现的闪光伤到眼睛，也可以让他们微弱的生命之火免受刺骨寒流的伤害。

然而，这幸存下来的目光是友爱的。在目睹了那么多死亡后幸存下来，在经历了如此多舛的命运后幸存下来。

　　每周日，我都要去小集中营里的56号监区。这块营中营相当于被两重围墙圈了起来，供新来者隔离。这里——特别是56号监区——关押的是老弱病残和所有尚未进入布痕瓦尔德生产体系的犯人。

　　周日下午，1944年秋天的每个周日下午，我都要在午间点名和周日面条例汤之后来到这里。我会向尼古拉打个招呼，他是我的俄国朋友，一个年轻的粗人。我会和他聊上几句。有必要跟他处好关系，更确切地说是要让他和我处好关系。他是内务组长^①，负责56号监区的后勤工作。他也是野蛮的俄国小青年团伙的头头之一，这些团伙控制着小集中营里的地下交易和权力分配。

　　尼古拉跟我处得不错。他会陪我一直走到哈布瓦赫^②和马伯乐^③的病榻旁边。

　　一周又一周，我见证了死亡的黑光在他们眼中浮起、闪耀。我们像分享一块面包一样分享着这种确定性。我们像分享一块面包一样分享着这不断前进的死亡，这令他们的目光黯淡下去的死亡：这是一种友爱的表现。像分享剩余的生命一样。死亡，它是一块

---

　　① 原文为德语。

　　② 莫里斯·哈布瓦赫（Maurice Halbwachs，1877—1945），法国社会学家，曾任索邦大学和法兰西学院教授，是集体记忆理论的最早提出者。

　　③ 马伯乐，即亨利·马伯乐（Henri Maspero，1883—1945），法国著名汉学家，师从汉学名家沙畹，一生著述甚丰，涉及领域极广，汉学主要代表作有《古代中国》等。二战期间，他儿子让·马伯乐参加游击队反抗纳粹德国法西斯侵略者。由于马伯乐有犹太血统，他在1944年被纳粹逮捕，监禁在布痕瓦尔德集中营。

面包，一种友爱。它与我们所有人息息相关，是我们彼此之间关系的主要体现。我们刚刚好只是这不断前进的死亡，不多什么——也不少什么。我们之间唯一的不同，是将我们彼此分开的时间，是还没走完的距离。

我将手放在莫里斯·哈布瓦赫骨棱凸起的肩头，希望自己的力道还算轻。他的骨头极脆，处在随时裂开的边缘。我和他谈起他当年在索邦大学教授的课程。在别处，在外面，在另一种生活里：在活着的生命里。我谈起了他关于夸富宴①的课。他微笑着，有气无力，目光停在我身上，友爱的目光。我和他谈起他的书，一谈就是好久。

最初的几个周日，莫里斯·哈布瓦赫还能说话。他关心着战事的进展和关于战争的消息。他问我——出于一种教授特有的对教学的尽心，毕竟我曾是他在索邦的学生——是否已经选定了一条路，找到了我的职业志向。我回答说，我对历史感兴趣。他点了点头：也可以。或许正是出于这一原因，哈布瓦赫开始跟我谈起马克·布洛赫②，谈起第一次世界大战后他们在斯特拉斯堡大学的相遇。

然而，他很快就再也没有力气说话了。他只能听我说，并且连这都要付出超出常人的努力。而这也正是人类的特性。

他听我讲述秋末的样子，讲述军事行动方面的好消息，帮他

---

① 原始社会中一种分散财物的仪式，是权力和财富的象征。

② 马克·布洛赫 (Marc Bloch, 1886—1944)，法国著名历史学家，年鉴派创始人，二战中法国遭纳粹德国占领期间，布洛赫因投身法国抵抗运动及其犹太人血统，被特务组织盖世太保逮捕和处决。

回忆他著作里的内容和他讲过的课。

他微笑着，有气无力，目光停在我身上，友爱的目光。

最后一个周日，莫里斯·哈布瓦赫甚至连倾听的力气也没有了。只剩下勉强睁开眼睛的力气。

尼古拉陪我走近哈布瓦赫的病榻，就在亨利·马伯乐旁边。

"你这位教授先生今天就要从烟囱里离开了。"他小声说道。

这一天，尼古拉的心情格外好。就在我刚一走进 56 号监区，即将被淹没在棚屋中令人无法呼吸的恶臭中时，他拦住了我，面带喜色。

我明白了，他的事情很顺利。他应该是刚大赚了一笔。

"看到我的大盖帽没？"尼古拉对我说道。

他把帽子摘下来，递到我面前，我想不看都不行。一顶苏军的军帽。

尼古拉以一种温柔的动作用手指摩挲着这顶漂亮的军帽的蓝色镶边。

"看到了吗？"他又问了一遍。

看到了，然后呢？

"一顶 NKVD 的帽子！"他得意扬扬地喊道，"真货！我今天搞到的！"

我点了点头，但并不是太理解。

我知道"搞"在集中营混合语中的意思。相当于偷，或者通过某种手段——比如以物换物或者敲诈——从黑市上得到某个东西。我当然也知道 NKVD 是什么。首先，它最初名为"契卡"，随后变成"格别乌"，现在叫作 NKVD，即内务人民委员部。另外，差不多也就是在这个时期，人民委员部也已经消失了，变成了简单的"部"。

我知道 NKVD 基本上就是警察，但我不理解尼古拉为什么认为戴上警察的帽子很重要。

不过他立刻就向我提供了一种解释。

"这样一来，"他大声说道，"大家就能立刻明白我是工头啦！"

我看了看他，他又把帽子戴了回去。他表现出一种高傲的态度，也许是一种军人气派。确实能看出来，他是个工头。

尼古拉说的是 *Meister*。这个俄国青年能够流利甚至滔滔不绝地说上一口粗俗但很有表现力的德语。如果他想不起来某个词怎么说，就会临场发挥，用他掌握的日耳曼语前缀和动词形式造出一个新词来。自从认识了他，只要我周日去看望莫里斯·哈布瓦赫，都和他用德语交流。

但是，*Meister* 这个词让我不寒而栗。大家管那些德国平民工头叫 *Meister*，这些小头目有时比党卫军还要冷酷无情，至少比国防军那帮家伙更严苛。他们用咒骂和棍棒管理着布痕瓦尔德工厂里犯人们所从事的苦工。*Meister* 意为工长，奴隶劳动力的头目。

我对尼古拉说，我不喜欢 *Meister* 这个词。

他狂笑，同时吐出一句暗示和我母亲上床的俄语脏话。不得不说，这是俄语脏话中一种常见的暗示。

随后，他拍了拍我的肩膀，态度高傲。

"你是想让我用 *Führer* 代替 *Meister* 吗？所有用来说'头目'

的德语词都不好听。"

他是用 *Kapo* 来说"头目"的："所有用来说'*Kapo*'的德语词都不好听。"

他还在笑。

"至于俄语嘛，你觉得俄语里用来说'*Kapo*'的词会好笑吗？"

我摇了摇头。我又不懂俄语。

他突然不笑了。一抹奇怪的担忧令他的目光黯淡了一下，但很快就消失了。

他又把手放在了我肩上。

我第一次见到尼古拉时，他对我还没那么亲切。他那时还没有蓝边的 NKVD 军帽，但已然是个小头目的样子。

他向我冲过来。

"你来这儿找什么？"

他当时驻扎在 56 号监区的通道中间，在一排排高高的床架子之间，禁止别人进入他的领地。我在半明半暗间看到他那双马靴的皮革油光锃亮，因为那时他还没有蓝边的军帽，但已经有了一双马靴和一条马裤，上身是一件剪裁考究的军装。

总的来说，是一个完美的小头目。

必须马上教训他一下，否则我就翻不了身了。在集中营里度过的几个月教会了我这一点。

"你呢？"我对他说道，"你想找碴儿吗？你知不知道我从哪来的？"

他犹豫了片刻，仔细地打量我的穿着。我身上是一件蓝色的厚呢大衣，九成新。灰色呢绒裤子和鞋况极佳的皮靴。这当然会让他有些含糊，至少能让他好好思考一下再行动。

但是他的目光不断落回我胸前缝在一块红色三角布上的号码和上面的字母"S"。

这表明我国籍的标记——"S"代表 Spanier，即西班牙人——倒是似乎没有引起他的关注。是因为他曾经在布痕瓦尔德的特权阶级中，在集中营的权力圈子里见过西班牙人吗？不，我胸前这个"S"最终让他笑了起来。

"找碴儿？跟你？"他带着一种自命不凡的口气问道。

我冲他喊话的时候，把他当成一个 Arschloch，也就是王八蛋，并命令他把他们监区的负责人找来。我在劳动统计办公室工作，我对他说。你是不是想上输送名单？

我看到自己这样对他说话，听到自己向他喊出这一切时，觉得自己十分荒唐，甚至很可恶，因为我竟然用送走他来威胁他。但这里的游戏规则就是这样，布痕瓦尔德的这条规则又不是我定的。

总而言之，劳动统计办公室的暗示起了奇效。那是集中营里负责将劳动力分配到不同工作队的办公室，还负责组织把人员运送到其他集中营去，通常是比布痕瓦尔德条件还要恶劣的集中营。尼古拉猜我应该是真的在那里工作，没有吹牛。他的语气马上就软了下来。

从那一天起，他就开始对我友好以待了。

"相信我，"他用一种干脆又生硬的语气说道，"如果你想摆出俄国卡波①的气势，最好还是戴上一顶 NKVD 的帽子！"

我并没有完全听明白他想表达的意思，而我听懂的部分又令我感到困惑。但我没有提出任何问题。显然，他也不打算再说下去。他转过身，陪我走到莫里斯·哈布瓦赫的床边。

"你这位教授先生今天就要从烟囱里离开了。②"他小声说道。

我拉着哈布瓦赫的手，他连睁开眼睛的力气也没有了。我只能感觉到他手指轻按来回应我：一条几乎无法察觉的信息。

莫里斯·哈布瓦赫教授最终迎来了人类抵抗的极限。他的皮囊慢慢干瘪下去，来到了痢疾的最终阶段，这个令他浑身恶臭的阶段。

过了一会儿，就在我随便跟他说着什么，只想让他听到朋友讲话的声音时，他忽然睁开了眼睛。从他的眼中，可以清楚地看到肮脏的绝望，以及对衰弱的身体的羞耻感。但是也有一丝尊严和人性，那虽被战胜却未损坏的人性。他眼中那不灭的微光审视着死亡的迫近，懂得如何看待死亡，思考死亡，面对面地衡量死亡带来的风险和得失，以一种自由的姿态，一种居高临下的姿态。

我忽然陷入恐慌，不知自己能否祈求上帝来陪伴莫里斯·哈布瓦赫，只知道必须要祈祷，而此时我又喉咙发紧，于是便尝试控制自己的声音，让它清亮起来，并大声朗诵起波德莱尔的诗。这是我当时唯一能想到的东西。

---

① 即德语中的 Kapo，在集中营里被任命为管理者的犹太囚犯。
② 原文为德语。

死亡，老船长，时候到了，拔锚！①

哈布瓦赫的目光不再那么模糊，似乎还有些惊异。

我继续朗诵。当我背到"……人的心灵，你知道的，燃着暗光"时，莫里斯·哈布瓦赫的双唇稍稍地颤抖了一下。

他微笑着，有气无力，目光停在我身上，友爱的目光。

党卫军的目光，或许也有。

只是无法轻易捕捉到他们的目光。他们离得很远：成群结队，在上面，在外面。我和他们的目光无法相遇。他们来来往往，行色匆匆又趾高气扬，仿佛超脱到了布痕瓦尔德上面苍白的天空中，那里飘荡着焚尸炉里冒出的烟。

不过，有时候，我也能看到施瓦茨中队长的目光。

首先要保持立正姿势，脱帽，细心地把鞋跟磕得当当响，要透亮清脆，还要声音洪亮地——甚至可以说是吼叫着——念出自己的号码。目光空洞，效果更好；看向弥漫着焚尸炉冒出的烟的天空，效果也更好。然后，带着一点点胆量和狡黠，可以试着看向对面的中队长。就在我捕捉到他目光的短暂一瞬里，施瓦茨的眼中只有仇恨。

这仇恨确实不算锋利，其中还夹杂着一种肉眼可见的不安。施瓦茨的目光与处在其他情形下的尼古拉很像，理由也有相似之处。施瓦茨的目光停在了表明我国籍的字母S上。他应该也在思考，一

---

① 摘自波德莱尔诗作《死亡》，程抱一译。

个西班牙共产党人是如何爬进布痕瓦尔德内部管理体系最高等级里的。

但是，施瓦茨中队长的仇恨是令人安心的，是暖心的，尽管承载着这仇恨的目光看上去很迷茫。这便是活下去的理由，甚至是努力幸存下去的理由。

而矛盾的是，至少乍一看来，我的目光（如果还有目光的话），尽管看上去很友好——也确实很友好——映照出的是死亡。死亡是我们友情的养分，是我们命运的钥匙，是归属于生者的标志。我们共同品尝着这种死亡的体验，这种同情。我们的存在便是如此定义：与他人同处在不断前进的死亡里。或者说，那是一种在我们身上不断成熟的死亡，一种不断侵袭我们的死亡，它如同一个闪闪发光的恶灵，一道尖锐的亮光，吞噬我们。我们这些将死之人出于对自由的向往，选择了这种死亡的友情。

这是奄奄一息的莫里斯·哈布瓦赫的目光教会我的东西。

相反，党卫军军官的目光，那承载着不安的致命仇恨的目光，映照出的却是生命。是对坚持和幸存的疯狂渴望：从他手中幸存下来。是成功做到这一点的热望。

可是，今天，在四月的这一天，在欧洲经历寒冬后，在腥风血雨结束后，三位穿着英军制服的军官，他们那惊恐而慌乱的目光，映照出的又是什么呢？

是哪一种恐惧？是哪一般疯狂？

2

祈祷文 ①

一个声音忽然在我们身后响起。

一个声音？倒不如说是非人的呻吟。受伤动物发出的含混哀鸣。令人不寒而栗的葬歌。

我们正要从木板屋走出去呼吸自由的空气，一下停在了屋门口。阿尔贝和我一动不动，愣在了室内散发着恶臭的昏暗和外面四月阳光的分界线上。我们的面前是点缀着零星云朵的蓝色天空。附近是以绿色为主色调的树林，就在小集中营里木板屋和帐篷的另一侧。远处是图林根山脉。总体来说，这片风景永恒不变，歌德和爱克曼 ② 想必都曾在艾特斯伯格散步时驻足欣赏过它。

可那是人发出的声音。一种从喉头发出的不太真实的低吟。

我们一动不动，阿尔贝和我，被这声音攫住。

---

① Kaddish，特指犹太教徒在埋葬死者时歌颂圣名的犹太祈祷文。
② 爱克曼，即约翰·彼得·爱克曼（Johann Peter Eckermann，1792—1854），德国作家，歌德的知己，曾生活在魏玛，在其作品《歌德谈话录》中对歌德的晚年生活进行了珍贵的记录。

阿尔贝是匈牙利犹太人，身材矮胖又结实，总是一副乐观的样子，至少是积极的样子。这一天，我陪他完成最后一次检查。最近两天，我们一直在搜寻并集中波兰奥斯维辛集中营的犹太幸存者，特别是儿童和青少年，我们把他们集合在党卫军营地的一栋建筑里面。

阿尔贝是此次营救行动的负责人。

我们又回到那片恶心至极的昏暗之中，浑身冰凉。那个非人的声音到底是从哪里冒出来的？因为我们刚刚确认过，已经没有幸存者了。我们刚刚从木板屋中央通道这头走到那头。几张面孔朝向正在屋里走动的我们。瘦骨嶙峋的尸体，衣衫褴褛，躺在三层床架上面。这些尸体一层叠一层，时而呈现出一种恐怖的静止姿态。一些目光朝向我们，朝向中央通道，颈部通常极度扭曲。几十只瞪大的眼睛看着我们经过。

只是看着，却没有真正看到我们。

小集中营的这间木板屋里已经没有别的幸存者了。那些睁大的眼睛，那些瞪着人世之恐怖的眼睛，那些已经散瞳的目光，难以识透的谴责的目光，是熄灭的目光，死者的目光。

阿尔贝和我，喉头发紧，脚步尽可能轻地走在这片黏糊糊的寂静里。死亡耀武扬威，在这些凝视着世界的反面，凝视着地狱般景象的眼睛前面，大放冰冷的焰火。

阿尔贝不时向床板上交叠的尸堆俯下身去（我可没有这个勇气）。这些尸体像盘亘的树根一样，牵一发而动全身。阿尔贝用力拨开这棵死亡之树。他查看缝隙，查看尸体之间形成的空洞，期望着还能发现活人。

然而似乎并没有幸存者，就在1945年4月14日这一天。所有还算健康的流放者应该自宣布集中营解放的那一刻起就从木板屋中逃出去了。

我能确定那一天是4月14日，可以肯定地这么说。但是，我生命中，从布痕瓦尔德集中营解放到我返回巴黎的那一段时间，是模糊的，是被遗忘的薄雾笼罩住的。总之是被含糊的迷雾笼罩住的。

我反复地数白天，数黑夜。我总能得出一个令我感到困惑的结果。从布痕瓦尔德集中营解放到我返回巴黎的那段时间，一共十八天，这一点是肯定的。然而，在我的记忆中，只剩下极少的几个画面。这些画面闪闪发光，或许是被强光照亮的，但画面四周都围绕着由模糊的影子构成的一圈粗粗的光环，仅能填充一段人生中某几个短暂的小时，别无他用。

这段时期开始的那一天很好确定，历史书上都有：1945年4月11日，布痕瓦尔德集中营解放的日子。我抵达巴黎的那一天也能推算出来，我在此就不跟您详述我使用的时间参照了。那是5月1日的前两天：也就是4月29日。更确切地说，是在下午。我于4月29日下午搭乘罗丹教士的遣返车队抵达了巴黎沃吉拉尔路。

所有这些细节或许多余，甚至可笑，我之所以列举出来，是为了证明我的记忆没有问题，证明我虽然几乎忘光了回归生活——人们口中那种生活——之前那漫长的两周，但绝不是因为记忆力减退。

然而事实就是如此：对于那段时间，我只保留了凌乱的、不连贯的记忆，用来勉强填补那漫长两周里的几个小时。这些记忆闪着刺眼的光，确实如此，但外面又包裹着非存在①的黯淡。至少是可辨认出的痛苦的黯淡。

这一天是 1945 年 4 月 14 日。

早上，我想起，这一天是我童年中具有标志性意义的一天：西班牙宣布成立共和国，就在 1931 年的这一天。从郊区来的人群涌向马德里市中心，头顶上是一片起伏的旗林。"我们没打碎一扇窗户就改变了政体！"共和党派的领袖们喊道，他们容光焕发，还夹杂着些许惊喜。五年后，历史又被卷入了一场漫长而血腥的内战。

而 1945 年 4 月 14 日这一天，布痕瓦尔德小集中营的这间木板屋里，没有任何幸存者。

只有毫无生气的目光，瞪着人世间的恐怖。尸体像格列柯的人像那样扭曲着，仿佛为了在床板上爬到离中央通道最近的地方，用尽了最后一丝力气，只因为那里可能会忽然出现最终的救援。这些毫无生气的目光被等待的焦急凝住，或许直到最后一刻都在守候着救援的突然到来。那目光中清晰可见的绝望映衬出这等待，映衬出希望最后的剧烈挣扎。

我忽然明白了前天那三位同盟国军官充满怀疑和恐惧的诧异。我的目光中反射出了恐惧，哪怕这恐惧只有曾凝视着阿尔贝和我的那些死人目光中恐惧的百分之一，那三位穿着英军制服的军官仍旧被我的目光吓到，也就不难理解了。

---

① 哲学名词，与"存在"相对。

"你听见了吗？"阿尔贝低声问道。

说实话，这并不是一个问题。我不可能没听到。我听到了这个非人的声音，这一声低吟的啜泣，这节奏奇怪的喘息，这阴间的狂想曲。

我转向屋外：四月微暖的空气，蓝色的天空。我大吸了一口春天。

"那是什么？"阿尔贝问道，声音又轻又苍白。

"死亡，"我对他说，"否则还能是谁。"

阿尔贝打了个寒战。

是死亡，它或许就在尸堆里的某个地方低声吟唱着。是死亡的生命，它在设法让我们听到它。是死亡的垂危，是它那光芒四射又阴郁饶舌的存在。可是，强调这显而易见的事情又有什么用呢？阿尔贝的表现似乎就在发出这样的疑问。确实，有什么用呢？

我沉默了。

焚尸炉已经三天没有工作了。国际集中营委员会和美国军事管理委员会重新启动了布痕瓦尔德的主要部门工作，为数万名幸存者提供食物、医疗、服装，将他们聚集在一起，但是没人想到要重新开动焚尸炉。毕竟这是不可想象的。焚尸炉的烟必须永远消失：绝对不能再看到它飘荡在此地上空。然而，尽管人们不再变成烟雾离开，死亡却没有中断它的工作。焚尸炉的终结不是死亡的终结。死亡只是不再或厚重或缥缈地从我们头上掠过。它不再是有时甚至不具物质形态的烟雾，或者说空中几乎摸不到的灰烬。死亡重新变成了实体，它再一次出现在了那几十具尸体上，这些尸体瘦骨嶙峋，奇形怪状，成了死亡日常收割的对象。

为了避免传染病的风险，美国军方决定将尸体集中在一起，辨别它们的身份，并将它们埋葬在公共墓穴里。也正是为了这一行动，阿尔贝和我才在这一天对小集中营进行最后一次检查，期望着还能发现某个过于虚弱，无法自行加入布痕瓦尔德解放后重新恢复的集体生活的幸存者。

阿尔贝面无血色。他侧耳细听，抓紧我的胳膊，抓得生疼，接着忽然发起了疯。

"意第绪语①！"他惊呼道，"它在说意第绪语！"

所以，死亡在讲意第绪语。

阿尔贝比我更容易听到这种语言，或者说更容易从这种幽灵般的单调旋律中推断出喉音，而这些发音在我看来毫无意义。

总而言之，死亡讲意第绪语，这并没有什么值得惊讶的。这只是过去的几年里，死亡被迫要学会的一门语言，说不定它从一开始就懂得这门语言。

然而，阿尔贝抓住我的胳膊，紧紧地抓着。他又把我拽回了屋里。

我们在中央通道上走了几步，停了下来。我们侧耳细听，试图找到声音的来源。

阿尔贝呼吸急促。

---

① 衍生自德语的一种语言，第二次世界大战爆发前，大部分犹太人都讲意第绪语。

"那是为亡者的祈祷。"他轻声说道。

我耸了耸肩。这当然是一首挽歌，没人会盼着死亡给我们演唱滑稽的歌曲，或者情歌。

我们任由这段亡者祷词带路。有时，我们不得不等一会儿，一动不动，还要屏住呼吸。死亡闭上了嘴，我们就没有办法定位这段旋律的来源。不过最终总会继续下去：那不会坏掉的死亡的声音，是永恒的。

忽然，正当我们在一条短小的侧廊里摸索着来回走动时，我感觉我们应该是找到了。那个嘶哑而低沉的声音，就在附近。

阿尔贝冲向了那个传出低吟的喘息声的床架。

两分钟后，我们从一堆尸体中搜出了这位垂死之人，死亡就是通过他的嘴为我们吟唱着它的歌——不如说是它的祈祷。我们把他抬到木板屋的门廊上。四月的阳光下，我们让他躺在阿尔贝攒起的一堆破衣服上面。这个男人一直双目紧闭，却从未停止吟唱，用一种嘶哑的，几乎听不到的声音。

我从没见过与受难耶稣如此相像的人脸。不是严肃却平静的罗马风格的基督像，而是西班牙哥特风格基督像那种痛苦万分的表情。诚然，十字架上的基督通常不会低声吟唱犹太人的亡者祷词。不过这并不重要：从神学角度来说，我猜没有什么能阻止基督吟唱犹太人的祈祷文。

"在这儿等着我，"阿尔贝果断地说道，"我回营地 ① 拿副担架

---

① 犯人的医务室。

过来！"

他跑了几步，又朝我走回来。

"你能照顾他吧？"

我觉得这句问话太过愚蠢，太过离谱，于是激烈回应他：

"你觉得我会跟他做什么？闲聊？也给他唱首歌？唱《白鸽》①怎么样？"

可阿尔贝不为所动。

"待在他身边就行了！"

接着他朝集中营的医务室跑去。

我转向平躺在地上的人。他仍然双目紧闭，不停地吟唱。然而我似乎感到他的声音正在逐渐衰弱下去。

关于《白鸽》的故事就这样忽然出现在我脑海，但它提醒我的是一件我完全不记得的事情。它提醒我，我至少应该想起某件事情，或者稍微努力一下应该能想起这件事情。《白鸽》？我回想起了这首歌的开头。可奇怪的是，我想起的这个开头是用德语唱的。

一只白鸽向你飞来……②

我从牙齿间挤出了德语版《白鸽》的开头。我也就此知道我能够想起的是哪个故事了。

---

① 19 世纪创作的西班牙歌曲，后来在全世界传唱。

② 原文为德语。

既然要想，就努力把它真正地想起来。

这个德国人年轻，高大，金色头发。他完全符合德国人的典型形象：至少是一个理想的德国人形象。那是一年半前，在1943年。秋天，在奥克苏瓦地区瑟米①河流的一处拐弯，有一道天然的水坝。此处的河面几乎是静止的：就像秋日暖阳下一面水镜一般。树影在这面半透明的锡镜上晃动。

德国人出现在岸上，骑着摩托车。摩托车的引擎发出轻微的隆隆声。他骑上了通往河边的小路。

我们正在等他，朱利安和我。

或者说，我们等的并不是这个特定的德国人。这个蓝眼睛的金发小伙儿。（注：这是我杜撰的。我当时没能看到他眼睛的颜色，在他死掉后才看到。但是我感觉他本就该长着一双蓝色的眼睛。）我们等的是一个德国人，几个德国人。谁都行。我们知道，国防军士兵经常会在傍晚成群结队地过来，到这里洗把脸，凉快一下。我们也来到这里，朱利安和我，研究地形，看看能否在四周密林的掩护下搞一次埋伏。

然而这个德国人似乎是孤身前来。凸起的大路上，在他身后，没有其他摩托车，也没有其他运输工具。不得不说，当时也不是他们常来的时间：那是上午九十点钟的样子。

他一直骑到河边，熄火，支好车，从车上下来。他站在那里，

---

① 法国中部城市。

一边呼吸着深久的法兰西①的温柔，一边解开了衣领。显然，他比较放松。但他仍然保持着戒备：冲锋枪横在胸前，通过肩带挂在脖子上。

朱利安和我四目相对。我们产生了同一个念头。

德国人是孤身一人，而我们有史密斯威森②。我们和德国人之间的距离也不错，他完全在我们的射程之内。还能回收一辆摩托，一支冲锋枪。

我们潜伏在暗处：他是个完美的靶子。于是，朱利安和我，我们便产生了相同的念头。

可是，忽然间，年轻的德国士兵抬起头，望着天空，唱起了歌：

　　一只白鸽向你飞来……③

我被吓了一跳，枪管磕了一下挡在我们前面的石头，差点弄出动静来。朱利安狠狠瞪了我一眼。

或许这首歌没有唤起他的任何回忆。或许他都不知道这首歌名叫《白鸽》。即便他知道，或许《白鸽》也不会唤起他的任何回忆。童年，在祭礼上演唱的女仆，露天音乐台上演奏的音乐，度假胜地

---

① "深久的法兰西"是一个人文概念，指的是法国深久的传统文化，但在此处为双关语，也指法国腹地，因为讲述者所处的奥克苏瓦地区瑟米本身就在法国内陆中部。

② 史密斯威森（Smith & Wesson），史密斯威森是美国最大的手枪军械制造商，由美国人贺拉斯·史密斯与丹尼尔·威森于1852年建立。这里指其生产的手枪。

③ 原文为德语。

那些树荫下的广场,《白鸽》!听到这首歌,我怎能不惊跳起来呢?

德国人继续唱着,用他那优美的金色嗓音。

我的手开始颤抖。我已经无法朝这个唱着《白鸽》的年轻士兵开枪了。仿佛光是演唱我童年的这段旋律,这段充满乡愁的老调,他就忽然变得无辜起来。并非他本人无辜,虽然他也许确实是无辜的,即便他从没唱过《白鸽》。也许他无可指摘,这个年轻的士兵,他唯一的过错就是作为一个德国人出生在阿道夫·希特勒统治的年代。仿佛他是忽然以一种完全不同的方式变得无辜起来的。他无辜,不光因为他是出生在希特勒统治下的德国人,还因为他隶属于一支占领部队,他非自愿地代表着法西斯主义的野蛮力量。所以说,在他的整个人生中,他基本上是无辜的,因为他唱着《白鸽》。这太荒唐了,我很清楚。但我就是无法朝这个德国青年开枪,他在一个爽朗的秋日上午,在法国一处风景柔软的深处,毫不掩饰地唱着《白鸽》。

我放下了长长的枪口,枪身上涂着鲜艳的防锈红铅。

朱利安看到我这样做,也收起了拿枪的手臂。

他担忧地看着我,或许是在猜想我到底怎么了。

我听到《白鸽》了,就是这样:在西班牙度过的童年呈现在我面前。

然而年轻的士兵转过身,迈着小步走向停着的摩托车。

于是我双手握住我的武器。我瞄准了德国人的后背,扣动了手枪的扳机。我听到身旁朱利安的枪声,他也开了几枪。

德国士兵向前一扑,仿佛忽然从背后被推了一下。他确实从背后被推了一下，被子弹的冲力推了一下。

他直挺挺地倒了下去。

我很沮丧，把脸埋在青草里，拳头愤怒地砸在保护我们不被发现的石头平面上。

"该死，该死，该死！"

我的喊声越来越大，朱利安有些慌乱。

他摇了摇我，喊着说现在不是发神经的时候：得赶紧走。骑上摩托车，拿上德国人的冲锋枪，赶紧走人。

他说得对。眼下也只能这么做。

我们站起身，踩着形成天然堤坝的石堆，奔跑着穿过小河。朱利安把尸体翻过来，捡起死者的冲锋枪。德国人确实有一双蓝色的眼睛，吃惊地大睁着。

摩托车立刻打着了火，我们骑上便离开了。

然而，这个故事我曾经讲过。

不是那个犹太幸存者的故事，他用意第绪语低声吟唱着亡者的祷词，阿尔贝和我便找到了他。这个故事我确实第一次讲。它是我还没有讲述过的一组故事中的一个。想要把这种死亡全讲明白，得花上我好几辈子的时间。把这种死亡从头讲到尾，这是一个无穷无尽的任务。

德国人的故事，我以前讲过。这个金发而英俊的年轻德国士兵，朱利安和我在奥克苏瓦地区瑟米附近把他打死了。我想不起那条河的名字，或许我从来就不知道它的名字。我记得那是在九月，放眼望去，处处都是九月。我记得九月的轻柔，那是一片景色的轻柔，这片景色与平静的幸福和人类劳动的地平线放在一起是如此和谐。我记得，这片景色让我联想到让·吉罗杜①，联想到他在面对法国美景时的那些情感。

我在一部偏短的长篇小说里讲过这个德国士兵的故事，小说的名字叫《昏厥》。这部作品几乎没人读过。或许正是出于这个原因，我才想要再讲一次唱着《白鸽》的德国青年的故事。但还有别的原因。那便是为了对故事的第一版进行更正，因为第一版并不完全真实。我的意思是，故事本身是真实的，即便《昏厥》里的第一版也是。河流是真的，奥克苏瓦地区瑟米也不是我虚构出来的城市；那个德国人确实唱了《白鸽》，我们也确实打死了他。

只不过我在德国士兵的故事里同朱利安在一起，而不是同汉斯在一起。在《昏厥》中，我提到了汉斯，我用这个虚构的人物代替了一个真实的人物。朱利安是真实的人物：他是一个年轻的勃艮第人，总是用"爱国者"来指代抵抗运动的成员。我很喜欢这个雅各宾派语言体系②的继承人。朱利安常陪我在当地的密林里巡游，我们替"让-玛丽行动"组织③分发空投下来的武器，该组织是亨利·弗拉热④创建的网络，我在他手下工作。朱利安驾驶

---

① 让·吉罗杜（Jean Giraudoux，1882—1944），法国剧作家，小说家。

② 代指极端激进的语言。

③ 抵抗运动团体，任务是将英国提供的武器运送至不同的游击队基地（法国南部、上萨瓦地区和勃艮第地区）。

④ 亨利·弗拉热（Henri Frage，1897—1944），法国抵抗组织领袖，后被纳粹抓捕并杀害。

着汽车和摩托车，在约讷和黄金海岸①的道路上飞驰着，能与他分享走夜路的刺激，是一种快乐。我同朱利安一起，把战地巡逻队②要得团团转。然而，朱利安后来中了埋伏，像个真汉子一样抵抗，并把枪里的最后一颗子弹留给了自己：他把这最后一颗子弹射进了脑袋里。

汉斯·弗赖堡则是一个虚构的人物。我创造出了弗赖堡——在《远行》里，米歇尔和我管他叫作汉斯·范·弗赖堡·祖·弗赖堡，用来纪念《温蒂妮》③——这样我便有了一个犹太朋友。在我人生的那个阶段，我有几个犹太朋友；我希望小说里也有一个。另外，至于我为什么要创造出汉斯这个虚构的犹太朋友，来表现我真实的犹太朋友，我在《昏厥》中说明了原因。

"我们创造出的汉斯，"书中写道，"是我们自身的写照，是最纯粹、最接近我们梦想的样子。他是德国人，因为我们是国际主义者：我们在伏击中打死每一个德国士兵时，瞄准的并不是他身上异于我们的地方，而是我们自己平民阶层身上最致命、最明显的本质，那就是我们希望改变的自身的社会关系。他是犹太人，因为我们想要消灭镇压，而犹太人，即便他态度消极，甚至屈从，

---

① 均为法国的省。

② 全称为 Feldgendarmerie，德国军警，职责是占领别国领土，以及充当民事警察，追捕、处决抵抗运动成员等。

③ 让·吉罗杜的戏剧作品，其中的女主角水精灵温蒂妮爱上了一个名叫汉斯·范·维特施泰因·祖·维特施泰因（Hans Von Wittenstein zu Wittenstein）的男性人类。本书作者为了向这部戏剧致敬，给小说人物起名叫 Hans von Freiberg zu Freiberg。

也照样是无法容忍的被压迫者的形象……"

这就是我为什么创造了汉斯，并且在唱着《白鸽》的德国士兵出现那一天，把他安排在我身边。而实际上，在我身边的是朱利安。朱利安是勃艮第人，总是用"爱国者"来指代抵抗运动的成员。他为了不被战地巡逻队抓到，朝着自己的脑袋开了一枪。

真相就此重建完毕：这个已经很真实的故事的全部真相。

吟唱着亡者祷词的犹太幸存者也是真实的。真实到他正在我眼皮底下慢慢死去。

我已经听不到他念祷词了。我已经听不到死亡用意第绪语歌唱了。我迷失在自己的回忆中，没有注意到身边的情况。他从什么时候开始不再继续吟唱亡者祷词了？他刚才真的趁着我走神的一会儿，就死掉了吗？

我向他俯下身去，为他听诊。好像还有什么东西在跳动，在他的胸腔里。那是一种非常沉闷又非常遥远的声音：那似乎是一种一边喘息，一边渐渐消失的嘈杂，一颗正在停止跳动的心脏。

相当可怜。

我看向四周，想寻求帮助。无果。一个人也没有。小集中营在布痕瓦尔德解放的第二天就已经清空了。幸存者被安置在主集中营最舒适的建筑里，或者原骷髅师的营房里面。

我看向四周，一个人也没有。同往常一样，只有风吹过艾特斯伯格山坡时的声音。无论春天还是冬天，无论是暖还是冷，风总在吹拂着艾特斯伯格山。四季的风，吹在歌德的山丘上，吹散了焚尸炉的烟。

我们在小集中营的公共厕所后面。小集中营位于艾特斯伯格山的山前地带，在山与图林根绿油油的平原夹缝中间。小集中营以这座公共厕所为中心向四周铺开，因为临时营房没有厕所，也没有盥洗室。白天，木板屋通常是空的，所有隔离中的犯人都等待着，要么被运走，要么在布痕瓦尔德的生产体系中获得一个长期工作岗位，然后被分配各种各样的苦力活，通常都是令人筋疲力尽的工作，因为这些工作具有教育性质，也就是惩戒性质："你们将看到你们将看到的！[①]"

就比如采石场（*Steinbruch*）的苦工。还有园艺活（*Gärtnerei*），这是一种婉转的说法，因为它其实可能是最糟糕的工作：两人一组（如果动作不够快，人又不机灵，就由卡波来确定搬运者的分组。这些卡波通常都是老犯人，他们已经破罐破摔，因而也嗜虐成性，总是让两个身材最不搭调的人同组工作：比如一个矮胖子加一个瘦高个儿，或者一个又高又壮的配一个又矮又瘦的，这样一来，除了在这般工作环境下搬运工作自身的困难之外，在两个身体耐受力迥然不同的人之间又制造出一种几乎无法避免的仇恨），在棍棒下一路小跑着搬运沉重的木箱，箱子挂在杆子上，里面塞满了天然肥料——这项工作因而通常被称为"粪工"——用于党卫军的菜地。

因此，无论天气如何，都必须在宵禁前或者黎明到来时离开隔离营地（即小集中营）的木板屋，前往公共厕所。厕所像是某种

---

① 这句话是法国诗人雅克·普雷维尔（Jacques Prévert）一首诗的标题。

光秃秃的大厅，粗糙的水泥地面在第一场秋雨后就变得泥泞不堪；沿着较长的两堵墙，各有一排锌水槽和冷水龙头，用于早间的强制洗漱——党卫军指挥部面对传染病的威胁总是草木皆兵：一张充满令人厌恶的现实主义气息的布告上，描绘着一只吓人的虱子被无限放大的繁殖过程，以此在临时营房里宣传党卫军的卫生口号：一只虱子，你就得死！[①] 这句口号被翻译成多个语种，但是在法语中有一处拼写错误：*Un poux, ta mort*！[②] 在这座"大殿"的中央，贯穿着一条公共大便槽，上面是两根粗糙处理过的木梁，作为多人排便时的支座，于是所有人背对背排便，形成了两条望不到头的长队。

不过，尽管小集中营的厕所里始终弥漫着有毒的水汽和恶臭，这座建筑却是一个充满亲善的地方，像是某种避难所，同胞、同地区的朋友或者游击队的战友在里面得以重聚：这是一个交换新闻、烟丝、记忆、欢笑以及些许希望的地方——总而言之，一个交换生活的地方。小集中营肮脏的厕所成了一个自由的空间：由于厕所本身的性质以及里面散发出的令人作呕的气味，党卫军和卡波都不愿意来到这里；于是，它便成了布痕瓦尔德集中营里运行的内在专制统治最薄弱的地方。

白天，在工作时间，只有隔离监区被免除劳役的残疾人和病人使用厕所。但是，到了晚上，从晚间点名结束开始，直到宵禁前，厕所除了解手这一最初的功能外，还变成了幻想和希望的市

---

① 原文为德语。

② 这句口号中应使用"虱子"一词的单数形式"pou"，但是写成了复数形式"poux"。

场，用一片黑面包或者几个马合烟①的烟头交换各种最古怪物品的集市，以及交流的广场——使用的是一种零钱小票般的话语，友爱和抵抗的话语。

而我也正是在厕所里认识了隔离期间我最好的几个朋友：塞尔日·米勒、伊夫·达里埃、克洛德·弗朗西斯－博夫等等。我们在同一个监区，62号监区，都是在1944年1月的大规模运送期间来到这里，这场运送清空了法国的监狱和贡比涅集中营。在此之前连续开展的两次押送行动，根据某种很能说明问题的军事传统，被赋予了颇有诗意的行动代码：*Meerschaum* 和 *Frühlingswind*，即"海洋泡沫行动"和"春风行动"。

62号监区里的人终日惶恐，任人剥削，因布痕瓦尔德令人震惊的生活现状而困惑不已，面对无法理解但具有绝对强制性的规则，我们无法辨认彼此，也无法发现将我们联结在同一文化和精神世界中的共同点。而在公共厕所里，在尿臊味、大便味、不健康的汗味和辛辣的马合烟味混合构成的有毒气体的笼罩下，我们通过分享同一个烟头，同一种讽刺的感觉，同一种对未来幸存（尽管希望渺茫）的充满斗争欲望又友爱的好奇，找到了彼此。

更是通过分享同一种死亡。

在一个难忘的夜晚，达里埃和我一边轮流贪婪地吸着同一个烟头，一边发现我们都喜欢爵士乐和诗歌。不久后，当我们听到远处开始响起宵禁的第一遍哨声时，米勒加入了我们。我们当即开

---

① 一种俄罗斯烟草。

始交流诗歌:达里埃刚为我朗诵完波德莱尔,我就给他背了保罗·瓦雷里的《纺线女》。米勒笑着说我们是沙文主义分子。随后他又开始用德语为我们朗诵海涅。于是,兴致高昂的达里埃像乐团指挥一样用双手为我们的朗诵打着节拍,而塞尔日和我则朗声诵读《罗蕾莱》①:

> 我不知道这是什么缘故
> 我是这样地悲伤……

诗的末尾是我们在几十双木鞋跑远时发出的震耳欲聋的噪声中喊出来的,这些人要赶在正式宵禁前的最后一分钟回到临时营房去。

> 这都是罗蕾莱 ·
> 又用歌声在干她的勾当……

随后,我们也一样跑回了62号监区,带着一种激动,一种难以言喻的喜悦。

我跪在犹太幸存者的身旁。我不知道要如何让他——我那唱着亡者祷词的基督——活下去。我轻轻地对他说着话,然后尽可能小心地把他搂在怀里,生怕把他碰伤。我祈求他别让这种事发生

---

① 19世纪诗歌,作者是德国诗人海因里希·海涅,讲述了一只海妖引诱莱茵河中的水手,导致他们最终溺亡的故事。

在我身上，否则阿尔贝饶不了我。

莫里斯·哈布瓦赫也是如此，在最后一个星期日，我把他抱在怀里。他躺在三层床铺中间一层的垫草上，刚好在我胸口的高度。我把胳膊从他的肩膀下面伸过去，俯身靠近他的脸庞，尽可能靠近、尽可能轻柔地同他讲话。我给他背诵了波德莱尔的诗，就像给将死之人诵读临终祷词一样。哈布瓦赫，他连说话的力气也没有了。他比我俯身以对的这个陌生的犹太人离死亡更近。这个陌生人还有力气——虽然这一点令人无法想象——把临终祷词念给自己听，让话语陪自己走完死前的最后一程，以此来庆祝死亡，至少是以此令死亡不朽。哈布瓦赫连这样做的力气也没有了。也可能是这样做的偏好，谁知道呢？总之是没有这样做的可能了。或者说这样做的欲望。也许死亡就是一切欲望枯竭的表现，包括死去的欲望。死去的欲望源于生存，源于生存的知识。这种致命的欲望始终是生存的一种反照。

然而莫里斯·哈布瓦赫显然已经没有了任何欲望，即便是死去的欲望。他的身体正在分崩离析，就在这身体所承受的持续不断的疫病里，他或许早已往生。

我把他抱在怀里。我的脸贴近他的脸，一下子便笼罩在死亡如粪便般的恶臭之中，这死亡如同一株食肉的植物，长着有毒的花，带着艳丽的腐败，在他体内生长。我对自己说——在我为了帮助自己度过这难以承受的一刻，至少为了能不屈不挠地经历这一刻，而故意制造出来的讽刺氛围下——我对自己说，我在布痕瓦尔德学会了如何识别死亡的各种味道。焚尸炉冒出的烟的味道，营地里残疾人监区和木板屋的味道。党卫军突击队中队长的皮衣和古龙香水的味道。我对自己说，这是一种合情合理的知识。可这是一种实用的知识吗？但又如何否定这一点呢？

莫里斯·哈布瓦赫并没有死在我的怀里。那个星期日，最后一个星期日，我不得不离开他，把他丢在死亡的孤独之中，因为宵禁的哨声迫使我回到我在大集中营的监区去。直到第三天，我才在犯人流动（抵达、送离、死亡）数量报告中看到他的名字。他的名字在每日死亡人员名单中。也就是说，他又坚持了两天，48小时之久。

就在那之前两天，在我迫于宵禁不得不丢下哈布瓦赫，离开小集中营后，我在40号监区，也就是我所属监区那一层C翼宿舍旁边的水房里，光着上身，开大水量，用冷水冲澡。但是，无论我怎么擦也没用，死亡的恶臭似乎已经灌满了我的肺，我仍然能闻到它。我不再用大量的水擦洗我的胳膊、我的肩膀、我的胸膛。我去挤满喘息声的宿舍里睡觉了，带着注满我灵魂的死亡的气味，尽管这灵魂仍然抱有希望。

第三天，我发现哈布瓦赫的名字出现在每日死亡人员名单上。我从劳动统计办公室中心文件库里取出了他的登记卡所在的格子。我抽出了莫里斯·哈布瓦赫的卡片，擦掉他的名字：一个活人此后便可以取代死者的位置了。一个活人，也就是未来的一具尸体。我完成了所有必要的动作，小心翼翼地用橡皮擦去他的姓氏——哈布瓦赫，他的名字——莫里斯：他所有的身份特征。我把这张长方形的卡片放在手心，它重新变成了一张空白的卡片：另一个生命可以记录在上面，一个新的死者。我久久地看着这张空白的卡片，或许根本就没有真正看到它。或许我在那一刻看到的只是哈布瓦赫那张空洞的脸，是我对那张脸最后的印象：蜡黄色的面容，紧闭的双眼，往生的微笑。

一种肉体的悲伤淹没了我。我在这身体的悲伤之中沉沦。这肉体上的不安让我难以停留在我自己的身体里面。时光已逝，哈布瓦赫已死。我经历了哈布瓦赫的死亡。

但我不愿再经历这个匈牙利犹太人的死亡。几个月后，1945年4月的一天，这个匈牙利人躺在我的怀中。至少我猜他是匈牙利人。他的条纹上衣上面，字迹勉强可辨的身份卡让我推断出，他应该属于运送来自匈牙利的犹太人的列车。多亏了我在集中营中央文件库（劳动统计办公室）的工作，我能够大致猜到代表抵达列车的几个字段分别是什么意思：从何地来，在布痕瓦尔德的哪个时期。

哪怕他不是匈牙利人，我也不想经历这个犹太人的死亡。哪怕他根本不是犹太人。然而，阿尔贝和我在尸堆中发现的这个无名的幸存者，他是一个犹太人这一事实，只会让情况变得更糟糕。我的意思是，这个事实只会加深我拯救他的欲望，只会让这种欲望更强烈，承载更多的焦虑。如果他从这死亡中幸存下来，把这死亡从头到尾经历一遍，直到如此这般孤独的境地，曾有着一种不懈的、本能的力量，却在此时屈服于死亡，那实在是荒谬——或者说令人无法忍受。

我可以轻松地想象出他这几年走过的路线：被关押起来，抵达奥斯维辛，机缘巧合下被选入了幸存者的行列，又同样机缘巧合地幸存下来，在苏军的推进下从集中营撤离，踏上穿越德国的无尽寒冬之旅，被刺骨的寒冷冻裂了皮肤，又被饥饿不断啃噬折磨。他在这段漫长的故事里最具戏剧性的一刻来到了布痕瓦尔德：营内人员爆满，犯人在监区和木板屋里挤在一起。每天的配额又减少了一些。在关押着奥斯维辛幸存犹太人的小集中营里，情况是最糟糕的。战争中的最后一个冬天，生活在布痕瓦尔德小集中营，就如同一场噩梦。能从那里幸存下来都是奇迹。

我可以轻松地想象出我怀里这个匈牙利犹太人漫长的垂危状态。春天已然回归，自由也已重获，我在尝试着维持他的生命。浑身的力气离你远去，行动越来越困难，每一步都成了一种煎熬，一种超出常人的努力。我在小集中营的木板屋里，在这个冬天为了缓解空间不足而搭建的帐篷和棚子里，见过这样的人，和他相像的人，他的兄弟们。我在厕所里，在医务室里，见过这些人，他们行动极为缓慢，如同行尸走肉，半裸着身体，双腿瘦骨嶙峋，抓着床柱，一步一步向前挪动，动作慢得如同梦游之人。

之后，一整个生命阶段之后，即便在圣保罗－德旺斯的阳光下，在一片呈现着人类劳动生机勃勃的印记，既美妙又文明的景色之中；在梅格基金会①的露台上，在天空和柏树掩映下塞特设计的粉色砖墙之间的弯月地带，当我欣赏贾科梅蒂的人像时，都不可避

---

① 梅格基金会（Fondation Maeght）位于法国东南部城市圣保罗－德旺斯，由梅格夫妇成立。基金会所在的建筑由建筑师何塞普·路易·塞特设计，在主楼外部的露台和花园里，摆放着由著名存在主义雕塑大师阿尔伯托·贾科梅蒂创作的一系列人像雕塑，总体呈瘦高且纤薄的形象。

免地会想起在布痕瓦尔德集中营散步的那些陌生人：他们如同一具具尸体，游走在传染病患者所在木板屋的淡蓝色阴影里；又如同上古时代的人群，围绕着小集中营的公共厕所，步履蹒跚地走在尽是石块的地面上，这地面在秋季第一场雨后就变得泥泞不堪，在积雪融化后就脏水漫延。他们数着步子走动——这个现成的表达方式原本平庸至极，突然溜进了文中，便有了某种深意，某种承载着不安的深意：数着步子，一步一步地数着，谨慎地分配力气，避免多走一步，付出沉重的代价；踩着他人的脚印走，再把木鞋从泥里拔出来，从拖住你的腿，将你诱入虚空的滞重中拔出来！——数着步子朝小集中营的公共厕所移动着，那里是相遇之地，是交流之地，那里尽管弥漫着尿臊和粪臭，却异常热情，是人类最终的避风港。

之后，一整个生命阶段之后，我都无法抑制汹涌而来的情绪——我指的不是这些人像之美引发的情绪，因为这种美是无需解释的：它显而易见。侵袭我的是回忆的情绪，精神上的情绪，而不只是美学上的情绪，无论在哪里欣赏贾科梅蒂的"行走的人"，都会产生这样的情绪。这些人像十分干瘪，冷漠的目光望向某一片一望无际的天空，虽静止得令人感到眩晕，却仿佛不知疲倦地走向未知的将来，展现的只有它们本身盲目却固执的步伐制造出的远景或者深度。无论在何种情形下，哪怕是最欢乐的情形，它们总能阴险地让我回想起当年布痕瓦尔德的那些人影。

但我不愿再体验这个（疑似）奥地利犹太人的死亡。我把他抱在怀里，在他耳边轻轻地说着话。我给他讲了朱利安和我打死唱着《白鸽》的年轻德国士兵的故事。但我说的不是朱利安，而是汉斯。我当时便已经开始虚构汉斯·弗赖堡这个人物了，我那个想象出来的犹太伙伴，我的犹太战友，让他来陪伴这个垂死者，这个无名的犹太人，我希望他能从自己的死亡中幸存下来。我给他讲了我刚刚编造出来的汉斯的故事，帮助他活下去。

阿尔贝就在这时赶了回来。小跑着，带来了营地的两名担架兵。

一小时后，我们坐在营地外面的小树林里，坐在阳光下面。我们看着四月阳光下的图林根平原。阿尔贝通过号码搞清了那个祷词吟诵者的身份，我们把他交给了医务室的一位法国医生。据医生说，这是一个来自布达佩斯的犹太人，想要他活下来也不是不可能的事。

阿尔贝对于自己可能拯救了一位同胞而感到十分高兴。

"你知道安德烈·马尔罗吗，阿尔贝？"我问道，"一个作家……"

他向我转过身来，瞪着我，做出了一个表示愤怒的动作。他生气地打断我。

"你是不拿我当回事吗？"他喊道，"你忘了我之前在西班牙的国际纵队^①里吗？"

我没有忘记，而是根本就不知道。我对他说：

"第一次听说。"

---

① 1936 年，西班牙内战爆发。共产国际向全世界发出号召，组建了共产国际纵队，支援西班牙人民反对佛朗哥反动军队和德意志法西斯武装干涉。世界 53 个国家和地区的 4 万多名志愿者纷纷响应，加入国际纵队志愿军。

"还真是，"他恍然大悟，"我在克莱贝尔的参谋部工作。"

"克莱贝尔"显然是一个化名。

"所以卡明斯基才邀请我参加他的会议，就在去年冬天……"

"这就对了，"我激动地对他说道，"正是因为这次会议我才想起了马尔罗！"

阿尔贝看着我，等我说下去。

几个月前，隆冬之际，卡明斯基来我的工作地点——劳动统计办公室——找到我。那是在晚间点名之前。卡明斯基是西班牙国际纵队的前战斗人员，说一口很得体的西班牙语。他约我过两天见面，并神秘地告诉我，那是一个很重要的会议。

两天后是星期日。

直到星期日下午点名结束后，我们才得以利用周日几个小时的自由活动时间，聚在一起开会。我在被风卷起的雪雾里穿过集中营。我进入了营地内部的医务室。在旁边的一座木板屋里，有一个半地下房间，用来安置传染病人：检疫站中的检疫站。无论是党卫军的医生还是守卫，毫不夸张地说，都像躲避鼠疫般远离这间传染病房。他们对卫生、清洁、高等人种干净而强健的身躯有着过分的迷恋。对传染病的嫌恶让营地这间木板屋成了一个被严防死守的地方，一个几乎刀枪不入的地方。

负责传染病区的是路德维格·G.。他的外套上缝着普通法罪犯的绿三角，但他实际上是德国共产党。他因为三十年代为伟大事业完成的"罪行"或者丰功伟绩而受到一般法庭的审判——一段悲伤的往事。因此，他属于普通法罪犯，佩戴绿三角。他之前在外面从事什么职业已不得而知。他从来没谈起自己的过去。不过他知识渊博，以此判断的话，他也许是个自由职业者。他看上去十分瘦弱，动作敏捷，目光却出人意料地平和而深邃——同所有平和而深邃之物一样，这目光也很悲伤。他的侧脸看上去像鹰嘴的形状。后来，在平凡的生活中，我每次见到罗歇·瓦扬，都不免会想起路德维格·G.。

那个星期日，我在被风卷起的雪雾里穿过集中营。我进入了营地的内部。在隔离病人房间的门口，我在台阶右侧专用的铁架上磕了磕靴子的鞋底。党卫军要求我们在房中走动时，鞋子必须保持干净。泥泞的雨天，很难做到这一点；积雪较深的日子里，只要在这个金属支架上磕一磕靴子或木鞋的鞋底，就可以让粘在上面的雪块掉下来。

这一天，卡明斯基聚集了几位不同国籍的活动分子。我们彼此都相识：我们同属于布痕瓦尔德的地下共产党机构。

尤尔根·卡明斯基将我们聚集到一起，倾听一位奥斯维辛幸存者的诉说：一个从奥斯维辛集中营幸存下来的波兰犹太人，他在这个冬天随撤离的车队来到这里。我们所在的小房间是路德维格的私人领地，位于地下传染病患者监区的尽头。卡明斯基向我们说明了这个人的身份，以及他从何而来。卡明斯基说，在奥斯维辛集中营里，这个人在特殊派遣队（Sonderkommando）工作。我们并不清楚奥斯维辛的特殊派遣队是什么组织。反正我不知道。布痕瓦尔德没有特殊派遣队，只有特殊建筑（Sonderbau）。Sonder，这个词大家应该知道，是德语中的一个形容词，表示"特殊的""单独的""奇怪的""特别的"……诸如此类。布痕瓦尔德的特殊建筑就是一个特别甚至可以说奇怪的建筑物：那是一家妓院。奥斯维辛的特殊派遣队是什么，我还真是不清楚。但是我也没有问。我猜，通过之后的内容，我就能够理解它是怎么一回事了。我还真猜对了。后来我完全搞清楚是怎么一回事。他说的是奥斯维辛的毒气室，是负责将毒气室里的受害者搬出来，运到旁边焚尸炉里，把尸体焚烧掉的特殊工作队。

在我明白这一点之前，卡明斯基告诉我们，党卫军会定期系统地枪决一批又一批特殊派遣队的队员。随着苏军迫近，集中营在最后几周秩序混乱，一小部分人得以侥幸逃生，其中就包括他。

接着，他让奥斯维辛特殊派遣队这位幸存者给我们讲述。

我不记得这个波兰犹太人的名字了。我甚至不记得他有没有名字。我的意思是，我不记得尤尔根·卡明斯基有没有跟我们提过他的名字。我倒是记得他的目光。他有一双冰蓝色的眼睛，就像一块碎玻璃锋利的边缘的颜色。我倒是记得他的姿势。他坐在椅子上，笔直，甚至僵直，双手放在膝盖上，一动不动。在他讲述在特殊派遣队的经历时，整个讲述过程中，他的手一直纹丝未动。我倒是记得他的声音。他用流利的德语讲着，干涩的声音中带着小心和坚决。有时，他的声音会没有明显缘由地变粗变哑，仿佛他的声音忽然受到了难以控制的情绪的冲击。

然而，即便是在这些他明显变得激动起来的时刻，他始终没有把手从膝盖上挪开，也没有改变自己直挺挺地坐在椅子上的姿势。只有从他的声音中能听出激烈的情绪，这些情绪如同海底的涌浪，搅动着看上去平静的水面。或许是因为担心自己不被相信，甚至不被听到。但他绝对可信。这位奥斯维辛特殊派遣队幸存者的话，我们听得一清二楚。

不过我理解他的焦虑不安。

我看着他，在这间半地下的传染病房里，我理解他的焦虑不安。至少我觉得我理解。

焦虑的原因是，历史上所有屠杀中都有幸存者。当军队血洗占领的村庄时，就有幸存者；犹太人从沙皇的大屠杀中幸存下来，即便是那些最野蛮、最血腥的屠杀；库尔德人和亚美尼亚人逃过了接连的屠杀活动；格拉讷河畔奥拉杜尔镇也有幸存者[①]。漫长的历史中，总有被恐怖景象永远地玷污和模糊了双眼的女性在屠杀中幸存。她们也会讲述，讲述那让你身临其境般的死亡：因为她们曾经历过。

但是，没有人从纳粹毒气室里幸存下来，过去没有，将来也不会有。永远也不会有人说：我曾经历过毒气室。活人都在毒气室周围，或者前面，或者旁边，就比如特殊派遣队那帮家伙。

而他之所以担心不被相信，是因为他没有留在那里，或者更确切地说，他幸存下来了。这也是一部分人有负罪感的原因，至少是心有不安，是极度恐慌的自问：为什么活下来的是我，而不是某个兄弟，某个姐妹，某个家庭？

我听着特殊派遣队幸存者的倾诉，似乎能理解那种不时改变他

---

① 指1944年德军在法国格拉讷河畔奥拉杜尔镇屠杀平民的事件。

声音的焦虑。他讲了很久，我们一直静静地听着，被他的讲述中那苍白的恐怖所震慑。忽然，路德维格·G.点亮了一盏灯，我们才意识到，黑暗已经笼罩在我们身上许久，冬夜早已降临。我们全身心地沉浸在这叙述的黑暗之中，呆若木鸡，完全失去了时间概念。

"就是这样。"卡明斯基说道。

我们意识到，叙述结束了，重新点亮的灯意味着这段证词的终结。或许只是临时的终结，甚至是尚无法确定的终结，因为这叙述显然完全可以无限地延长下去，直到我们失去倾听的能力为止。

"永远不要忘记，"卡明斯基用一种阴沉和严肃的嗓音补充道，"德国！有罪的是我的国家，不要忘记这一点！"

一片沉默。

这个奥斯维辛特殊派遣队的幸存者，这个波兰犹太人，他没有名字，因为他可以是任何一个波兰犹太人，甚至可以是任何一个国家的犹太人。真的，这个奥斯维辛的幸存者始终一动不动，双手平放在膝盖上：如同记忆那茫然而绝望的雕像。

我们也一样，从始至终，一动不动。

我想到了安德烈·马尔罗最后一部小说，想了好久。我听着关于奥斯维辛毒气室的事情，想起了马尔罗的最后一部小说《与天使并肩而战》。1943 年，在我被捕前几周，几本瑞士版的《与天使并肩而战》在巴黎出现。米歇尔·H.成功地搞到了一本，我才得以读到这本小说。我们就小说展开了热烈的讨论。

马尔罗这部作品的核心是关于死亡的沉思，以及就此引发的对生命之意义的一系列思考和对话。《与天使并肩而战》是一部未完成的小说，只出版了题为《阿尔滕堡的胡桃树》的第一部分。在这部分中，随着对德国人1916年在维斯瓦河畔俄军前线发动的毒气战的描述，他的思考达到了最极致的深意。

去世前不久，马尔罗在《刻度盘的镜子》一书中又使用了《与天使并肩而战》的部分片段，以将它们纳入自传写作当中。马尔罗对自己的作品和人生素材进行重新润色加工，用虚构阐明现实，又用现实中人生的精彩照亮虚构，从而突出现实与虚构中的恒久不变、矛盾，以及通常十分隐蔽、高深莫测或者转瞬即逝的根本意义。我一直觉得，他这种做法既高明又大气。

想要获得如此成功，或许同时需要拥有作品和传记。那些整个人生就在写作中存续和消耗，传记仅由著作构成的职业作家是无法做到这一点的。马尔罗的壮举在他们看来肯定是不讲规矩的，也许还不够光彩。然而我在此无意进行任何价值评判，也不会自称看得出孰优孰劣。我仅仅是在观察，在讲述一个明显的事实。

在《刻度盘的镜子》中，马尔罗解释了他为何在一次病危住院期间想到有必要重写之前一部小说的片段。

"因为这可能就是我最后一部作品了，"他说道，"我把三十年前写作的《阿尔滕堡的胡桃树》中一个无法预料且令人震惊的事件拿出来重写了一次，这样的事件堪称人类历史上的发疯行为：那就是1916年德国第一次向位于维斯瓦河畔的博尔加科发动的毒气袭击。我不知道为什么要把维斯瓦河畔的袭击写进《刻度盘的镜子》，我只知道它一定会出现在这部作品中。极少有'主题'能抵住死亡的威胁。而这次袭击的主题反映的是友爱、死亡——以及如今在寻找自我身份的人类，而这身份必然不是个体的身份。随着人性极恶的不断发展，随着古老的基督教对话的进行，牺牲从未停止：继俄国前线的这次袭击之后，接连发生了凡尔登战役、弗兰德斯的芥子气弹、希特勒、灭绝集中营……"

马尔罗最后总结说："我之所以重写这一段，是因为我追寻着心灵的关键地带，在那里，至恶与博爱为敌。"

然而，在1945年冬季某个星期日的下午，在布痕瓦尔德医务室的传染病房里，我当然还不知道安德烈·马尔罗关于其作品深意的这番思考。我只是在茹瓦尼市的埃皮济河畔被盖世太保抓住前的几周读过《与天使并肩而战》。我与米歇尔·H.就书的内容讨论了很久。我们感觉，这部小说与作者此前的作品在形式和内容上都有明显的不同，但本质上仍然是在延续作者的思考，这种思考便是马尔罗存在主义思考的核心，尤其是《希望》一书中几段重要对话的核心，比如斯卡利和阿尔维亚在马德里会战中的那段对话。

于是，我又想起了米歇尔·H.。

在传染病房里路德维格占据的带玻璃的房间内，他点亮了一盏灯。我在淡蓝色的阴影下看到了一排排床架，上面躺着半裸的病人。有时，我能看到他们在地上行走，动作极慢，令人感觉他们马上就会晕倒。

我想起了米歇尔·H.，想起了《与天使并肩而战》，想起了1943年秋天的奥特树林，想起了奥克苏瓦地区瑟米北部的塔布游击队。

我被捕后一个月，盖世太保终于不再坚持，放弃了对我的审讯，而我又被茹瓦尼的战地巡逻队传唤过去。我再次来到了第一天受审时所在的老城房子的客厅。客厅的一角，被人遗忘的竖琴还在那里。我之前好像描述过这个地方，我第一次受酷刑的经历。在绿草如茵的斜坡花园里，树上的叶子还没落，黄色和橙金色的叶子。

　　他们把我领到一张桌子前面，桌子上放着各种各样的东西。我的心脏一下子停止了跳动，或者说我的血液只流了一圈，或者说我的胳膊垂了下来，或者说我的呼吸暂停了：这几种常见的说法，随便哪一个都适用。

　　因为我在桌子上看到了米歇尔·H.的旧皮夹，我很熟悉这只旧皮夹。我还认出了一串钥匙，以及一摞书。我闭上眼，想起了这几本书的书名，米歇尔和我在最后一段时光里总是把书装在背包里到处跑。包里还装着塑性炸药块，这种炸药的味道持久不散，令人头晕，最终浸透了书中的每一页。

　　我又睁开眼，听到巡逻队士官问我是否认识米歇尔。他说出了米歇尔的名字，随后又说了他真正的姓氏。他打开皮夹，把米歇尔的身份证放在桌子上。我伸手拿起了米歇尔的身份证，看着他的照片。那位占地军官露出吃惊的表情，但是没有任何动作。我看着米歇尔的照片。

　　"不，"我说道，"不认识。"

　　我想米歇尔可能已经死了。如果他还活着，他们肯定会让他亲自和我对质，而不是仅仅用他的身份证和个人物品。米歇尔死在了某次埋伏中，巡逻队的人是想搞到关于他死亡的一些情报。

"不，我完全不认识他。"

我把证件丢回桌子上，耸了耸肩。

然而这位士官继续提出了一些与米歇尔死亡的假设不相符的问题。如果米歇尔被杀，并且他们得到了他的尸体，那么这些问题会显得很荒唐，比如他们明明已经掌握着他的身份证件却还在问我，这一点就很荒唐。

在所有这些问题中，确实有些东西与死亡的推测不符。或许，他们只是逮捕了米歇尔，可他后来成功逃脱了？

我心中又燃起了希望。

一年半前，在布痕瓦尔德的传染病区，我想起了那个秋日。在茹瓦尼，战地巡逻队摞在桌子上的那几本书中，肯定有一本是《与天使并肩而战》。或许也有《希望》。还有一部刚刚翻译成法文的康德的论著《单纯理性限度内的宗教》。我没能证实这一点，但它们就是米歇尔和我在最后一段时光里总放在背包中到处带着的那几本书，浸透了炸药那令人头晕的味道。

于是，在听完奥斯维辛幸存者那恐怖得令我们难以顺畅呼吸的讲述后，我似乎感到某种奇怪的连续性，一种神秘却光芒四射的一致性贯穿着各种事物的发展过程。从米歇尔和我关于马尔罗小说和康德论著的讨论——康德在其中阐述了"根本恶（das radikal Böse）"的理论——到奥斯维辛特殊派遣队里那位波兰犹太人的讲述，还有小集中营56号监区里关于我的老师莫里斯·哈布瓦赫的周日讨论会，它们都属于同一种迫切的思考。借用安德烈·马尔罗在三十年后写下的文字来说，这种思考的对象便是"心灵的关键地带，在那里，至恶与博爱为敌"。

阿尔贝和我，我们把那个布达佩斯的犹太人安顿好，便坐在阳光下，坐在营地木板屋周围的小树林里。这个用阴郁而沙哑的冥界嗓音吟唱着祷词的人，从冥界回来了。

我们看着四月阳光下的图林根平原。

此时此刻，我们之间只有沉默。我们咀嚼着草叶。我没能跟阿尔贝谈起马尔罗的那句话，原因很明显：马尔罗彼时还没写出那句话。我跟他聊起了《与天使并肩而战》，给他讲述了1916年德国人在维斯瓦河畔前线发动的毒气袭击，这次袭击是小说的黑暗核心。一种幻想出来的奇怪预感促使马尔罗描述了战争毒气带来的惨重灾难，而与此同时，在波兰的毒气室中对犹太人进行的灭绝屠杀也刚刚上演，这样惊人却充满深意的巧合令阿尔贝备受触动。

"马尔罗后来怎么样了，你知道吗？"沉默了许久后，阿尔贝问道。

在图林根平原上，距此几百米的地方，有一座村庄。这座图林根村庄的居民可以对集中营一览无遗。至少可以看到艾特斯伯格山顶上的建筑：焚尸炉，控制塔，厨房。

是的，我知道马尔罗后来怎么样了。

至少知道亨利·弗拉热告诉我的情况，他是"让－玛丽行动"组织的老大，是我所在网络的负责人。1944年夏天，弗拉热来到布痕瓦尔德后，在最初的某次周日讨论会上告诉我，马尔罗刚刚获得了法国中部一片游击区域的指挥权。"他在行动中使用的名字是贝尔热上校。"弗拉热对我说。

我哈哈大笑，他问我为什么笑。我向他解释说，"贝尔热"是他最新一部小说中男主角的名字。然而弗拉热没有听说过《与天使并肩而战》，不过也不能因为这种事埋怨他。他曾建立并领导着法国最活跃的巴克马斯特网络①，因此他在文学方面的欠缺也就可以原谅了。

另外，他也正是通过自己与英国巴克马斯特网络之间的组织联系打听到了马尔罗的消息。马尔罗的两个"二婚"弟弟——我在这里引述了弗拉热的原话，毕竟我自己不太可能这么说——克洛德·马尔罗和罗兰·马尔罗，他们是父亲费尔南·马尔罗再婚后所生，曾在抵抗运动中为巴克马斯特组织工作。他们都在大约两个月前被捕，也就是在 1944 年的春天。

我谈起了那年夏末，巴黎解放后不久，我与亨利·弗拉热的一次对话。弗拉热说，正是由于自己同父异母的弟弟罗兰被捕，马尔罗才决定参与到积极的抵抗运动中去。

但是，我没把所有细节都讲给阿尔贝听，否则可就说来话长了，何况对他来说也过于复杂。我只是对他说，马尔罗变成了贝尔热上校。他对此没有表现出过分的吃惊：他自己也曾在西班牙当过上校。

接着，我们又沉默了。

----

① 抵抗运动网络，受英国情报处资助，其法国分部的领导人为巴克马斯特上校。

我们甚至是在故意保持着沉默。在布痕瓦尔德最后几周的嘈杂和狂暴结束后，在沙哑的祷词吟唱结束后，在四月的阳光下，在医务室旁延伸的小树林里郁郁葱葱的树丛中，我们立刻开始保持这珍贵的、友爱的沉默。我们凝视着图林根平原，平原上安宁的村庄。那里升起了平静的炊烟。

不是焚尸炉的烟。

3

一行空白

　　我停下脚步,看着铁丝网另一侧高大的树木。阳光洒在树林上,风在林间穿行。忽然,一阵曲声从点名操场的另一头传来。是手风琴的声音,在那边的某个地方。不是咖啡馆音乐,也不是舞厅里的圆舞曲。那完全是另一种东西:是一个俄国人演奏的手风琴声,这一点可以肯定。只有俄国人能够用这种乐器演奏出这样的音乐,脆弱却刚劲有力的音乐,像是一种暴风骤雨般的圆舞曲:一会儿是在风中战栗的桦树,一会儿是一望无垠的草原上的麦子。

　　我又走了几步。阳光下,偌大的点名操场空无一人。我看着斯大林,他似乎在那里等着我。

　　我说的是他的肖像。

　　解放后的第二天,4月12日,我们在周围的森林里全副武装待了一夜后,回到了集中营里,看到了斯大林。他的肖像一夜之间盛开起来,那幅巨大而逼真的肖像。它就在一间苏联囚犯营房的正面,在点名操场的一角,靠近食堂一侧。

　　斯大林看着我们回来。他的胡子一根也不少;他那板正的元帅制服上衣一个扣子也不缺。就在夜里，就在解放后情况尚不稳定的第一天夜里，几位狂热的匿名画家绘制了这幅巨大的肖像：至少有三米宽，五米高。逼真得令人惊呼不已。

也就是说，一群年轻的俄国人（布痕瓦尔德所有的俄国人其实都很年轻）表现出了这样一种迫切的需求：在获得自由的最初几个小时里制作一幅斯大林的肖像，一幅巨大的现实主义肖像，现实到了超现实的程度，就像有些人在原始村庄的村口竖起图腾一样。

这天早上——不是4月12日早上，不是我见到斯大林肖像的那天早上；那是4月14日到19日之间的一个早上，我对那几天有很明确的印象——这天早上，我被一个不断呼唤我名字的声音从睡梦中叫醒。

大喇叭里有一个声音在喊着我的名字，我感觉那声音粗鲁又急迫。惊醒后，我精神恍惚了片刻。我以为我们还在服从党卫军的命令。尽管惊醒时脑海中仍迷雾重重，我的意识里仍然闪过党卫军召我到集中营门口的情景。被叫到布痕瓦尔德集中营的门口去报到，这通常不是什么好兆头。亨利·弗拉热就在几周前被叫过去，之后就再也没回来。

然而这一次，我的名字后面并没有紧跟平时那句"立刻到门口去！①"的命令。他们没有叫我到集中营门口的控制塔下面去，而

---

① 原文为德语。

是去图书馆。另外，那个声音也没有喊出我的号码①，而是喊了我的真名。它喊的不是"44904号囚犯（*Häftling vierundvierzigtausen dneunhundertvier*）"，而是"森普伦同志"。

于是，我完全清醒过来。

我的身体放松下来。我想起我们已经自由了。某种强烈的幸福感淹没了我，我的整个灵魂为之一震。我想起我为这一天制定了几个计划。不光是活到这一天的总体计划，这个计划有点荒唐，至少是异想天开。不，还有很详细的计划，或许更为狭隘，但照样意义重大，相比之下，那个总体计划就显得荒谬了。

我计划从集中营出来，一直走到最近的德国村庄去，就在图林根绿油油的平原上，离集中营几百米远。我在前一天曾跟几个朋友聊起过这个村庄。我们想象着那座德国村庄里应该有一个喷泉；我们渴望喝到清凉纯净的水，因为集中营的水太恶心了。

我为这一天还制定了其他计划。我曾经在40号监区的一间宿舍里，躺在我自己的草垫上，懒洋洋地偷听着关于这一天的各种传言。

吉里·扎克曾告诉我，他们要举办一场爵士音乐会，没有什么理由，纯粹为了享受音乐，就在扎克这两年召集起来的一群爵士音乐家之间。他自己负责打击乐器；萨克斯由马尔科维奇来演奏，他是一个很有天赋的塞尔维亚人；小号手是一个挪威人，也极富才华，每当他演奏起《星尘》时，我们都浑身起鸡皮疙瘩。党卫

---

① 分配给犯人的号码，刺在他们的手臂上，对于党卫军来说，这是犯人在集中营的唯一身份标识。

军当然不知道爵士乐队的存在，乐器都是非法从中央仓库，也就是资产室里搞来的。不得不承认的是，那群老德国共产党人也不喜欢这种不纯正的音乐。不过，我们创建爵士乐队不需要他们的批准，他们也只能一边小声抱怨一边忍着。

我听着大喇叭里喊着我的名字。集中营图书馆负责人的声音里带着恼火，叫我把那三本还在我手里的书还回去。这天早上，他一直等着我。他说，这几本书今天必须要回到图书馆里。

说实话，我原本是想私吞这几本书的。我这个人对纪念品并没有什么执念，但这几本书将来可能还有用。我打算将它们留为己用。实际上，我完全没想过要把它们还回去。首先因为它们可能对我还有些用处，其次，我并不关心集中营图书馆的未来，毫不关心。为什么还要把这几本书还回一座注定要消失的图书馆去呢？

看来我是大错特错了。看来是我想当然了。安东——我决定就管图书管理员叫这个名字——带着怒气指出我是在胡说八道。布痕瓦尔德的图书馆怎么会消失呢？

因为连集中营都要消失了呀！

我的回答完全在情理之中，然而安东似乎并没有被它说服。他看着我，摇了摇头。

我们在图书馆的前厅里。这是一个空无一物的小房间，一扇侧门朝向5号监区的走廊，走廊的两头分别是秘书办公室（*Schreibstube*）和我曾经工作过的劳动统计办公室。图书管理员通过小房间尽头的一个门洞与前来借书的犯人交流。安东和我，我们两个人就在这里，站在门洞的两侧。

我把图书馆那三本他急切要求我归还的书放在木质柜台上。

"为什么呢？"他问我。

我发现他的目光忽然变得阴暗起来。

"什么为什么？"

"集中营为什么要消失呢？"他解释道。

"再过几天，最多几个礼拜，希特勒就会被击败，"我告诉他，"纳粹一消失，集中营也就跟着消失了。"

他无声地疯狂大笑起来，整个上半身和肩膀都跟着抖动。他疯狂地笑着，但笑声中没有任何喜悦。

他忽然停下来，给我上了一课。

"纳粹的终结不意味着阶级斗争的终结！"他用一种不容置辩和教育的口吻高声说道。

我礼貌地感谢了他。

"谢谢你，安东！"我对他说道，"谢谢你让我想起了最基本的真理。"

我问他："那我们能否得出结论，认为凡是阶级社会，皆有集中营？"

他谨慎地，甚至是怀疑地看了我一眼。他思考着，脸上的表情凝滞着。他显然是在担心我的问题里有什么辩证陷阱。

"至少凡是阶级社会，必有压迫！"他小心地指出。

我点了点头。

"或者说必有暴力。这个概念更确切，也更具普适性。"

他或许在猜测我到底想说什么。

但是我根本没想说什么。我只是在试图否认他的话有启发性，试图否认纳粹的终结不意味着集中营世界的终结。

"你不喜欢'压迫'这个词，"安东说道，"但这个词是很准确的。你难道不觉得，无论通过何种手段，必须压迫/镇压所有前纳粹分子吗？"

我没忍住，大笑起来。

他用一种积极的口吻说道："为了达到这个目的，我们也会需要同这里一样的营地。（他看着我，微微皱着眉头）很明显，你不喜欢这种观点。那你想怎么处理布痕瓦尔德？把它变成一个朝圣或者做冥想的地方吗？还是变成夏令营？"

"当然都不是！我希望这座集中营被彻底遗弃，接受时间和自然的侵蚀……让它被森林湮没……"

他看着我，目瞪口呆。

"胡扯！那怎么行！多浪费啊！"

我又拿起之前放在柜台上的一本书。是黑格尔的《逻辑学》，《哲学百科》里的简短版。

"安东，改造前纳粹分子，会用到这种书吗？"

他看着书名，做了一个恍然大悟的手势。

"承认吧，你看的书都挺奇怪的！昨天，我偶然看到了你没有归还的那几本书的借书卡，发现了这一点。黑格尔、尼采、谢林……他们都是唯心主义哲学家！"

我想起了之前围在莫里斯·哈布瓦赫床边的周日讨论会。

我告诉他："谢林的作品教会了我很多东西。"

他对我低沉的声音感到诧异，耸了耸肩，低声咕哝道："反正你的选择挺奇怪的！"

他看上去有些沮丧：我是真的让他感到不好受了。

"我是不会把这些书写进目录里的……《权力意志》看着就不像一本必读书。"他断言道。

我似乎意识到他是打算留在这里，在这座集中营的这个图书馆里继续当图书管理员。

我问他："什么？你要留下？你不回家吗？"

他又做了一个茫然的手势。

"没有家了，也没有家人了……所有人都为元首献出了生命！其中一些是自愿的，另一些是迫不得已……总之都死了……只有在这里，我才能为新德国发挥我最大的作用。"

我真心后悔把这几本书送回来。我应该留下它们，应该在这个人对秩序和连续性的疯狂执着面前毫不让步。

"好啦。"安东说道。

我还没来得及做出夺书的动作，他抢先一步拿起了柜台上的三本书。

他继续说道："我暂时先把它们放回原处。"

我看着他走向图书馆深处，很快便消失在书架之间。我不知道尼采和黑格尔是否真的回到了原处。谢林呢？布痕瓦尔德图书馆里只有他作品的零星卷本，其中包含关于自由的论著，他在书中阐释了人类的基础。这是一种阴暗的、可疑的基础，但是，他写道："没有这种预先存在的阴暗，人类就不会有任何现实：黑暗命中注定必然要回到他身上。"

有那么几个星期日，当我站在垂死的莫里斯·哈布瓦赫床边时，我确实感到黑暗命中注定必然要回到我们身上。那是人类身上人性之谜的黑暗，它注定要成为为善或为恶的自由：为这种自由所构成。

我看着安东远去，思考着谢林这一观点到底能不能用在改造布痕瓦尔德未来营地里的前纳粹分子上面。

与图书管理员安东交谈过后，我来到点名操场，这里已空无一人。我仍然因这段对话感到不舒服。但是，在集中营生活的拥挤之下，经过数月的嘈杂、匆忙和难以忍受的孤独之后，如今，阳光普照在这片空旷和安静到奢侈程度的巨大场地上。

铁丝网的另一侧，林间响起四月的风声。还有手风琴声：毫无疑问，这是一段俄罗斯音乐。

我转过身，看着成排的木板屋。我又转向了巨大的斯大林肖像。

几年后的1953年，斯大林去世时，我想起了他在布痕瓦尔德的肖像。

我在56号监区外面找到了尼古拉。他的马靴锃光瓦亮，他的上衣似乎也熨烫过。

"你看见领袖的肖像没有？"他问我。

我点点头。

他继续说道："是我们连夜赶出来的。分两半，一队人负责一半。到了清晨，我们把两半粘在一起……"

他用右手比画了一下。

"完美！"他感叹道。

他看着我，带着一种微笑。

"现在你知道俄国卡波是什么样子了吧。"他对我说道。

我问他："为什么要辛苦一整夜搞这个？"

"你是指伟大卡波的画像？"

"对呀，"我说道，"为什么呢？"

他看着我，神情中有一丝怜悯。

"那为什么我村子里的母亲在某些晚上要把圣像摆出来祈祷呢？那是因为有时日子真的太不顺了。她会把藏着的圣像拿出来，再点上几根蜡烛……"

我哈哈大笑。

他看着我，用右手食指对着右侧太阳穴，做出了一个很令人恼火的手势。

他大声说道："傻瓜！你真是啥也不懂啊，朋友！"

但我没来得及对尼古拉说他有些夸大其词。他忽然换了一副表情，声音也低了下来。

"你的枪，想卖多少钱？"

他贪婪地盯着我斜挎在胸前的德国冲锋枪。我们都把自己的武器留在了身边。在野外度过了疯狂的一晚后，在结束了向魏玛的行进后，美国军官让我们回到集中营，但是把武器留给了我们，直到第二天才让我们还回去。

我告诉他："不卖，我要留着呢！"

他试图说服我，想跟我用美元、衣服、好酒和姑娘换。姑娘？我挑战了他一下。他笑了，说我打赌的话一定会输。他的手下联系上了几个在魏玛附近工厂工作的妇女，他可以不声不响地叫来一整车皮的女人，在集中营里某个隐秘的地方，来一场没有任何限制和约束的狂欢。

我相信他的话，但我告诉他，我没兴趣。或者说，我虽然感兴趣，但我觉得不值，不值得我拿这挺全新的冲锋枪去换。

他用俄语小声地咒骂着。我所掌握的俄语足以让我听明白他在说什么，特别是俄语里的脏话，都是千篇一律，至少尼古拉和他在布痕瓦尔德的朋友们说来说去都是那几句：总是涉及跟某位母亲发生关系，要么是他的母亲，要么是一个朋友的母亲。反正在俄语脏话里，遭殃的总是母亲。至少布痕瓦尔德的俄语脏话是这样。

我给他足够时间让他骂个够，直到他平静下来为止。

"你想拿我的冲锋枪去做什么？"

他看着我，有些犹豫。忽然，他下定了决心，小声对我说道：

"我不会回家的，我要留在这边。两三天后我就会逃走，一切都已经准备好了。我们有一小群同伴，还有几个女人等着我们，她们也不想回那边。我们有钱，还有几把枪，但还需要更多……"

他紧盯着我的冲锋枪，目光中满是爱慕。我退开几步。

"别想从我手里夺走它，尼古拉。如果有必要，我会朝你开枪的。"

他摇了摇头。

"你要是那么做可就蠢透了。"

他站起身，向我伸出手。

"好啦，再见吧，咱们还是朋友！"

但我没有握住他伸过来的手。我敢肯定他会攥紧我的手，然后试图把我拽过去，抓住我，让我失去平衡，我就会被迫使用我的枪，至少是尝试这样做。

我退开几步，把枪口对着他的方向。

"再见啦，尼古拉！咱们还是朋友，你说得对！"

他怪笑了一声，但也不是狂笑。

他转过身，朝 56 号监区走去。

我站在布痕瓦尔德的点名操场上，思索着。

不得不说，布痕瓦尔德的俄国人，他们的种种行为在我们看来一直是个谜，至少是很可疑。我们无法理解，这群年轻人，身上充满个人主义和残暴的活力（反正大部分如此），他们竟然是一个新社会货真价实的代表。

然而，我们又认为布痕瓦尔德这群野蛮的俄国青年代表的并不是这个新社会里的新人。他们只是这个新社会里的糟粕：革命的现代化运动尚未触及和改变农村旧状，而他们就是农村旧状中的渣滓。

控制塔的塔台上，一名美国士兵倚着栏杆。他可能像我一样在倾听俄国手风琴的音乐。塔顶飘扬着黑色的半旗，自从解放那天起。

自从富兰克林·D.罗斯福去世那天起。

她来了，通过这一行空白……

我小声背诵着一首名为《自由》的诗的开头。

　　她来了，通过这一行空白，能够同时恰切地意指黎明的
结果与黄昏的烛台……

随着背诵，我的声音毫无征兆地提高、增强、膨胀：

　　她曾历经无知觉的沙滩；她曾经历被解剖的峰顶。
　　终结了懦夫式的放弃，谎言的神圣，刽子手的烧酒……①

　　我孤身一人站在点名操场上，开始高声朗诵勒内·夏尔这首
诗的结尾。

　　美国士兵举起望远镜，看着我。

　　我在 4 月 12 日第一次读到《自由》这首诗，很巧，就是布痕
瓦尔德解放次日。

　　那一天，我终于和那个年轻的法国人聊了一次，就是陪同两
位英国军官的那个法国青年。

　　我们俩单独坐在阳光下的台阶上。那两个英国人在党卫军档案
大厅里，大厅位于我负责看守的建筑的二楼。我允许他们翻阅档案，

---

　　①　勒内·夏尔：《愤怒与神秘：勒内·夏尔诗选》，张博译，译林出版社，2018 年。

而他们的任务是找到被纳粹关押到集中营的情报与行动同盟网络成员的行踪。

法国青年则负责找到"让－玛丽行动"组织领导人亨利·弗拉热的行踪，而我正巧是这个组织的成员，弗拉热就是我的上司。在我被捕几个月后，他也被抓获，同样是因为遭到了背叛。我在布痕瓦尔德又见到了他。因此，我帮这位年轻的法国军官避免了漫长而无用的寻找，我可以告诉他，弗拉热已经死了，是被德国人枪毙的。有一天，在早间大点名时，他被政治部传唤，这是集中营里盖世太保的部门。当晚，他被宣告失踪。第二天，政治部向我们发布了一份官方通报。"释放"：他们选用这个词来宣布亨利·弗拉热的命运，他的失踪。即 *Entlassen*：纳粹政府在宣布某个人被执行死刑时通常就使用这个词。

那一天，是我将亨利·弗拉热的名字从集中营中心文件库里抹掉的。抹掉人名，这是我的工作，还有登记人名。无论发生什么都要维持集中营中心文件库严格的进出顺序以及死亡和新增顺序，至少要维持三万到六万这一数字区间里的顺序。这一区间的变动很频繁，因为它对应的是自 1943 年末起从西欧押送过来的犯人。

那一天，我将亨利·弗拉热的名字抹去。他的编号又可以用在别人身上了。

我把这一切讲给了法国青年，帮他避免了在档案里漫长而无用的寻找。接着，我又和他说起我与亨利·弗拉热在星期日的谈话。

我向他讲述了布痕瓦尔德的星期日。

为了哄骗甄别可靠叙述的火眼金睛，为了缓和真实叙事的尖利残酷，出于这一本能，我试着通过星期日这条道路将年轻的军官慢慢引入死亡的世界：从某种意义上来说，这是一条灌木丛生的道路，只是最初一段较为和缓。我从最不起眼的入口，离生活的惯常体验最遥远的入口，将他带进"根本恶"的世界。

我提起了《玛祖卡舞曲》中波拉·尼格丽[1]那苍白而有毒的美丽，以此为引，向年轻的军官展示布痕瓦尔德星期日的奥秘。

"《玛祖卡舞曲》？那部电影？"

他一惊，瞪大了眼睛。我感觉到他很震惊。他倒是没有怀疑我证词的真实性，但的确很震惊。就好像我说了什么失礼的话，又好像我这段证词是从错误的、相反的一头开始叙述的。他期待的或许是一种完全不同的叙述。波拉·尼格丽出现在布痕瓦尔德，这一点让他感到困惑。我立刻意识到他有些警觉。也许我算不上一个好证人，没有证人该有的样子。不过我对自己发现这一点还是挺满意的，因为任何人都能给他讲焚尸炉，讲那些衰竭而死的人，讲公开绞刑，讲小集中营里犹太人的垂死挣扎，讲伊尔斯·科赫[2]对囚犯文身的痴迷。然而，《玛祖卡舞曲》中的波拉·尼格丽，我敢肯定没有人能想到以此来开始自己的讲述。

对，我告诉他，就是奥地利电影《玛祖卡舞曲》。

---

① 波拉·尼格丽（Pola Negri，1897—1987），波兰裔演员，两次世界大战期间的默片影星。

② 伊尔斯·科赫（Ilse Koch，1906—1967），纳粹女战犯，布痕瓦尔德第一任指挥官的妻子，因对犯人残忍的行径而被称为"布痕瓦尔德母狗"或"布痕瓦尔德女巫"，有割下并收藏集中营囚犯带有文身的皮肤制成灯罩的癖好。

我对他解释说，有时候党卫军指挥部会在周日下午组织看电影，放映音乐喜剧或者爱情喜剧。有时是音乐爱情喜剧：音乐和爱情一般来说是很搭调的两个主题。我记得一部由玛莎·艾格丝和扬·基耶普拉主演的影片，故事发生在一片山中的湖水景色里，两人在桨划船里表演着二重唱，背景是高山牧场 [①]。我还记得波拉·尼格丽的《玛祖卡舞曲》。

我之所以记得这些电影，并非我在这方面有所长。一方面是因为它们是在小集中营医务室附近的大厅里放映的，另一方面，是因为这些电影我在童年时便已看过。

三十年代，在马德里，我们有几位德国教师，她们会在允许我们看电影的日子里，带我和我的哥哥们去电影院，观看用她们的母语拍摄的电影，包括德国电影和奥地利电影。扬·基耶普拉和玛莎·艾格丝在高山牧场和湖景下相拥着歌唱的那部电影，它的西班牙语片名是 *Vuelan mis canciones* [②]；然而，它的德语原名，我却完全不记得了。在我的记忆中，童年回忆高于一切，甚至盖过了我二十岁在布痕瓦尔德度过那一年的回忆。

乍一看，关于布痕瓦尔德的记忆，关于在用作放映厅（也用于送离人员集合）的巨大木屋放映电影的记忆，本应该比童年时马德里歌剧院广场电影院的记忆更为深刻。事实完全不是这样：

---

① 这部影片即《充满欢笑的国度》（*Das Land des Lächelns*），该片的正式上映日期为 1952 年 10 月 2 日，作者之所以说在布痕瓦尔德集中营看过该片，可能是因为作者幼年时曾看过 1926 年首次上演的歌剧版。

② 中文意为"歌声飞扬"。

这便是记忆和生活之谜。

总而言之，波拉·尼格丽那部电影的名字倒是不存在语言的问题：在所有语言里，它都写作 *Mazurka*。

就这样，我向这位左胸上佩戴着洛林十字章的年轻军官讲述了布痕瓦尔德的星期日，以我自己的方式。当然，不只有波拉·尼格丽。波拉·尼格丽只是一个引子。我还给他讲了星期日的会议，斗争团体的秘密训练，吉里·扎克的爵士乐团，秘书办公室的捷克人，等等。

他专注地倾听着，但看上去越来越不安。或许我的证词并不符合他对那种传统恐怖叙事的期待。他没有向我提出任何问题，也没让我进一步详细描述某个部分。最终，他沉浸在一种尴尬的沉默之中。这沉默也令我感到尴尬。我关于布痕瓦尔德星期日的首次叙述是一次彻头彻尾的失败。

于是，为了让我们摆脱这种尴尬的处境，我开始向他提问。一大堆问题。毕竟自从巴黎解放后，我有将近一年的时间要弥补回来。巴黎在此期间或许就发生过一些重大事件，而我毫不知情。还可能出版了一些新书，上演了几部新戏，成立了几家新的报社。

然而根据年轻法国军官的叙述——或许是想弥补自己之前的表现，他在回答我的问题时表达得啰唆又具体——巴黎在我离开这段时间里似乎并没有发生什么令人震惊的新鲜事。

阿尔贝·加缪是当时炙手可热的人物，但这也不算什么意外。《局外人》是近几年最令我称奇的小说之一，《西西弗神话》在德国占领时期也在我的朋友圈子里引发了热烈的讨论。所以，加缪算是正常。

安德烈·马尔罗似乎已经停止写作，转入政坛了。总之，《与天使并肩而战》未能完成，而且他似乎就没打算完成它。

当然，还有萨特。不过萨特的地位早就确立了。1943年，我们如饥似渴地读完了《存在与虚无》，牢记着《恶心》里的几个段落；我们成群结队地去莎拉－伯恩哈特剧院看《苍蝇》；我们在文科预科一年级就讨论过萨特与胡塞尔和海德格尔的关系。让－保罗·萨特，他可是老朋友了！

谨慎的法国青年又告诉我，除了萨特，还有莫里斯·梅洛－庞蒂。可以，但是我对此同样不感到吃惊：我早就读过了《行为的结构》。

还有艾尔莎陪伴下的阿拉贡。不过，我对当时的阿拉贡毫无兴趣。他在占领时期创作的具有狭隘爱国主义性质的公民诗让我提不起兴致来（当然也有《布劳赛良德森林》这种作品）。在布痕瓦尔德，这是我和我的朋友鲍里斯·塔斯利茨基[①]之间唯一有分歧的话题，鲍里斯是阿拉贡无条件的支持者。直到阿拉贡写出了《新断肠集》中那首《忘却达豪之歌》，我才重新开始关注作为诗人的他。

法国青年告诉我的巴黎新闻里没有一条属于真正的新鲜事，因此他似乎有些不快，于是又和我说起了雷蒙·阿隆。这可是前所未有的人物，他暗示道，一个独具天赋的政治专栏编辑，你肯定没听说过他！我哈哈大笑着打断了他。我不但见过他，还跟他有

---

① 鲍里斯·塔斯利茨基（Boris Taslitzky，1911—2005），法国画家，作品被认为是法国社会主义现实主义艺术的代表。

私交。1939 年 9 月，就在希特勒的军队入侵波兰的那一天，我在圣-米歇尔大街上见到了他。那时我十五岁，同我的父亲在一起，保罗-路易·兰德斯贝格①陪在我们身边。就在圣-米歇尔大街和苏弗洛路的交会处，卡普拉德咖啡馆门口的报刊亭附近，我们遇见了雷蒙·阿隆。三个成年人谈起了已经开打的战争，还有民主幸存下来的可能性。不久后，克洛德-埃德蒙德·玛尼推荐我读了阿隆的《历史哲学概论》。

雷蒙·阿隆在解放期间的巴黎知识界扮演重要角色，这件事同样不令我感到意外。

还有那些缺席的人，那些值得纪念的逝者。

让·吉罗杜去世了，这我倒是不知情。他是在我抵达布痕瓦尔德两日后去世的。我记得，在茹瓦尼市的埃皮济河畔，一个无耻的盖世太保用自动手枪的枪托一下子打破了我的头，那时我心里想的是，我可能无法去观看几周后首演的《索多姆和戈摩尔》②了。

那么，吉罗杜去世了。

我一边倾听年轻法国军官的叙述，一边思考，为什么在布痕瓦尔德没有出现任何迹象，来让我获知此事。让·吉罗杜的死没有引发任何预兆性的正常事件，这不太可能。不过，或许确实出现了某种迹象，只是我没能理解。又或许，在这个冬季的某一天，焚尸炉的烟忽然变得薄了一些，也轻盈了一些：飘荡在艾特斯伯

---

① 保罗-路易·兰德斯贝格（Paul-Louis Landsberg，1901—1944），德国犹太裔哲学家，1944 年在集中营去世。

② 让·吉罗杜创作于 1943 年 10 月 11 日的一部《圣经》悲剧。

格山上的浅灰色烟雾就在向我宣告吉罗杜的死。

只不过我没能破译这个预兆。

还有其他逝者:布拉西拉克[1]被枪决,德里厄·拉罗谢尔[2]自杀。比起布拉西拉克,我一直更青睐德里厄·拉罗谢尔:比起前者的死,我更欣赏后者的自杀。

总而言之,除了几起自然死亡或者因故身亡,法国的文学界似乎并没有遭到破坏或者搅扰。没有任何新发现,也没有任何真正的意外:始终保持一种可预见的、几乎是有组织的发展。在发生了如此剧烈的历史变动后,乍一看来,这样的发展似乎出人意料,可事实就是如此。它或许再一次证明,政治历史和文艺历史中的成熟和断裂并不遵循同样的节奏。

最后,别无他法的法国军官跟我说起了诗人勒内·夏尔的最新诗集。

他从皮挎包里掏出一本几周前刚刚出版的《唯一幸存的》。他很兴奋,在发现我终于面露吃惊之色,而且对勒内·夏尔一无所知后,他变得更加激动。

我有些不快,但这一点我不得不承认。

1945 年 4 月 12 日早上之前,我从来没听人说起过他。我自认为已经(几乎)了解法国诗歌的一切,可我却不知道勒内·夏尔。从维庸到布勒东,几百行诗我都烂熟于心。我甚至能背诵帕特里

---

[1] 罗贝尔·布拉西拉克,法国作家、记者,于 1945 年 2 月 6 日被枪决。

[2] 皮埃尔·德里厄·拉罗谢尔,法国作家,既主张社会主义,又主张法西斯主义,1945 年 3 月 15 日自杀。

斯·德·拉图尔·杜·潘的诗,这绝对是顶尖水平了!而我却对勒内·夏尔一无所知。

这个将法国佩戴在胸前(制服夹克的左口袋上)的法国青年起劲地向我吹嘘夏尔的诗歌有多美,还给我念了几段。最后,这位居高临下的小王子答应了我一再提出的请求:他把这本在德国战斗期间一直随身携带的《唯一幸存的》留给了我。但是他有一个条件,那就是我被遣返回法国后要把这本书还给他。

他很珍视这本书,因为这是一个姑娘送给他的。

我向他保证,并把他给我的地址记了下来。我没有针对"遣返"这个词挑他的刺,我本来是可以这么做的。一个无国籍的人,何谈遣返回国呢?但是我什么也没说,我不想给他徒增烦恼,也不想让他改变主意:他可能不太愿意把自己的书借给一个没有国籍的人。

于是,几天后,在布痕瓦尔德空旷的点名操场上,我高声背诵勒内·夏尔那首《自由》的结尾:

迈着唯在缺席后方会迷途的步伐,她来了,伤口上的天鹅,通过这一行空白……

结束了。我朝控制塔平台上那个用望远镜对着我的美国士兵做了一个友好的手势。

4

罗森菲尔德中尉

罗森菲尔德中尉把吉普车停在伊尔姆河畔，在河上那座木桥的另一头。道路尽头，初绿的树丛中，坐落着歌德的小房子。

"带花园的房子。[①]"他说道。

罗森菲尔德中尉从吉普车上下来，邀请我与他一同前往。

我们朝着歌德位于伊尔姆河谷魏玛城边的乡村小屋走去。阳光洒下来，四月的早晨令人神清气爽，让即将到来的春季的温暖像气泡一般噗噗炸开。

我忽然感到一阵不适。这感觉不是不安，更不是焦虑。相反，那是令我不解的喜悦：一种过分的喜悦。

我停下来，呼吸有些急促。

美国中尉转过身，看到我这个样子，有些吃惊。

"鸟！"我告诉他。

我们用德语交流。罗森菲尔德是巴顿将军第三集团军的军官，

---

① 原文为德语。

但是我们用德语交流。自从我们认识那天起，我们就一直用德语交流。我将交流的内容翻译成法语，以便读者理解。也算是出于礼貌吧。

"鸟？^①"他用问句重复了我的话。

几天前，魏玛的居民聚集在焚尸炉所在的院子里：妇女，青少年，还有老人。显然没有能拿得起武器的壮年男人：这些人都还在扛着武器打仗，战争仍在继续。平民在一队美国黑人士兵的护送下，乘坐大客车抵达布痕瓦尔德。在巴顿将军第三集团军的突击团里，有很多黑人士兵。

这一天，几个黑人士兵站在焚尸炉的院门口，背后是平时用于挡住门口的高高的栅栏。我看着他们僵硬的脸，像是一张张没有表情的面具；他们专注而严厉的目光紧盯着那一小群德国平民。

我不禁思考，这些第三集团军突击队里比比皆是的美国黑人士兵，他们对这场战争有着怎样的看法，他们会怎样评价这场反法西斯战争。从某种意义上来说，是战争把他们变成了完整的公民，至少是法律意义上完整的公民，军人生涯的日常也有相同效果。然而，无论他们出身何种社会背景，即便他们社会地位卑微，因肤色而受到公开或隐晦的侮辱，征兵总能让他们变成权利平等的公民，仿佛杀人的权利便能赋予他们自由的权利。

今后，他们可能受到的唯一一种歧视，美国军队里的其他士兵，

---

① 原文为德语。

无论白人、黑人、黄种人还是混血，都可能受到：技术歧视，视他们在军中的本领大小而定；或者另一种不明说的歧视，一种道德后果严重的歧视，取决于他们是否有勇气参加战斗。

这一天，在焚尸炉的院子里，一位美国中尉对魏玛的几十名德国妇女、青少年和老人讲话。妇女都身着颜色鲜艳的春季长裙。美国军官的声音不带任何语调，语气却不容置疑。他解释了焚尸炉如何工作，并说出了布痕瓦尔德的死亡人数。他对这些魏玛平民强调说，无论他们对此漠不关心还是曾经参与其中，总而言之，过去的七年多里，他们一直生活在焚尸炉的烟灰之下。

他对他们说道："你们美丽的城市，干净、漂亮、充满文化记忆；对于古典而开明的德国来说，你们的城市是它的心脏。但老实说，你们的城市今后将存在于纳粹焚尸炉的烟灰下！"

妇女们，至少是她们中的大多数，无法控制泪水，用夸张的手势祈求着原谅，其中一些人甚至殷勤到丝毫不觉得尴尬。青少年则保持着一种绝望的沉默。老人们看向别处，显然什么也听不进去。

我就是在那里第一次见到这位美国中尉。在这场美军强迫魏玛居民进行的布痕瓦尔德参观之旅中，两个多小时的时间里，我一直跟着他，观察着他。

不久后（第三天，也可能是第二天）我坐在他对面，坐在一间原集中营党卫军指挥办公室里。这间办公室位于雄鹰大街上，大街的一头是火车站，另一头是布痕瓦尔德纪念馆的入口。

在他那件卡其色衬衫的口袋袋盖上，我看到一枚金属牌，上面刻着他的名字和军衔：罗森菲尔德中尉。

他则看着我的号码，44904，还有我佩戴在蓝色粗布上衣明显位置的红色三角布上的字母"S"。

"西班牙人。"他说道。

我想起我们一直在说德语，又想起 S 是单词 *Spanier* 的首字母。

"西班牙共产党。[①]"我解释道。

或许还带着一丝傲慢。总而言之，一种狂妄。

罗森菲尔德中尉耸了耸肩。我的解释在他看来显然是多余的。

他感慨道："我还真是没想到能在这里碰见长枪党[②]！"

我什么也没说。没什么可说的。

他继续说道："44904，对应的是 1944 年 1 月到达的那一批，对吧？"

我点了点头：就是那一批。还是没什么可说的。

"你是在法国抵抗运动中被捕的，对吧？"

确实如此。

不过我补充了一下："'让－玛丽行动'组织，一个巴克马斯特组织网络。"

他眼中闪过一丝加倍的关注。很明显，他听说过"巴克马斯特"。

我知道美国的军事部门正在准备一份关于布痕瓦尔德生活和死亡情况的全面报告。为此，曾经在集中营内部管理机构承担过

---

① 原文为德语，字面意思是"西班牙的红色"，而红色是对革命者或共产党人的一种称呼。

② 西班牙长枪党，又称长枪会党，是西班牙的法西斯政党，创建于 1933 年。罗森菲尔德中尉应该是混淆了长枪党和西班牙共产党，但是作者认为没有必要向他作出过多解释。

某种责任的犯人都会被情报部门的军官召见。罗森菲尔德中尉是这些军官中的一员，而我在这一天受邀与他会面，因为我曾在劳动统计办公室工作，那里负责犯人劳动力的分配。

"我猜你是大学生吧？你是什么专业的？"罗森菲尔德中尉问道。

他的问题令我回想起一段遥远的时光。

"哲学。"我答道，一边回忆着那段遥远的时光。

"是哲学让你想笑吗？"罗森菲尔德问道。

我大概确实是笑了。

然而让我想笑的并不是哲学，或者说不是我在索邦大学学习的哲学。勒·塞纳①的课让人完全笑不出来，即便回忆起来也是如此，顶多能让人悄悄打个哈欠。真正让我微笑起来的，是我在回答他时忽然涌出的那段回忆。

我曾经跑过长长的地道，光着脚踩在粗糙的水泥地上。身上也是完全赤裸：从头到脚。赤裸得像一条虫子，像我所在的队伍里的其他犯人一样。他们也在跟我一起跑。

在此之前，整条雄鹰大街上，有吵闹声，有狗，有人挨枪托的打，还有探照灯的强光下在泥地里奔跑的脚步。忽然之间，我们开始在一片冰冷的寂静中缓慢前行。黑夜中，强光不再。跨过大门后，我们不知自己身处何地。党卫军和狗留在了大门的另一侧。有人把我们送到一栋两层建筑里。在建筑的第一层，经过了几天几夜在未知中的漫长旅行之后，我们已筋疲力尽，此刻挤在一间

---

① 勒·塞纳（Ernest René Le Senne，1882—1954），法国哲学家、心理学家。

巨大的淋浴室里。几个小时过去了。从淋浴室喷头流出的温水散发着恶臭。我们无法用这种水解渴。一些人陷入了辗转不安的睡眠。还有一些人立刻尝试形成小团体，找到自己的朋友，相互交换一些残羹剩饭、共同记忆以及希望。又过了很长时间，有了新的动静。几扇门打开，有人高喊着命令。我们十五至二十个人一组，被推进了旁边的一个大厅里。我们要把衣服都脱光，然后连同一切个人物品——在旅途期间经过重重搜身后仍然得以保留的个人物品——放在一个类似柜台的家具上面。给我们下令的那几个家伙说着喉音很重、词汇简单的德语，几乎都是单音节词。他们都很年轻，脚上穿着木鞋，身上是已经褪了色的浅灰色粗麻布衣服。他们一个个都是光头，身材魁梧，相互之间说的是俄语。我毫不费力就听出了他们所说的语言。两年前，篮球冠军杯赛上，我在法国体育场队一队里打球，跟俄国篮球俱乐部队的两个小伙子打过交道。我对法布里坎特兄弟和他们的队友印象十分深刻。他们是俄国白人移民 [①] 的儿子，打球很厉害。我曾经听到过他们在更衣室或者球场上交谈，所以现在我可以肯定：眼下这群为了让我们动作快一些，对我们动手动脚的年轻人（掺杂在 *Los*、*Schnell*、*Scheisse* [②] 这些德语词中的唯一一个俄语词当然是 *Bistro* [③]），他们之间说的就是俄语。刚一接触集中营生活，我就见到了这群壮实而且看上去吃得不错的俄国青年，着实感到有些吃惊。留给我思考和好奇的时间并不

---

① 这里指为躲避 1917 年俄国革命而移民的俄国贵族。

② 分别表示"快一点""快"和"该死的"。

③ 意为"快"。

多。在俄国青年的咒骂和推搡之下，一切都进行得很快。我们不久后就赤身裸体地进入了另一个大厅，这栋供淋浴的建筑的一层有很多这样的大厅。在这座大厅里，理发师手持由一根电线从天花板上吊下来的电推子，粗暴地剃光了我们的头发以及全身的毛发。我们现在是真的像肉虫子一样赤裸了：这个常见而普通的说法变得十分贴切[①]。后面的流程依旧很快，面对眼前这幅由一丝不挂的身体构成的场景，我们甚至连憋笑或者作呕的时间都没有；即便想到这种开场仪式所预示的后续，连怕得发抖的时间都没有：因为我们已经被推进了一个新的大厅（快，快，快点！[②]），里面几乎被一座泳池占满，浴池里是一种暗绿色的液体——所谓的消毒剂。你最好自愿跳进去，头朝前，否则，俄国青年就会出于纯粹而邪恶的趣味把你按进水里。因此，我立刻就闭着眼跳进水中：我对浴缸有着一段很糟糕的回忆，因为盖世太保就经常把别人的头按进浴缸的水里。

所有常规的净化仪式结束后，我们又开始在地道里奔跑，我后来才知道，这条地道的一头是淋浴和消毒楼，另一头是服装仓库，即资产室。

然而令我想笑的并不是这段回忆，这也很好理解。真正令我想笑的是"哲学"这个词，是我曾身为哲学系学生，是我刚刚把这件事告诉了罗森菲尔德中尉。那是因为，在我抵达集中营那天，

---

① *être nu comme un ver* 是法语口语中的一个常见表达方式，意为"一丝不挂"，字面意思就是"像虫子一样赤裸"。

② 原文分别为德语和俄语。

在布痕瓦尔德的地下通道里经过了漫长的奔跑之后，也有人问过我相同的问题，而我也作出了相同的回答。

我们爬了几节楼梯，最终进入了一个照明充足的大厅。在右边一条和大厅纵深长度相仿的柜台后面，有几个不算年轻的人，他们不是光头，也不是俄国人。他们在我们走过柜台的时候递给我们几件衣服，包括衬裤，没有领子的粗布衬衫，裤子和外套。还有一顶帽子，最后还发了一双木底鞋。

衣服一件件扔到我们手里，我们一件件把它们穿在身上。这些人随便看一眼我们的身高或者胖瘦，就从面前柜台上的一个个衣服堆里挑出几件扔给我们。然而尺寸很少合身：要么太松，要么太紧，要么太长，要么太短。而且特别不协调。于是，等我走到柜台尽头时，我的身上滑稽地穿着一条过长的旧黑灰条纹西裤，还有一件过瘦的浅棕色运动外套。我还额外得到了一顶尿黄色的软帽。只有木底鞋是新的：木制鞋底，上面只有一根布带，把脚伸过去就算穿上了。穿着这样的鞋在雪地上跑，绝对是一种酷刑，我不久后就明白了这一点。

穿着这身不协调的旧衣服，我感到惊恐、兴奋又羞耻，手里不停地揉搓着那顶难看的软帽，来到了一张桌子前面。几个犯人正在为新来的人登记身份。

至少我猜他们是犯人。反正肯定不是党卫军，也不是国防军。他们是德国平民，但是外套正面缝着他们的号码和一个红色三角。所以他们应该是犯人，可是哪一类犯人呢？

命运安排在我面前的这个人四十岁左右，头发花白，眼睛出奇地蓝，也出奇地悲伤，或者说他的目光中没有任何好奇，我感觉这目光似乎望向了一种毫无希望的内核。总而言之，命运安排在我面前的这个人询问了我的姓名、出生地点和日期以及国籍，反正就是我的身份特征。随后，他询问了我的职业。

"哲学专业的学生①。"我答道。

从他阴郁的、蓝得出奇又清醒得出奇的眼睛里，忽然迸发出一道光。

"不，"他断然道，"这算不上职业②！"

我没忍住，甩给他一句高师德语预备生级别的双关语：

"这不是职业，是事业③！"

我对这套文字游戏感到扬扬自得。

这个正在登记我身份的男人严肃的脸上闪过一丝笑容。他应该很欣赏我的文字游戏，也就是说，他很欣赏我的德语水平。在法语中，我这句话十分平淡无奇，只有传递信息的普通功能：哲学研究不是 profession（职业），是 vocation（事业）。而在德语中，*Beruf* 和 *Berufung* 这两个词④在语音和语义上的对位兼具趣味和意义。我对我这次即兴的语言表演感到十分满意。

这位蓝眼睛的犯人重又严肃起来。

他说道："在这里，哲学研究并不是一种合适的职业！在这里，你最好是电工、钳工、泥瓦匠……总之，最好是熟练工人！"

他特意强调了最后一个词。

---

① ② ③　原文为德语。

④　对应前面法语的 profession 和 vocation，分别为"职业"和"事业"之意。

"熟练工人 ①。"他重复了好几遍。

他盯着我的眼睛。

他又一字一句地说道："在这里，想要生存下去，最好从事这种职业！"

我当时二十岁，是一个毫无生活经验的高师文科预备班学生，完全不理解这个男人试图向我传递的信息。

"我是哲学专业的学生，仅此而已。"我还在固执己见。

于是，这个蓝眼睛的人做了一个无能为力或者不耐烦的动作。他让我往前走，叫了队伍里的下一个人，同时也登记完了我的身份。

"这就是我刚才为什么微笑。是因为这段回忆。"我对罗森菲尔德中尉说道。

我刚刚给他讲述了这段遥远的时光。

他很认真地倾听着我的叙述。

"这是一个很好的开头。"他轻声说道。

"什么开头？"我对他这句几乎听不到的回答感到吃惊。

他递给我一支烟。他的目光似乎变得有些浑浊，手也在微微颤抖。

"你这段经历的开头，"他说道，"还有故事的开头。你可以把这段经历写成一篇故事。"

几天前，在那位佩戴着洛林十字章的军官面前，我的叙述没能打动他。他把勒内·夏尔的那本书给了我（应该说是"借"：他

---

① 原文为德语。

一再强调，等我回到巴黎，一定要把书还给他），但是他并不太喜欢我那段叙述的开头。确实，几天前，我没有选择上面这段时光作为叙述的开头，而是选择了星期日：布痕瓦尔德真实的星期日。我选择通过一条天堂般的道路把他带入星期日的地狱：波拉·尼格丽的《玛祖卡舞曲》的画面。然而我这段叙述的开头惹恼了那位法国军官，或者说让他感到震惊和窘迫。波拉·尼格丽？完全出乎他的意料。正是因为波拉·尼格丽，他没能从这种糟糕的第一印象中恢复过来，也没能跟着我进入那充斥着可怖真相的星期日。

罗森菲尔德中尉会如何看待这种开头呢？

"什么样的开头都有可能，"我对他说，"这一个就属于无关紧要的细节。这种经历还是应该从最重要的部分写起……"

"你已经知道最重要的是什么了吗？"

我点了点头，并深深地吸了一口烟，让这如蜜一般既美味又浓重的烟气充满我的口腔、喉咙和肺部。这支烟远比辛辣的俄国马合烟要好得多，二者甚至都没有可比性。然而我早已意识到，我终生都会保留那段与朋友一起抽马合烟烟头的忧郁回忆。

最重要的？我想我知道什么是最重要的。我想我已经开始意识到了。最重要的，是超越表面的恐惧，直达"根本恶"的根源。

因为恐惧不是恶，至少不是恶的本质。它只是恶的外衣、装饰、排场——总而言之，是恶的表象。一个人完全可能花上几个小时来证明日常的恐惧，却无法触及集中营经历中最重要的部分。

即便事无巨细地以一种无处不在的客观性——也就是单个证

人无法具有的客观性——来作证，即便如此，也可能会错过最重要的部分。因为最重要的并不是累积的恐惧；一个人尽可以没完没了地讲述恐惧的一个又一个细节，尽可以随便挑一天来讲，就比如从早上四点半的起床号一直讲到宵禁那一刻：令人精疲力竭的劳动，常年的饥饿，持续的睡眠不足，卡波的刁难，公共厕所的脏活，党卫军的"棍刑"，武器厂生产线上的工作，焚尸炉的烟，公开处刑，冬季风雪中漫长的点名，朋友的死，等等，却始终触碰不到最重要的核心，也无法揭露这段经历的冰冷秘密——它那刺眼的黑暗真相：降临在我们身上的黑暗，自古以来，或曰自有人类历史以来，便降临在所有人类身上的黑暗。

我对罗森菲尔德中尉说道："最重要的是这段恶的经历。当然，这种经历在哪里都可能发生……想要认识恶，完全不必通过集中营。然而在这里，这种恶的经历是决定性的，是普遍的；它渗入了人的各方各面，吞噬了人的各方各面……这是一种'根本恶'的经历……"

他一惊，目光一下变得尖锐起来。

根本恶！他显然注意到我引用了康德。难道罗森菲尔德中尉也曾是哲学专业的学生？

我告诉罗森菲尔德中尉，这段叙述，我应该从关押残疾者的56号监区的恶臭讲起，从星期日围坐在哈布瓦赫和马伯乐身边时闻到的那种令人窒息和友爱的恶臭讲起。

"当然，恶不等同于非人。或者说，恶是人性中的非人部分……人的无人性通常被视为一种生命的可能性，一种个人的设想……

一种自由……所以，单纯地以人性、以人类来反对恶，或者与恶保持距离，这种做法是可笑的。恶是人性中自由的一种形式。人类的人性和非人性同时扎根于这种自由。"

我为罗森菲尔德中尉引述了我们的星期日谈话，那时我们围坐在哈布瓦赫和马伯乐的床边，他们虽命不久矣，思想依旧充满活力。我还提到了星期日围坐在哈布瓦赫和马伯乐身边的其他人。

"另外，这段恶的经历中最重要的核心，在于它是一种死亡的经历。我之所以使用'经历'这个词，是因为死亡不是一种能够堪堪擦过或者接近的东西，一种我们能够幸免的东西；它并不像是那种你能安然脱身的事故。我们经历了死亡……我们不是死里逃生的人，而是死而复生的人……这一点只能抽象地描述，或者一带而过地描述，或者与其他死而复生之人一同开怀大笑着描述……因为这一点是不可信的，是无法与他人分享的，是几乎无法理解的，因为在理性的思维中，死亡是唯一一件我们永远无法单独体验的事情，它只能以焦虑、预感或者对死之渴望的形式为人所领悟。也就是用先将来时① 领悟。我们将会经历死亡，那是一种共同的经历，而且是一种友爱的经历，它构成了我们的共在……一种向死的共在……"

罗森菲尔德中尉打断了我："海德格尔？你读过马丁·海德格尔的作品！"

那本书就放在圣米歇尔大街上一间德语书店的橱窗里展示。

---

① 法语中的一种时态，用来描述在将来一定会发生并完成的动作。

1940—1941 年的那个冬天，我还是哲学预科班的学生，德国占领区当局在索邦广场和圣米歇尔大街交会处的街角开设了一家书店，那里曾经是一间名叫"哈科特"的咖啡馆。我在亨利四世中学上课，每天上学和放学路上都会经过那边。我经常路过这间德语书店，有时会扫一眼那里有什么书，但从没想过要走进店里。直到有一天，我注意到橱窗里有一本海德格尔的《存在与时间》。那一天，犹豫了很久之后，我最终走进店里，买了那本书。

我是受了伊曼努尔·列维纳斯①的影响。是他，或者说是他的论著驱使我走进了那家德语书店。在那一年的哲学预科班里，我读到了列维纳斯不久前在多部哲学杂志上发表的关于胡塞尔和海德格尔的文章。我反复地阅读这些文章，还作了评注。我也因此对现象学和存在哲学产生了全新的好奇和兴趣。

亨利四世中学有两个哲学班，其中一个班的老师是莫布朗，马克思主义者；另一个班的老师是贝尔特朗，批判理性主义者，他的榜样——至少是教学法方面的参考对象——是列昂·布伦什维克。我就在贝尔特朗的班里。我与他的关系比较微妙：我是他最好的学生，他很宠我，对我在教学之外所读的书和关心的事情都很感兴趣；我也欣赏他在教学方面的优点，以及他引导学生探索哲学历史世界时的激情。然而，我在观念上却与他渐行渐远，包括他因过分笃信理性主义而显得呆板的世界观：一个一成不变的思想世界，漂浮在血腥的历史论战上面。

---

① 伊曼努尔·列维纳斯（Emmanuel Levinas，1906—1995），法国哲学家，他将胡塞尔和海德格尔的思想引入了法国。

贝尔特朗为我们在思想上的分歧感到遗憾。他确实希望看到我在哲学学业中闪闪发光，然而必须是他所教授的那种理性和偏执的智慧的柔光。因此，当我在学年结束时的优等生会考中获得哲学专业第二名的成绩时，贝尔特朗一方面感到高兴，因为我是他的学生，而且是在他的辅导下我才得以顺利通过这场知识的比拼（一次昙花一现的胜利）；另一方面，他又感到难过，因为他发现我以十分客观的视角探讨"胡塞尔眼中的直觉"（这也是我论文的题目），却没有对本质观进行彻底的批判。顺便提一句，我之所以获得这个奖，其实归功于伊曼努尔·列维纳斯的作品，而不是贝尔特朗的课。

矛盾的是（至少乍看如此），尽管是对现实世界的关注令我通过列维纳斯对胡塞尔和海德格尔的观点产生兴趣，然而我初次接触这两者时并没有考虑他们作品的历史背景。我并不知道胡塞尔因为自己的犹太人身份而被德国大学开除；我也不知道，纳粹掌权之前的那一版《存在与时间》是献给胡塞尔的，但是在海德格尔晚年因德国大学种族清洗而名誉扫地后，给胡塞尔的献词就从书中消失了。我在圣米歇尔大街那间书店购买的那一本《存在与时间》里就没有献词。我既无法感到吃惊，也无从愤怒，因为我根本就不知道胡塞尔的名字曾出现在那本书里；我根本就不知道是海德格尔故意删去了这段献词，如同一个人从记忆中抹去一件事情一样：一段糟糕的回忆。或许类似于从墓碑上抹掉一个名字。

罗森菲尔德中尉是第一个跟我谈起海德格尔与纳粹主义之间关系的人。那句向死的共在，是我在海德格尔的概念基础上加工

而来的 ①。我刚一提出来,中尉立刻就提起了纳粹的哲学观。

　　总而言之,列维纳斯的作品让我在那个遥远的冬天克服了自己的疑虑:我最终还是走进了那间德语书店,又犹豫了一阵,买下了那本书。一个疯狂的举动:就我拮据的经济状况来说,这本书太贵了。为了买马丁·海德格尔的书,我得省出多少顿饭的饭钱啊!

　　于是,那个冬天,1940—1941 学年的那个冬天,我在很多个漫长又饥饿的夜晚研读《存在与时间》。海德格尔应该是我那几个月最认真研究其思想的哲学家(其实还有圣奥古斯丁)。还要说清楚的一点是,促使我阅读圣奥古斯丁的《忏悔录》和《上帝之城》的,并不是伊曼努尔·列维纳斯,而是保罗-路易·兰德斯贝格,以及我自己想要一次性厘清自己与上帝之间那种相邻关系的愿望。

　　海德格尔的书对我的冲击不算很大。也许是海德格尔这位哲学家的语言对我有着某种吸引力,其中有时还掺杂着愤怒。他的语言极其隐晦,我不得不在其中披荆斩棘,开天辟地,可依旧无法达到通透的理解。这项知识解密的工作,我一直也没能完成,而它最终又因其半途而废显得愈发有趣。我为这些一知半解付出的辛苦真的值得吗?这一点我不敢肯定。当然,我也不时会产生醍醐灌顶的感觉。然而这种感觉很快就消失不见,或者迅速黯淡下去,甚至在我逐渐掌握全书整体(华丽的空洞本质)的过程中,这种感觉还会被彻底推翻。有时,文中各种概念的变化和难懂的隐喻呈现出不必要的晦涩,再加上大量纯粹的文字游戏,我会气到恼

---

① 海德格尔提出的原始概念是“向死的存在”。

怒或者疯狂大笑的程度。

另外，海德格尔的哲学能用德语之外的语言理解吗？我的意思是，马丁·海德格尔对语言的反复雕琢，能用德语之外的语言来呈现吗？除了德语，哪种语言在承受如此大量的隐晦、自我折磨又折磨别人的伪词源学以及纯粹修辞性质的共鸣和叠韵之后，还能保持自身的完整，不散落成一堆细碎如尘埃般的片段？德语就真的能承受得了吗？海德格尔难道不是也给了德语一记重击——至少是在哲学研究领域——导致这种语言花了好长时间才恢复正常？

有人会说，海德格尔走在了这个问题前面，并早已在某种意义上预料到并回答了这个问题，因为他曾断言德语（其实还有古希腊语，他可把我们一通好骗！）是唯一一种可理解的哲学语言。然而，这只是一种太原始也太狂妄的把戏，它只会导致人们再提出一个新的问题：一种哲学思想，如果它只能用一种语言来描述，如果它的精髓无法翻译成其他语言，导致它被彻底禁锢在自己初始的表达中，那么它还能算是真正有深度，有普适性（即便它只适用于一种极端的特殊情况）的哲学思想吗？

不过，这不是关键所在。在我看来，关键在于，支持海德格尔哲学理论的根本问题毫无意义可言。为什么只有存在而没有虚无？这个问题总让我觉得诡异。它既没有意义，也没有任何产生意义的可能性。实际上，只有忘记存在的问题，才能产生关于世界、关于人类存在之历史性的思想。

如果非要从这种基本到愚钝程度的问题出发去进行哲学思考，那么唯一有意义的问法差不多只能是：为什么人这种生物必须要强迫症般地提出非存在的问题、人类自身限度的问题，才能活下去，才能感觉到自己在世界中的存在？所以说，这其实是一个关于超验性的问题。

"鸟？"罗森菲尔德中尉问道。他朝我转过身来，看上去很吃惊。

几天后，我们就来到了魏玛城边的伊尔姆河畔，朝着歌德的小屋走去，歌德在舒适的季节会来这里隐居，欣赏此处混合着清爽的自然魅力，品尝孤独。

是的，是鸟。河谷的树丛里，到处是啾啾鸟鸣。鸟儿的歌唱、颤音、哄闹忽然间令我沉醉，令我的心也变得柔软起来。只闻其声，不见其影，它们隐蔽的存在就如同一阵生活的涡流，如同经年冰封的沉默忽然迎来的一场解冻。

也许是鸟。再次听到它们的叫声，让我突然产生了一种过于强烈的喜悦，连呼吸都急促起来。

罗森菲尔德中尉认真听过我的解释后，点了点头。

"是什么吓跑了艾特斯伯格的鸟？"他问道。

我告诉他："是焚尸炉的气味。肉体烧焦的气味。"

他看了看周围伊尔姆河畔迷人的景色。可以看到城堡的塔楼，还有巴洛克风格的小钟楼。这座小钟楼在地面的裂缝之上延伸开去，河流就在这道裂缝中流淌。

"它们还会飞回来吗？"他轻声问道。

我们继续往前走。

我重新开启了那个我们从第一天起就不曾停止探讨的话题，对他说道："歌德也可以是一个不错的开头。"

他看着我，眼中是嘲讽和好奇。

"我早就想问你了！如果说波拉·尼格丽让那位法国军官感到尴尬，那歌德应该会让他惊掉下巴！"

"不会的！我不可能光为了出其不意的效果就没来由地跟他聊起歌德。歌德和爱克曼在艾特斯伯格山上，在集中营建起的位置，进行了精妙和深奥的对话……不，这个开头太普通了！我更愿意从莱昂·布鲁姆说起……"

他停下脚步，看着我，脸上写满了吃惊。

他说道："布鲁姆在 4 月 3 日就从布痕瓦尔德撤离了。负责把他送走的党卫军中队长就是我审问的！那个党卫军告诉我，布鲁姆因风湿病而行动困难，把他塞进车里还费了很大力气呢！"

4 月 11 日，集中营解放时，关押特殊犯人的别墅里早已人去楼空。然而我们并不知道这些来自不同地区，作为人质被关在党卫军营地里的重要人物的下落。

"他们把布鲁姆送到哪儿去了？"

"南边，"他对我说，"计划的第一站好像是雷根斯堡。盟军目前还没有找到他……"

我告诉他："我们听说布鲁姆 1944 年还在集中营，一直到 8 月……美军轰炸布痕瓦尔德兵工厂后，几个在党卫军别墅里干修理工作的比利时和法国犯人在那里认出了他……"

我们继续朝着歌德的小屋走去。

"可是我不太明白，"罗森菲尔德中尉皱着眉头问道，"如果你想聊歌德，为什么非要从布鲁姆说起？"

我没有因为他这次"无知的现行犯罪"而感到不悦。自从我在 4 月 19 日第一次遇见罗森菲尔德中尉以来——我有无可辩驳的理由和参照来断定这个日期无误，我也非常肯定我与他在魏玛城外伊尔姆河谷散步那一天的日期：4 月 23 日，圣乔治日。罗森菲尔德那天早上对我说："为了庆祝你的节日①，我要送你一份礼物：带你去魏玛！"——从那时起，他的文化和他有限的知识频频令我感到震惊，有时还会让我恼火。然而这一次例外，我没有因为他"无知的现行犯罪"而感到不悦，毕竟他似乎并没有理解布鲁姆和歌德之间那种明显的联系。

我用一种显而易见的语气告诉他："很久以前，莱昂·布鲁姆曾经写过一本书，名叫《新歌德与爱克曼谈话录》。"

他之前确实不知道，现在被这件事激起了极大的兴趣。我又给他多讲了一些。

或许现在我该讲一讲罗森菲尔德中尉其人了。他就在我前面，离歌德的小屋只有几十米远，因为得知这个关于布鲁姆作品的小细节而兴奋不已。或许我该借此机会讲一讲沃尔特·罗森菲尔德，此后我便再也没有见过他，也没有了他的消息，然而他在我生命中短暂地出现并非毫无意义。至少绝对算不上是微不足道。我给他解释布鲁姆这部《新歌德与爱克曼谈话录》的主要内容和中心思想所需花费的时间，足够我跟你们聊一聊罗森菲尔德这个人。

---

① 作者的西班牙语名字 Jorge 相当于法语和英语中的 George（乔治），而圣乔治日是基督教的一个节日，主要在一些将圣乔治视为主保圣人的地区庆祝。

因为我不会草草了事，只给他简要介绍布鲁姆这部散文集的基本信息。我很了解自己，我知道我肯定会跟罗森菲尔德说起吕西安·埃尔[1]，还有德雷福斯事件，埃尔晚年所居住的房子（在皇家港口大街上）——在我1942年结识他的家人时，他们仍然住在那里。我还会跟他说起吕西安·埃尔的夫人，一个瘦瘦高高却不知疲倦的女人，以及朝向院内花园的底层书房，我就是在那里读到了《新歌德与爱克曼谈话录》，是莱昂·布鲁姆题词并赠送给埃尔的。要一直讲到艾特斯伯格山，讲到命运将布鲁姆这个盖世太保的囚犯送到了歌德和爱克曼谈话的地方——艾特斯伯格山的橡树和山毛榉掩映下的地方，着实要花上一些时间，我正好利用这段时间来向各位介绍一下罗森菲尔德中尉。

他比我大五岁，所以时年二十六岁。尽管身着美国制服，拥有美国国籍，他却是德裔。我的意思是，他出生在德国柏林的一个犹太人家庭，1933年移民到美国，那时的沃尔特十四岁。

他选择了美国国籍，这样便能够拿起武器，与纳粹主义作战，也就是与他的祖国作战。成为美国人，也就意味着他选择了民主事业的普遍性：祖国的战败是这种普遍性从可能变为现实的必要条件。

我听他讲述了自己的童年，客居他乡的经历以及对祖国的宣战；我记得他在焚尸炉的院子里向同胞们训话时那严肃的表情和冰冷的声音。我还记得，在那几周前，一个暴风雪席卷集中营的

---

① 吕西安·埃尔（Lucien Herr，1864—1926），1888—1926年担任巴黎高等师范学校图书馆馆长，社会党人，是最先在德雷福斯事件中发声的人之一。

周日，在传染病房的卡明斯基——在那位奥斯维辛特殊派遣队的幸存者讲完他的故事后，卡明斯基点亮了灯。"永远不要忘记，"卡明斯基用同样阴沉和严肃的嗓音说道，"德国！有罪的是我的国家，不要忘记这一点！"

我们在4月19日初次见面以来，美国的沃尔特·罗森菲尔德中尉，这个在柏林出生的犹太人，就跟我讲述了他的童年，客居他乡以及回到祖国的经历。多年后，恍如隔世，我又向阿塞尔·科蒂提起了关于罗森菲尔德中尉的回忆。科蒂不是柏林人，而是维也纳人。他撰写并拍摄了一个名为《欢迎来到维也纳》的电影三部曲，目的就是讲述罗森菲尔德中尉那样的归国经历。我向阿塞尔·科蒂讲述了关于罗森菲尔德中尉的回忆，他瘦削又笨拙的身体，他尖锐又悲伤的目光，还有他的博学。当我在一次关于电影合作计划的讨论中和科蒂聊起他时，出现在我脑海中的是伊尔姆河谷的风景。我又看到了四月的阳光下，歌德那间木筋墙小屋，就坐落在山脚，河的另一边。我只跟寥寥几人说起过罗森菲尔德中尉，阿塞尔·科蒂是其中之一。当然有客居他乡的原因，也因为回到祖国的苦涩经历：在我的脑海中，这样的经历把他们二人联系了起来。

总而言之，罗森菲尔德中尉之所以从第一天开始就跟我讲起他在柏林度过的童年时光，主要是因为海德格尔，因为马丁·海德格尔闯进了我们的对话。关于这位托特瑙堡的哲学家的政治倾向，罗森菲尔德中尉有很多话要对我说。沃尔特·罗森菲尔德通过他的家庭和随后的大学学习，与流落美国的德裔和奥地利裔知识分子圈建立了联系。正是依靠这个圈子，依靠他们在战争和封锁中依旧与德国保持联络的多个网络，他才得以一直获取关于海德格尔亲纳粹立场的详细信息，从1933年直到我们在1945年4月交谈的当下。

在之前的交谈中，罗森菲尔德同我谈起了这些流落在外的人，谈起了阿多诺、霍克海默和马尔库塞成立的社会研究所①，谈起了汉娜·阿伦特（她曾经是海德格尔的学生），并对她大加赞赏。他还跟我谈起了作家贝尔托·布莱希特以及其他曾经在美国生活和工作过的人。

这些名字在我身上开启了未知的世界，唤起了我的好奇和对知识的渴求，他们中，我早已熟知的只有布莱希特和布洛赫。通过穆齐尔的《没有个性的人》，我在爱德华-奥古斯特·弗里克位于巴黎布莱斯-德斯戈夫路的书房里找到了赫尔曼·布洛赫②的《梦游人》。弗里克是一个博学、富有又慷慨的日内瓦人，是"精神"团体的朋友，曾收留我和我的弟弟阿尔瓦罗好几个月。他有一间很棒的书房，其中大部分藏书是德文的。我曾经贪婪地阅读里面的书籍，一读就是十几本。

贝尔托·布莱希特倒不是我在布莱斯-德斯戈夫路的书房里发现的，而是在维斯康蒂路，一个姑娘家里。她是维也纳人，在

---

① 1923年由几位经济学家和社会学家在法兰克福大学成立的社会研究所，旨在研究一种科学马克思主义。马克斯·霍克海默担任所长，哲学家西奥多·阿尔多诺和赫伯特·马尔库塞均曾在研究所工作。该组织后发展为"法兰克福学派"。

② 赫尔曼·布洛赫（Hermann Broch，1886—1951），奥地利小说家，1938年流亡美国，主要代表作有小说《无罪者》《着魔》等。

德军占领时期的某段时间里帮我"搭桥"——用不那么神秘的语言来说，她是我的联络人——联系移民劳动力组织①，这个共产党地下组织专门招募外国积极活动分子。

> 德国啊，苍白的母亲！
> 你多么肮脏，
> 当你坐在各民族中间……②

1943年春天，维斯康蒂路，夜幕已然降临。我们突然遭遇宵禁，无法离开这间公寓，也不能冒险去被警方盘查——无论是德国警察还是法国警察。茱莉亚极不愿违反基本的安全规定，可是天色已晚，她又不能赶我出去。让我们如此忽视时间流逝的，不是世界的未来，也不是卢卡奇那部传奇著作《历史与阶级意识》的精妙阐述，而是文学。

我们像很多外国人一样痴迷法语，这种语言已经变成了一种精神诱惑。因其闪闪发光的简洁，因其耀眼的清冷。我们循序渐进，从让·吉罗杜到海因里希·海涅，最终背下了好几首诗。也便因此忘记了时间，掉入了已经收网的宵禁陷阱。

1943年，在维斯康蒂路，茱莉亚为我朗诵了布莱希特的诗歌，滔滔不绝地跟我讲述这位作家。天色渐渐亮起，宵禁解除，在她家门口，她伸手抚摸我的脸庞，轻柔中带着些许不安。"别死掉！"

---

① 成立之初是一个工会组织，后在法国共产党的领导下参加抵抗运动。

② 贝尔托·布莱希特：《致后代：布莱希特诗选》，黄灿然译，译林出版社，2018年2月。

她轻声对我说道。

我哈哈大笑，而且看她竟以为我会死，甚至以为我脆弱不堪，我还有些生气。可我也猜不到怎样的黑暗会降临在我头上。

总之，1945 年 4 月，罗森菲尔德中尉和我谈起流落美国的德国作家之前，我就已经知道了赫尔曼·布洛赫和贝尔托·布莱希特。这要归功于一位雄辩而富有的日内瓦人（他的名字叫爱德华 - 奥古斯特·弗里克）的书房，以及一个化名茱莉亚的维也纳人对文学的热爱，她在很年轻时就曾供职于共产国际。

　　德国啊，苍白的母亲！

罗森菲尔德中尉轻声诵出这首诗的结尾——重复了这句呼唤。歌德的乡间小屋门前，一片草地顺着缓坡延伸向伊尔姆河，我们就坐在柔软的小草上面。我刚刚给他讲完我两年前的那段经历：我如何发现了布莱希特的诗歌。

　　德国啊，苍白的母亲！
　　你的儿子们对你做了什么
　　使得你坐在各民族中间
　　变成嘲笑和害怕的对象！

中尉轻声朗诵着这首诗的结尾，双眼微闭。一道炽热的阳光钉在了中尉身边那把冲锋枪的枪筒上。

我们没能进入歌德的乡间小屋。门上的挂锁锁了两圈。似乎也没有人知道谁负责看管钥匙和房子。我们只好绕着房子走上一圈，但罗森菲尔德还是事无巨细地为我介绍了这间房子。至少介绍得足够详细，详细到我只能记住一部分。不得不说，他这位向导无所不知，心思缜密，又兴致高昂。我记得这间小屋是卡尔·奥古斯特大公在 1776 年送给歌德的，此后的几年里，歌德经常来这里住上一段时间。罗森菲尔德告诉我，歌德最后一次光顾这处带花园的房子是在 1832 年 2 月 20 日。他那肯定的语气在我看来有些不太真实，甚至让我有些恼火。

这天早上，当我穿过布痕瓦尔德的纪念性栅栏门，准备像往常一样和罗森菲尔德碰头时，正在那里无精打采地站岗的美国士兵叫住了我。

"嘿，老兄，我认识你！"

罗森菲尔德让人给我制作的通行证，他连看都没看一眼。他用手在眼睛上比画了一下望远镜的形状。

"我那天观察过你……你一个人在点名操场上大喊大叫……你喊的是什么？"

"诗句。"我答道。

"诗？胡扯吧！"

当然，他说的不是法语的 *merde*。也不是我们可能会猜到的 *shit*①。他是用西班牙语骂了一句，以表达他的吃惊。他说的是 *Coño*。

---

① 英语词，与法语的 merde 同义，粗话，用来表示愤怒、震惊等情绪。

"*Poetry*[①]？ *Coño*！"他脱口而出。

于是我们用西班牙语交谈了几句，我暗暗觉得这支美国军队太招我喜欢了。他们的仪表，无论是着装还是礼节，看上去都比我打过交道的其他军队更加灵活，更加潇洒。更直白地说，军人味没那么浓。这些"公民士兵"的出身和文化背景多种多样，更加深了这种印象。就比如这位与我聊了四天布痕瓦尔德生死的中尉，他就是一个德国犹太人；跟我们（我是指我的捷克斯洛伐克朋友吉里·扎克组织的地下乐队）一起演奏爵士乐的士官和士兵都是黑人；还有很多士兵来自新墨西哥州，他们音调优美的西班牙语令我喜出望外，或者说让我感到困惑：我童年的语言，竟然是自由的语言，而不仅仅是流亡和不安回忆的语言，让我感到困惑的就是这一点。

几天前，罗森菲尔德中尉在焚尸炉的院子里对魏玛的德国平民训话时，我注意到一个很年轻的美国士兵。他的目光注视着焚尸楼门口的尸堆，瞳孔因恐惧而放大。尸堆里的尸体瘦削发黄，扭曲变形，粗糙紧绷的皮肤下是突出的骨头，眼球突出。我观察到那个年轻美国士兵的眼神中满是惊恐和愤怒，嘴唇也颤抖起来。忽然，我听到不远处的他开始低语着什么。他在用西班牙语祈祷，声音不大，但吐字清晰。我们天上的父[②]……他的祈祷令我大受震撼。震撼我的并不是祈祷本身：我很早以前就不再接受这种扫兴的安慰，拒绝这种求助的方式。令我大受震撼的是，我童年的语

---

① 英语词，意为诗歌。

② 原文为西班牙语。

言忽然在我耳边响起，而它被用来表达当时那死亡的现实。

而在今早，这位来自新墨西哥州的美国士兵说道："*Poetry*？*Coño*！"

我们用西班牙语交谈了几句。他告诉我，他也能背诵几首诗，并马上证明了这一点，用西班牙语特有的夸张语调和他的墨西哥口音背诵了一首鲁文·达里奥 [①] 的诗。在朗诵结束时，他把双臂伸向一片想象中远方的海滩，一群又一群为检阅而全副武装的战象从海滩上走过。

> ……国王让四百头象
> 游行在海边……

这一天，罗森菲尔德中尉接见了我，并提醒我这一天是 4 月 23 日，圣乔治日。作为礼物，他带我去了魏玛。

我们到达魏玛时，这座小城的街巷里几乎空无一人。魏玛周围的环境令我震惊：最靠城边的几栋房子离布痕瓦尔德仅有几公里之遥。集中营应该就建在艾特斯伯格山的另一侧山坡上。当我们转身面向一片点缀着几座宁静村庄的青翠草原时，我们就看不到魏玛城了，可它就在附近。当我们进入这座小城时，四月的阳光下，城里几乎空无一人。罗森菲尔德中尉开着吉普车，在街巷和广场上缓慢行驶。城中心的集市广场曾经遭受过盟军的轰炸：整个广

---

① 鲁文·达里奥（Rubén Darío，1867—1916），尼加拉瓜诗人，西班牙语美洲现代主义诗歌的代表人物，代表作有《蓝》《世俗的圣歌》《生命与希望之歌》等。

场北侧都布满了轰炸的痕迹。随后，罗森菲尔德把车停在了妇女广场上，就在歌德位于城里的房子前面。

给我们开门的老人不太友好，他先是禁止我们进入，还告诉我们，就目前的情况来说，需要一张官方开具的特别许可证才能进去。罗森菲尔德中尉则反驳说，就目前的情况来说，他就代表官方，甚至代表权威："任何你能想象到的权力机关。"现实显然让这位虔诚地看守着歌德故居的德国老人很难过，可他也不能阻止罗森菲尔德中尉进入这一日耳曼文化的圣地。于是罗森菲尔德走了进去，我跟在他后面。就在老人重新关上大门之前，我刚好来得及看清门上方的拉丁语铭文，同时想起，这座房子在1709年由一个叫格奥尔格·卡斯帕·赫尔默斯豪森的人建造，以赞颂上帝和城市的荣耀。此时，老人充满仇恨的目光落在了已经走到深处的罗森菲尔德中尉和他挂在肩上的冲锋枪上面。这双充满怀疑的黑色眼睛里写着绝望的愤怒，又开始上下打量起我来，或者说打量我的穿着。这身穿着确实不算太得体，有些奇装异服的味道。他或许明白了我从何处来，而这并不能让他心情好起来。

其实我们此次参观妇女广场上的这栋房子，完全不需要向导。罗森菲尔德像行家一样对我侃侃而谈，可是老看门人依旧跟着我们。有时，我们能听到他在后面嘀嘀咕咕，急切地想让我们意识到我们是入侵者，根本没有资格亵渎这样的地方。他提到了很多欧洲作家和艺术家，说自己近几年曾经陪同他们走进这栋高贵的房子里的各个房间。然而，罗森菲尔德中尉并没有任何反应，只是继续向我讲述歌德在魏玛度过的漫长时光，知无不言，言无不尽。

最后，或许是因为没能激起任何反应，这个恼羞成怒的老纳粹提高了声音，在我们身后开始讲述希特勒最后一次光顾这里的情形，当时希特勒就住在魏玛的大象酒店里。他赞美着"伟大的元首"，音调越来越高。罗森菲尔德中尉忽然爆发，转过身，抓住老人的衣领，把他拖进了一只壁橱里，随后上了两圈锁。我们终于摆脱了他那充满仇恨和绝望的声音，安安静静地完成了参观。

> 德国啊，苍白的母亲！
> 你的儿子们对你做了什么
> 使得你坐在各民族中间
> 变成嘲笑和害怕的对象！ ①

　　罗森菲尔德中尉轻声诵完布莱希特这首诗的结尾部分。我们坐在朝向伊尔姆河畔的缓坡上，坐在一片草丛中。在这个圣乔治日，他那支冲锋枪的钢质枪身反射着阳光。

　　距离我在茱莉亚的引导下发现了贝尔托·布莱希特的诗歌，时间已过去两年。仅仅两年，我却感觉我与那个春天，与维斯康蒂路上那个春天的夜晚之间，相隔了永恒般的距离。一种确定感涌上心头，于是我笑了起来。一种失礼但从容的确定感。这当然是一种永恒般的距离：死亡的永恒。两年死亡的永恒将现在的我和维斯康蒂路上的我分隔开来。那一个我倾听着茱莉亚朗诵贝尔

---

　　① 原文为德语。

托·布莱希特的诗。破晓之际，她伸手轻抚我的脸庞。"别死掉！"她离开我时轻声说道。我听罢一惊，高傲地大笑一声。我难道不是不死之身，或者至少刀枪不入的吗？

两年冰冷的永恒，两年无法忍受的死亡，将我与我自己分隔开来。我将来还能找回自己吗？我还能不顾生活的烦恼，找回那种透明般存在的天真吗？我会不会永远变成如今这个穿越了死亡，以死亡维生，在死亡中沉沦、蒸发和迷失的自己？

"该回去了。"罗森菲尔德中尉说道。

他看了看表，确实该回去了。我看着四月的阳光洒在延伸向伊尔姆河的草地上。我看了看歌德的田园小屋。我听到四周鸟儿密集的低语：这是重新开始的生活的样子。然而，我忽然产生了一种无法言说的感觉：我很高兴能"回去"，就像罗森菲尔德刚才说的那样。我想要回到布痕瓦尔德去，回到我的人身边，回到我的同志身边，那些经历了漫长的死亡缺席后起死回生的人。

我站在伊尔姆河畔翠绿的草地上，对他说："走吧。"

5

路易斯·阿姆斯特朗的小号

在阳光大道上①：多么幸福！

是路易斯·阿姆斯特朗的小号，微醺的我还是听了出来。

我哈哈大笑，心醉神迷。

那是在爱森纳赫，接近四月末的样子。确切地说是在爱森纳赫的一间酒店里，这间酒店被各同盟国的参谋部用作当地战俘和集中营犯人的遣返中心。

我将怀里的姑娘搂得更紧了一些。在这个不眠的夜晚，我们跳着舞，几分钟过去了，我们几乎不怎么动。我看着她，她的眼睛睁得大大的。换作是两年前，在我青年时期的家庭舞会上，这样一双蓝色的眼睛会令我一再心神荡漾，我还会将它们视为好兆头。

感觉倒像是一个世纪前的事情了：想到这里，我哈哈大笑。我笑的样子傻乎乎的，我猜。

可她忽然不安起来，变得有些激动。

----

① 原文为英语，*On the sunny side of the street* 是美国著名小号演奏家路易斯·阿姆斯特朗（Louis Amstrong）创作的一首歌曲的名字，中文通常译为《阳光大道》。

"别这样看着我。"她轻声说道。

我没有"这样"看着她。我只是看着她而已，就像任何男人在过去了那么多月后看着一个女人那样。或许带着一点吃惊，还有一点好奇。我只是看着她而已，不过或许正是因为这种目光中的单纯，或者说直率，显得有失体面，更确切地说，让她感到不安。

她的声音微微颤抖，受情绪的影响，有些嘶哑。

"我想成为你生命中第一个女人！"她低声说。

这就有些过分了，我向她指出了这一点。

"我生命中的第一个？晚啦！顶多也就是我死后的第一个！"

路易斯·阿姆斯特朗那浑厚的嗓音开辟出一条条无限的欲望之路，尖厉而强烈的乡愁之路。此时的姑娘浑身发抖，不再舞蹈，仿佛忽然对我奇怪的经历，对我眼中不由自主呈现出的空虚，产生了一种惊恐的渴望。

仿佛被这惊恐本身所吸引。

在接下来的几周，几个月，整个春天，以及我回归（一个奇怪又虚伪的词，至少是一个含义可疑的词）后的那个夏天，我得以验证了这种目光惊人的持久性。

我是说，我的目光。

这目光不再那么容易解读，就像两周前面对三位身着英军制服的军官时那样，就像面对这个爱森纳赫姑娘时那样。她的名字叫玛蒂娜，隶属法军的一个后勤部门。我的头发已经长回来了；我的穿着同别人无异，同巴黎任何一个二十岁小伙子在晴朗夏日的穿着无异。也就是说穿得破破烂烂，很随便，和战后物资匮乏年代的同龄人一样。

乍一看，并不能看出我在哪里度过了此前的几年。我自己也在很长一段时间里对这一话题保持沉默。并非出于负罪感或者胆怯而刻意沉默，倒更像是一种幸存的沉默，因求生欲而沙沙作响的沉默。所以，我并没有保持一种死寂，只是因为惊叹于大千世界的美好和多彩，想要在这世界中生活，抹去一种难以磨灭的痛苦的痕迹，所以才不作声。

可是，信不信由你，我无法让我的目光一起保持沉默。

在公共交通工具上，在晚间的聚会上，在小酒吧里，女人们很容易感知到我的目光。我会因一张匆匆瞥过的脸庞，因一个女人肩膀或者腰身的线条，因一个聪慧的笑容而回眸。我会盯住陌生人的目光，看着它们一点点变得浑浊，变得模糊。那些目光中骤然呈现出一种猛烈的力量，一种不安到焦虑但不容置疑的力量：如同一颗未经雕琢的诱惑之钻。

总而言之，通过有心或无意的疏忽，最困难的阶段已经过去。云雀掉入了镜子的陷阱，自以为欣赏着在他人关注下变得更美的镜像。而镜中无物可视，无物可猜——怎么猜？该从多么敏锐的角度去猜啊——有的只是一段可怕的经历，如同一面没有锡汞齐的镜子。

1945 年 4 月 12 日，这样疯狂而混乱的目光让一个盟军小队里的三名军官感到不安，就在布痕瓦尔德骷髅师的办公楼入口，那里存放着他们想要查阅的资料。这目光后来让我得以看到了女人的美丽和温柔，激情和萎靡，重新打开了我心灵的大门，至少能时不时地打开一段时间，从而保存住了几段令人心碎的小幸福。

自从发现了这种能力，我便开始肆无忌惮地滥用它。

肆无忌惮，但也不是心安理得。因为这些邂逅，这些艳遇，即便再美妙，也会在我身上燃起记忆的痛苦；每一段经历都会唤醒死亡，我想要忘记它，可它那黑暗的光芒正是这些肉体欢愉的根源。

从回来的那个夏天，到秋天，再到阳光明媚的冬日，在提契诺州的阿斯科纳，我决定放弃自己正在尝试写的书。我曾经以为会伴随我一生的两样东西——写作和享乐——都离我而去，日复一日地不断将我送回死亡的回忆，将我压在这段令人窒息的回忆之下。

在缺席生活的日子结束之际，路易斯·阿姆斯特朗，他浑厚的嗓音和小号，那具女人的胴体：这一切似乎都很简单，在爱森纳赫这座被征用的豪华酒店里度过的不眠夜就这样结束了，酒店那过时的魅力令我回想起 A.O. 巴纳布斯①曾经频繁光顾的海滨浴场。

我漂浮在贴身舞蹈的绵软梦乡之中，随心而动。这梦中还有奢华的欲望。幸亏我没有过于担心自己瘦削的身体，反正血液还在体内流动，那就没什么好担心的。未来仿佛满是闭着双眼的女人（玛蒂娜·D. 也刚刚闭上了她的双眼），修长的双腿与我的腿缠绕在一起。

---

① A. O. 巴纳布斯（A.O. Barnabooth），诗人瓦莱里·拉尔博（Valery Larbaud，1881—1957）的笔名。

没什么好担心的，真的。

这种肉体的欢愉，对我的心灵颇有好处。不得不承认，我的身体出乎我的意料。十八岁时，可以说我完全不了解自己的身体，或者说，我根本没有意识到自己拥有一副身体，没有意识到这身体的束缚。至少，我不关心这副身体，甚至可能低估了它。我的身体也不了解我。它本身既不客观，也无生气可言。我的身体完全没有自在，只有它自己那些幸福或者可悲的欲望，那些我本该意识到，或者至少应该容忍的欲望。

我的身体只是我的欲望、意愿甚至任性的一种即刻延伸。它只是我自己。它对我唯命是从，可它并不是一种工具。如果要写一篇关于身体与精神之间关系的哲学班传统论文的话，我会毫不犹豫地将这种关系总结成：它们是一体的，几乎是同一回事。对我来说，我的身体和我童年的记忆一样，是同体的；我在我的身体里，如同鱼在水中。可以的话，我敢说我的整个灵魂都在身体里。

我曾经重新发现了我的身体，它自为^①的真实性，它阴暗的一面，它在反抗中表现出的自主性——那是十九岁的我在欧塞尔一栋盖世太保的别墅里受审的时候。

忽然，我的身体变得飘忽不定，它脱离了我，并以这种分离为生，在痛苦的奄奄一息中，为了它自己，反抗我。当地盖世太保头子哈斯的手下把我高高吊起，两条胳膊绑在身后，双手被手

---

① 萨特提出的存在主义哲学概念，用来指代人的存在。

铐紧紧固定在后背上。他们把我的头按进浴缸里故意用垃圾和粪便弄脏的污水中。

我的身体几近窒息，变得疯狂，卑微地求饶。我的身体呈现出一种本能的反抗，这种反抗试图否认我作为一种道德存在的身份。它请求我在酷刑面前妥协；它要求我这样做。为了在与身体的这场对抗中获胜，我必须要将它遗弃在痛苦和羞辱的折磨之中，从而征服它，制服它。

然而，这样的胜利每时每刻都在受到质疑，并将我分裂开来，令我痛恨起自己身上最重要的一个部分，在此之前我一直是在无忧无虑和身体的快乐中感受这个部分。然而，从盖世太保手中赢来的每一个安静的白天，都让我离这副不时抽搐的身体越来越远，同时离自我越来越近，离自我那惊人的坚定越来越近：那是以如此非人的方式为人的一种傲慢，令人不安，甚至有失体面。

后来，在布痕瓦尔德，我的身体继续为自身的利益（或者失利）而生存，面对疲惫衰竭的烦扰：饥饿和睡眠不足。我不得不粗暴地指挥着它，必要时还会以轻蔑的态度对待它。

来到集中营几周后的一天，我因疟病发作而高烧不退。我本能地避免去营地、去医务室，去接受我本可以申请接受的治疗。一般来说，进了医务室的人，最终都会从焚尸炉离开：我已经从布痕瓦尔德的资深囚犯那里听说过这种讽刺。于是，我让一个法国朋友帮我割破了已经长到腋窝下面的疖子，他是营地的医生。接下来，我继续过着按规定劳动的生活。一切恢复了正常秩序。

但是，我有时也怀疑，饥饿的痛苦、滞后的睡眠和持续的疲怠是否会在我的身体上刻下永恒的印记。

可是完全没有，一点也没有。

那天晚上，在爱森纳赫，我的身体出乎我的意料。几天来的自由，营养更丰富的饮食，随心所欲的睡眠之后，我的身体又恢复到了正常、傲慢的状态，完全忘记了前不久的惊惶；真正的晚餐，端上真正的餐桌，再加上几杯摩泽尔葡萄酒，我的身体便感到微醺，但依旧灵活而敏锐：这足以让我幸福得笑起来。

于是，我向穿着匀称的蓝色制服的姑娘俯下身去，并在她耳边低语：

> 我用我全部的欲望
> 影响了你清晨的美……①

她的眼中燃起了焰火般的目光。

"你还挺有诗意的呢！"

当然，有诗意的并不是我，我归根结底只是代为表达而已。然而玛蒂娜完全没听说过勒内·夏尔。我不能怪她，毕竟连我也是不久前（确切地说是在 4 月 12 日）才了解这位诗人的。

玛蒂娜·D. 并不是我生命中第一个女人，甚至连死后重生的第一个都不是。我在经历了集中营的大雪和死亡、饥饿和烟雾后

---

① 勒内·夏尔：《愤怒与神秘：勒内·夏尔诗选》，张博译，译林出版社，2018 年 5 月。

的第一个女人名叫奥迪勒，我没有同她在爱森纳赫那间被美国人征用的豪华酒店里跳舞。回到巴黎几天后，我才在蒙巴纳斯大街上的"小舒伯特"第一次同奥迪勒跳舞。那是爱森纳赫的不眠夜之后的事情了。

阿姆斯特朗的小号，所有极乐世界的小号，再一次出现；不眠夜，酒精，对生活重新开始的疯狂期待；还有奥迪勒·M.，她是我青年时期一个朋友的表亲。吃过晚饭，我们交谈，欢笑，在萨克斯大街上陌生人的家中围绕阿尔贝·加缪展开一场混乱的讨论。午夜后，我们又成群结队地回到了"小舒伯特"。

奥迪勒·M. 只同我一人跳舞，我把她搂在怀中。时间一点一滴过去，拂晓的爱情悄然来临。

我在姑娘耳边低声吟诵勒内·夏尔的诗句。虽然在爱森纳赫没有奏效，但我不会因此放弃这种修辞手段，这种用失礼却美妙的亲密语言表达的诗意开场白：

　　我用我全部的欲望

　　影响了你清晨的美……

奥迪勒停止了舞蹈，看着我。我们离开了"小舒伯特"。

几天后的 1945 年 5 月 8 日，阳光普照。我穿过莱克朗兰比塞特尔收容所的庭院。

那是战胜纳粹军队的日子，一般人应该都记得。即便不记得，至少也能记住那个日期。记得和记住日期，并不是一回事。一般人也不记得马里尼昂战役，但却记得战役的日期[1]。

至于我，我是真的记得 1945 年 5 月 8 日。这一天并不只是一个出现在课本上的日期。我记得阳光灿烂的天空，姑娘们的金发，人群的狂热；我记得在卢特西亚酒店[2]门口排着长队的家人脸上急切不安的表情，他们悲伤地等待着仍未从集中营归来的亲人；我记得一个头发花白，却有着光滑而年轻皮肤的女人，她在拉斯帕伊地铁站上车；我记得一群游客把她挤到了我的身边；我记得她忽然注意到了我的穿着和我的平头，记得她寻找着我的目光；我记得她的嘴唇开始颤抖，她的眼睛充满泪水；我记得我们长时间地面对着彼此，一言不发，距离近得不可思议；我记得我要终生记住她的脸；我记得她的美，她的同情，她的痛苦，她心灵的靠近。

我还记得在灿烂的阳光下穿过莱克朗兰比塞特尔收容所的庭院，四周是宣告战争胜利的喧闹钟声。

那一天，我本来要去一间光秃秃的住院医生值班室找奥迪勒·M.。她让我在午饭时间过去，因为她能有一个小时的时间不受打扰。"一个或者两个小时，取决于急诊情况。比起去恶心的食堂吃饭，我更愿意和你在一起，"她对我说，"而且，长眠的人才吃饭呢，你知道长眠的意思吧？"她又大笑着补充了一句。

嘈杂的钟声，人群的欢腾，汽车喇叭声，一路杀进了莱克朗

---

[1] 指 1515 年 9 月 13 日和 14 日发生在法国与米兰公国之间的一次战役。

[2] 巴黎的一间酒店，用于接待从集中营归来的犯人，那里还设立了一个信息交流中心，帮助幸存者与家人团聚。

兰比塞特尔收容所（奥迪勒不知道收容所名字里第二个单词①的词源，我告诉她后，她也没有表示感激，因为她完全不在乎）这个光秃秃的小房间，震耳欲聋。她开始脱衣服，一不小心掀翻了我从布痕瓦尔德带回来的那个德国军用皮挎包。我把全部家当装在里面，挎着它到处跑。

奥迪勒跪在地上，捡起我散落一地的个人物品。于是我看到了她手中那本勒内·夏尔的诗集：《唯一幸存的》。

我想起我曾经向那位法国军官承诺过，一回来就把书还给他。他给了我一个地址，瓦莱讷路。还有一点要明确一下，他的用词不是"回来"，而是"遣返"。

关于"回来"和"遣返"这两个词，我曾经思考过要如何区分。第二个词对我来说肯定是毫无意义了。首先，我回到了法国，而不是我的祖国。其次，本质上说，我永远也不可能回到任何一个"祖国"去，这一点很明确。对我个人来说，不再有祖国，以后也不会有。或者有好几个祖国，不过还是一回事。想想看，一个人能同时为几个祖国而死吗？太难以想象了。然而，为祖国而死，是论证祖国之存在最好的本体论证明，甚至可能是唯一一种证明。所有可能的死亡最终便相互抵消了。必要时，可以说一个人只能死一次，而且只能为一个祖国而死。这种事情不应该拿来开玩笑：祖国不能是复数，它是单一的，不可分割的，独一无二的。

至于我，我从来没想过为祖国而死。我的脑海里从来没有闪

---

① 收容所的名字是 Kremlin-Bicêtre。

过祖国这个概念（说起祖国的概念时，用"闪过"这个动词或许还是太轻，太缥缈：如果这个概念真的存在，我认为它不会闪过你的脑海，而是应该会击垮你，碾压你，颠覆你），当我有机会（最近几年比较频繁）面对死亡的可能，即冒生命危险的可能时，我也从未想起过祖国的概念。祖国从来不是关键问题。

因此不存在遣返一说。

但是"回来"这个词也不完全中肯，虽然它表面上是一个中性词。确实，从纯粹的描述意义上来讲，可以说我回到了我的出发点。但这个出发点也不是一个确切的地方：我没有回到我的家。我完全可能在任何地方被捕，又可能回到任何地方去。这样一来，就又回到上文关于遣返及其不可能性的那段论述中去了。另外，我真的回到某个地方了吗？这里，还是那里？家里还是任何一个地方？我确信不存在真正的回归，确信我没有真正地回来，确信我身上最重要的一部分永远也回不来了；这种确信有时会萦绕在我脑海中，推翻我与世界，与我自己生活的关系。

几个小时后，在瓦莱讷路，大门终于打开的时候，我刚要离开——门里的人对门铃声迟迟没有回应。

就在我沮丧地打算转身离去时，一个年轻的姑娘出现在门口。

我的手里拿着想要物归原主的那本书。法国军官曾经告诉我，他很珍视这本书，这是一个女人送给他的。就是她吗？总而言之，我忽然想起了夏尔的一首诗：

美，我在寒冰的孤独中走向与你的相遇。你的灯是玫瑰

色的，风散放光彩。夜的门槛沉陷……①

当我看到洛朗斯出现在瓦莱讷路上时，默默地在心里背诵着这首诗。更确切地说，我看到的是一个陌生姑娘，后来才知道她的名字叫洛朗斯。当时她还没有名字，但也不是不能给她一个名字。我的脑子里充满了各种语言的名字，用来称呼她，用来勾勒她的形象。最终，我自言自语出的，是最具普遍意义的，能够涵盖所有名字的名字：美……

然而，她看到我后大吃一惊，把右手放在面前，挡住了自己的眼睛。更确切地说，是为了不让她的眼睛看到我。

"所以，是您……"

她低声说道，语气中满是哀怨。我不太确定她这句话是在发问，还是一种痛心的确认。

"马克前天去世了。"她又补充道。

她从我手中夺过勒内·夏尔的书，紧搂在胸前。

不久后，夜幕降临，路灯亮起：该说的都说了。马克是布痕瓦尔德那位军官的名字，我之前不知道。他在德国投降前三天的最后几次交火中重伤不治。我们在骷髅师营地门口相识后的第二天，他给洛朗斯写了一封长信。他在信中谈到了我们的相识和聊天内容。年轻的姑娘给我读了这封信，神情放松了一阵，之前她表现得十分冷淡，有时（绝大部分时间）近乎敌对和暴躁。而后

---

① 勒内·夏尔：《愤怒与神秘：勒内·夏尔诗选》，张博译，译林出版社，2018 年 5 月。

她又忽然温柔起来，心慌意乱地躲在我怀中。

毋宁说是献出自己，放松自己，但旋即又恢复了常态。

一番漫长的沉默和一通苦涩的泪水后，洛朗斯焦躁却优雅地站起身来，向房间深处走去。

我闭上了眼睛：她闪闪发光的美丽，绚烂夺目。

然而令我战栗的并不是欲望。我没感到口干舌燥，也没感到有热流从腹部涌向乱跳的心脏。当然，也不是完全没有欲望，只不过还没到时候——那是随后产生的某种既尖利又温柔的感觉。当下令我战栗的是吃惊：我吃惊于此般优雅竟然真的存在。

  美，我（……）走向与你的相遇……

就在此时，我听到了唱片开头的几小节旋律，是洛朗斯在电唱机上播放的。随后是路易斯·阿姆斯特朗的歌声：在老苹果树的树荫下①……刹那间，就那么一瞬，我感到自己真的归来了。真的，回来了。回到了我的家。

不过我还没到那一步。

我还在爱森纳赫，还在一座风格过时的豪华酒店的灯光下，面对着玛蒂娜·D.。我刚刚为玛蒂娜吟诵了《唯一幸存的》中的两句诗，她刚刚表示她觉得我很有诗意，不过我们也就到此为止了。

---

① 原文为英语，出自路易斯·阿姆斯特朗的歌曲《在老苹果树的树荫下》（*In the shade of the old apple tree*）。

一个大个子忽然出现在我们身边。那是一个身着作战服的法国军官，头上戴着一顶黑色贝雷帽。

"晚上好啊，老朋友！"军官一边说着，一边拉住玛蒂娜的胳膊，把她拽了过去。

他的脸上是一副占有者的神态。

于是，我明白自己只能回到布痕瓦尔德的朋友们身边，跟他们一起随遣返车队前往巴黎。

"晚上好，年轻人。"我答道，神气十足。

我知道自己已经彻底醉了，但至少我还神气十足。

军官左侧的眉毛皱了起来，这是他唯一的反应。

"你是从集中营来的？"他问道。

"你也看到了……"

其实可以看得出来。我穿着一双俄国靴子，一条粗布裤子，左腿上缝着我的编号：44904。我还穿着一件灰色的粗毛线衫，后背上有绿色的"KL Bu"[①]字样。想看不出我来自布痕瓦尔德都难。

"挺苦的吧，嗯？"戴着指挥官贝雷帽的军官面无表情地问道。

"不苦，"我答道，"那座集中营简直是疗养院[②]！"

这是布痕瓦尔德里的老资格曾经甩给我们的一句话，是他们把自己度过的可怕年月——大概从1937年至1942年——和我们所经历的时光进行对比后的总结。

但是头戴黑色飘带贝雷帽的军官完全不了解我们这种暗语。他

---

① 德语，全称为 Konzentrationslager Buchenwald，即布痕瓦尔德集中营。

② Sana，sanatorium 的缩写形式，是专门治疗结核病的机构。

吃了一惊，看着我，心里想的应该是我醉了，或者摔坏了脑袋。总之，他耸耸肩，走开了。

当然，也带走了玛蒂娜。

那种感觉，是姑娘的离开引发的怨恨吗？还是不眠夜即将结束时通常会产生的清醒的慌乱？我忽然感到不幸，在一片美国和法国军人中间一动不动，这些军人在集中营幸存者狂热的注视下，在德国服务领班不自然的目光中，与形形色色的姑娘舞蹈着。我为自己作出的回答感到不幸，这样的回答只能逗笑我自己；我为他在我真正回答他的问题之前离开感到不幸。但是我不得不说，这个问题是愚蠢的，至少它的形式是荒唐的。"挺苦的吧，嗯？"这是一个无法展开对话的问题，它甚至用一个无法避免，也无法继续提问的肯定回答关闭了一切提问的空间。对，挺苦的，然后呢？

我应该料到这一点，我也应该准备好回答如此糟糕的问题。两周以来，每次同外面的人打交道时，我都只会听到糟糕的问题。但如果要提好问题，也许还得先知道答案才行。

"你为什么把那个姑娘放走了？看上去挺有戏的。"伊夫·达里埃不久后问我。

我刚刚回到了会客厅里我的朋友们所在的角落。我们接下来要继续安安静静地喝醉，直到清晨车队出发。

"不知道，"我答道，"有个戴飘带贝雷帽的傻大个儿军官过来把她拉走了。她好像是他的人。"

反正不会是我的人了。

几天前，我曾听到过女人的说话声，离我很近。当时我在空无一人的点名操场上，刚刚把书归还给图书管理员安东。我注视着斯大林的肖像。俄国手风琴当时在演奏一首节奏急促的戈帕克①舞曲。

这时，出现了女人的说话声和笑声：就像身边有一只大鸟笼。我转过身。

法国特派团的姑娘们身着匀称的蓝色制服。她们想要参观集中营，因为有人告诉她们这里很有趣。她们请我陪同参观。

我注意到其中一人的蓝色眼睛。我盯着她的眼睛看个不停。玛蒂娜·D.抬起手，做了一个保护自己的动作。随后，她又把手放下来，与我保持对视。有那么一刻，这世上仿佛只有我们两个人，注视着彼此。在一棵棵百年山毛榉的环绕下，在布痕瓦尔德的点名操场上，只有我们两个人。阳光普照，风行树间，这里只有我们。这种状态持续了漫长的好几秒。

后来，另外一个姑娘忽然惊叹："这里看上去还不错嘛！"

她看着点名操场周围鲜绿色的木板屋。她看着食堂前面的花坛。接着，她看到了点名操场尽头焚尸炉低矮的烟囱。

"那是厨房吗？"她问道。

我瞬间想要死去。死了，就不会听到这个问题了。我忽然开始害怕我自己，害怕自己能听到这个问题。害怕活着。这种反应虽然荒唐，或者说过度，却情有可原。因为，这个关于厨房的问题

---

① 乌克兰传统舞蹈。

之所以让我失态，是因为我并没有真正活下来。如果我不属于我们共同的死亡记忆的一部分，这个问题不会让我失态。我基本上只是这种死亡的一块残存的意识，是这块裹尸布无法触觉的布料上一缕个体的丝线，是这末日苦难的骨灰烟云中的一粒尘埃，是我们黑暗年代的死星上尚在闪烁的一束微光。

或许，出于一种本能认知中最古老的那一部分，我知道自己会活过来，重新过上一种可能的生活。我甚至希望如此，对这种未来有着强烈的渴望：音乐、阳光、书籍、不眠之夜、女人、孤独。我知道我必须也应当活过来，回归生活，没有什么能阻止我。但这种急躁而贪婪的认知，或曰身体的智慧，并不能掩盖住我的经历以及我与死亡记忆之间纽带的根本真实性。

"来，"我对法国特派团的姑娘们说道，"我带你们去看看。"

我把她们带向焚尸炉，就是那座被她们中的一人认作是厨房的焚尸炉。

带去看看？或许唯一能帮助他人理解的方式就是眼见为实。至少身着蓝色制服的姑娘会看到。我不知道她们是否能真正理解，但至少她们看到了。

我让她们从焚尸炉的小门走进去，小门通向地下室。她们明白了这里并不是厨房，忽然沉默下来。我向她们展示用来吊起犯人的钩子——焚尸炉的地下室也用作刑讯室。我还向她们展示了牛筋鞭子和橡皮棍，还有升降机，用来把尸体运至一楼，直接送到排成一行的炉子前面。我们回到一楼后，我向她们展示了炉子。她们再也无话可说。没有了笑声，没有了交谈，没有了鸟笼里的叽叽喳喳：只有沉默。相当厚重的沉默，足以让我错觉身后空无一人。她们跟着我，就如同一片忽然变得不安的沉默。我感受到了她们的沉默在我背上的分量。

我向她们展示了炉子，还有炉子里面残留的、烧成半石灰状的尸体。我只是把各种东西的名字告诉她们，不作评论。她们必须看到，必须努力想象。随后，我带着她们走出了焚尸炉，来到了被高高的围栏围起的内院。在那里，我什么也没说，一个字也没有。我让她们自己看。院子中间，有一个高达三米的尸堆。那是一堆发黄、扭曲、目光惊恐的皮包骨。围栏外面，俄国手风琴依旧在演奏旋律急促的音乐。戈帕克舞曲的欢快一直传到我们身边，在尸堆上盘旋：这是最后一天的死者之舞，他们被留在了这里，因为党卫军已经溃逃，焚尸炉最终便自己熄灭了。

后来，我想，在小集中营的木板屋里，那些老弱病残，那些犹太人，他们还在陆续死去。对于他们来说，集中营的终结并不是死亡的终结，也不是阶级社会的终结——图书管理员安东不久前刚刚跟我强调过这一点。看着这些形销骨立、胸脯凹陷、在焚尸炉的院子里堆成三米高的尸体，我心里想的是，他们都是我的同伴。我想，我们这些从他们的死亡中幸存的人——但是尚无法确定是否能从自己的死亡中幸存——必须经历他们的死亡，我们也确实是这样做的，如此方能以一种纯粹和友爱的目光注视他们。

我听着远方戈帕克舞曲欢快的节奏，心想，这些姑娘待在这里毫无意义。试图向她们解释的做法是愚蠢的。一个月后，十五年后，在另一段生命里，我也许能够向任何人解释这一点；但是在今天，在四月的阳光下，在沙沙作响的山毛榉树之间，这些恐怖的、亲如手足的逝者不需要解释。他们只需要我们活下去，只需要我们带着对他们死亡的回忆，全力活下去：任何其他形式的生活都会让我们脱离这遗骸的放逐。

必须让这些法国特派团的姑娘们离开。

我转过身，她们已经离开了。她们逃离了这一幕。我能理解她们。来到布痕瓦尔德观光，面前却忽然呈现出一堆不太像样的尸体，这应该不算什么好玩的事情。

我又回到点名操场，点了一支烟。一个姑娘正在等我，有一双蓝色眼睛的那位：玛蒂娜·迪皮。几天后，我在爱森纳赫得知了她的名字。

但是她刚才和她那位突击队长离开了。伊夫·达里埃问我为什么要放她走。

我在小集中营62号监区里隔离的头几天就认识了伊夫。他和我一样，在1944年1月的大规模押送期间从贡比涅来到这里。安德烈·韦尔代、塞尔日·米勒、莫里斯·休伊特、克洛德·布尔代、莫里斯·哈布瓦赫^①等人都是在那段时间来到集中营的。隔离期结束后，我和伊夫共同生活在40号监区的同一侧：C翼。他在外面曾经是音乐家，是他为吉里·扎克的爵士乐队打点好了一切，也是他为乐队找到了萨克斯手。有时，在夜间宵禁前，或者周日

---

① 除莫里斯·哈布瓦赫外，前述几人均参加过抵抗运动。哈布瓦赫的儿子也是抵抗运动成员。

的下午，我们相互交流诗歌。他给我朗诵维克多·雨果、拉马丁、图莱和弗朗西斯·雅姆，我给他朗诵兰波、马拉美、阿波利奈尔和安德烈·布勒东。至于龙萨和露易丝·拉贝，我们会一同朗诵（也就是齐诵）他们的诗歌。

达里埃把我记在了明天车队的名单上，也就是不久后出发的车队。罗丹教士遣返队的几辆卡车会在清早出发，开往巴黎。伊夫是遣返人员之一，之前来布痕瓦尔德找到我。他是我的好朋友，而且很有幽默感，所以我向他作了一番上文中那段关于所谓遣返的评论。他没有误解我的话，也没有敷衍了事。他的表现并不出乎我的意料。

"那正好，"伊夫说道，此时我已经是待遣返者中的一员了，"我们正在讨论该如何讲述才能让别人理解我们。"

我点了点头，这是一个好问题：是很多好问题中的一个。

"这不是问题，"另一个人马上说道，"就算再难讲述，真正的问题也不是讲述，而是倾听……即便故事讲得好，别人是否真的愿意倾听我们的故事呢？"

看来我不是唯一思考这个问题的人。这是一个无法回避的问题。

然而场面自此混乱起来。所有人都想发表意见。我无法一边正常记录这段对话，一边记住对话参与者的身份。

"什么叫'讲得好'？"一个人不快地问道，"就应该实事求是地讲，不用什么技巧！"

这一不容置疑的论断似乎得到了大多数在场的、未来的被遣返者的赞同。他们也可能成为未来的讲述者。于是，我站出来指出了一件在我看来显而易见的事情。

"讲得好，就意味着能让别人听到。不使用一点技巧的话，是无法让别人听到的。只需要足够的技巧，让讲述变成艺术即可！"

但是从这一事实引发的反对之声来看，它似乎并没有什么说服力。或许我这把文字游戏玩得过火了。基本上只有达里埃用一个微笑对我表示了赞同。他比其他人更了解我。

我试着进一步阐释我的观点。

"听着，兄弟们！我们要讲述的事实——我们至少还有欲望讲述，很多人连这种欲望都没有——并不那么容易被人采信，甚至是无法想象的……"

一个人打断了我，并添枝加叶了一番。

"这话说得对！"一个神情阴郁地喝着酒的人坚定地说道，"太不可信了，连我自己都想趁早停止相信这样的事实！"

有人发出了神经质的笑声。我试着继续说下去：

"必须要加工事实，要对事实精雕细琢，要长远地看待事实，才能讲述这一令人难以相信的事实，才能引导他人想象不可想象之事。所以肯定要用一些技巧！"

所有人都在说话，但一个与众不同的声音从一片嘈杂中脱颖而出。总有一些声音能够在类似的嘈杂中脱颖而出：这是经验之谈。

"你们都在谈理解……可到底是哪一种理解呢？"

我看了看说出这句话的人。我不知道他的名字，但对他有些眼熟。曾经有几个星期日，我注意到他在法国人的34号监区前面散步，有时和国家图书馆馆长朱利安·凯恩一起，有时和高师的秘书让·巴尤在一起。他应该是大学教员。

"我想，将来会有大量的证词……这些证词就相当于证人的目光，这目光的敏锐，这目光的洞察力……还会有大量的资料……不久后，历史学家会搜集、归整和分析这些材料，然后把它们变成深奥的著作……一切都在著作中被言说和记录下来……著作里的一切都是真实的……但这些著作里唯独缺少最关键的事实，任何历史重建都无法触及这一事实，就算重建得再无懈可击、再详尽也没用……"

其他人看着他，频频点头，似乎因为他们中终于能有一个人如此明确地阐述问题而感到放下心来。

"另一种理解，也就是经历的关键事实，是无法传承的……或者说只能通过文学写作传承下去……"

他朝我转过身来，笑了笑。

"所以当然是通过艺术品的技巧了！"

我现在好像认出他来了。他是斯特拉斯堡大学的一位教授。

就在刚刚过去的夏天，巴黎解放后不久，我在一个周日的下午，在营地的一个大厅组织了一场关于兰波的座谈。这类文化活动是由法国利益地下委员会发起的，集结了集中营里所有的抵抗组织。有时是音乐活动，由莫里斯·休伊特主持；有时是文学活动，由某位临时安排的讲演人主持。这样的周日活动对"队伍"来说似乎有提升士气的作用。

总而言之，鲍里斯·塔斯利茨基和吕西安·夏泼兰找到我，让我在地下团结组织举办的这些娱乐活动上给"常客们"讲讲兰波。所以我就在营地的一个大厅——这已是当时的条件下最好的环境——讲了兰波。那是在夏天，我穿着资产室分配给我的应季蓝布上衣。关于兰波的座谈开始前，在大厅的门口，夏泼兰不安地让我在这种场合下脱掉我的上衣。他不想让他们看到我胸前那块红布上代表我西班牙人身份的字母"S"。法国委员会里的几个沙文主义分子（全国性的抵抗不得不依靠所有可以依靠的力量）认为组织提供的休闲活动过于国际化，过于世界化。他们希望活动能具有更加典型的法国特色。夏泼兰是共产党，代表的是法共地下委员会，而委员会希望避免与国家主义抵抗团体发生冲突，因此夏泼兰请求我脱掉上衣。"你也知道，"他说道，"光是听你讲话，没人会认为你是西班牙人。这些老混蛋找不出碴儿来！"说实话，我是有些吃惊的：夏泼兰的请求在我看来太可笑了。可我毕竟很喜欢他，也很喜欢跟我有交情的其他法共同志，所以我还是脱下了上衣，这样一来，缝在我胸口的字母"S"就不会让那些土生土长又虚情假意地认定民族纯正的法国人感到不安了。

座谈结束后，四五个犯人围到我身边。他们年龄不小，四十岁上下的样子，都曾是斯特拉斯堡大学的教授。我关于兰波的一些说法引起了他们的兴趣，他们想要了解我此前的学业，以及我今后是否有教书的打算。

在爱森纳赫那个不眠夜即将结束时，那个插进话来的人就是这些斯特拉斯堡大学教授中的一员。

"所以当然是通过艺术品的技巧了！"他刚才说道。

他思考了片刻，没有人发言，都在等着他继续说下去。毕竟他明显还有话要说。

"电影应该是最适合的艺术，"他继续说道，"但是电影资料肯定不会太多。另外，集中营生活中意义最深刻的事件可能根本没有被拍摄下来……总而言之，纪录片有自己的局限，无法逾越的局限……所以要拍摄故事片。可是谁敢拍呢？顶好就是现在马上拍摄一部电影，因为现在布痕瓦尔德的现实依然可见……死亡依然可见，依然存在。我再强调一遍：不拍纪录片，而是拍故事片……这有点难以想象……"

一片沉默。我们都在思考着这个难以想象的计划，慢悠悠地啜饮着这回归生活之酒。

"如果我没理解错的话，"伊夫说道，"那些没有亲身经历的人，是永远也无法了解的！"

"无法真正了解……会有相关的书籍留存下来，最好是小说，至少是文学叙事，它们不只是简单的证词，而是能引发人的联想，尽管无法让人亲眼看到……或许会形成一种集中营文学……我得强调一下：是一种文学，不只是报告形式的文字……"

我也发表了自己的观点。

"也许吧。但是关键并不在于描写恐怖，至少恐怖不是唯一，也不是主要的描写对象。关键在于探索人的心灵在恶之恐怖中的状态……我们需要一位陀思妥耶夫斯基！"

这番话让那些尚未意识到自己经历了什么的幸存者陷入了沉思。

忽然，有人吹起了小号。

巴顿将军麾下一支突击队里的美国黑人士兵聚集在大厅靠里的地方，开始即兴演奏。白色的桌布和水晶般的空瓶子折射出旭日那优柔寡断的光明。

我听出了《大财主》①的第一句歌词。这让我高兴得浑身一颤。我举杯向他们敬酒。当然，他们看不到我。然而，为了向他们致敬，向这段时常挽救我生活的音乐致敬，我喝下了这杯酒。

大约两年前的1943年9月，我在茹瓦尼被盖世太保抓住前两周的时候，参加了在华盛顿路举行的一个惊喜聚会，就在一个很有魅力的朋友家里，她是医学生。她的母亲有一长串复合名字，因为她来自旺代省的一个小贵族家庭，她的观点也很好地反映出了她的社会出身。不过，她很疼爱女儿，而且以一种漫不经心的善意容忍她的朋友。亚森特经常在位于华盛顿路的这间大型公寓里举办奢华的惊喜聚会，那里有各种你想象不到的唱片，一部自动换片的点唱机，以及食材丰盛多样的乡村风格冷餐。

惊喜聚会这一天，我上午与"让－玛丽行动"的老大亨利·弗拉热在尼尔大街约见，地点在奇数门牌号一侧，在1至7号之间。这次见面有一个重要原因，一个紧急的原因。最近一段时间以来，一些迹象表明，有一个盖世太保的奸细渗透进了网络。可能是一个潜入网络的人；也可能是网络内部的人，在我们不知情的情况下被盖世太保抓捕，随后又被放了回来。总而言之，正在发生一

---

① 《大财主》(*Big butter and egg man*)，路易斯·阿姆斯特朗作品。

些事情，某个环节出了问题。有几个军械库被攻陷，还有一次空投行动因一股德国警察势力的干预而被迫中断，幸亏德国人出手太早，英国飞机才得以在投下货物前离开。还有一些令我们感到困惑的迹象表明网络内有一个敌方的奸细。另外，从这个人掌握的行动类型来看，他应该位居高层。

米歇尔·H.和我有一个猜想，我们认为已经锁定了叛徒的身份。于是，这一天，我给弗拉热带去了所有让我们合理怀疑"阿兰"（这是他的化名）的论据和迹象——这种情况通常几乎没有铁证可寻。

这一连串事实、不合常理的细节、令人恼火的巧合让我们相信阿兰背叛了网络，也令弗拉热感到震惊。他允许我临时切断与阿兰的组织联系和拒绝回应他可能提出的任何联络请求。一年后，在布痕瓦尔德，当我再次见到亨利·弗拉热时，他告诉我的第一个消息，便是我们的怀疑得到了证实。弗拉热对我说，阿兰应该已经被处决了。

不过这是另一个故事了。

我现在还不想讲述关于"让－玛丽行动"的支线故事。我想讲述的是在华盛顿路上，我的朋友亚森特家中举办的一场惊喜聚会。在爱森纳赫，不眠夜即将结束时，几个黑人士兵演奏的一段阿姆斯特朗的旋律，让我想起了这次聚会。

亚森特母亲的公寓有一个特点：既可以从华盛顿路上的正门进去，也可以从香榭丽舍大街上的另一个门进去。之前与科巴那次约见时，我就想到了这两个入口。

阳光洒在蒙苏里公园的草坪上。

我看到科巴在约定的时间到达。科巴总是在约定的时间到达，无论何时何地，也无论天气如何。其实，严格意义上说，他并不是"到达"，而是突然出现，我根本没看到他走来。他的轮廓渐渐清晰，就像某些《圣经》故事里的人物那样。而他的身上之所以具有这种突然现形的《圣经》特质，也许正因为他是犹太人。

阳光洒在蒙苏里公园的草坪上，科巴在约定的时间出现在一条路的尽头。我之所以叫他"科巴"，是因为这是他的战名①，不过我绝无恶意。1943年时，我并不知道"科巴"是斯大林的一个假名，当年的他蓄着大胡子，系着一条颇有浪漫主义革命家味道的头巾，是格鲁吉亚布尔什维克组织的首领之一。1943年时，我对斯大林几乎一无所知。我只知道，眼下这个刚刚出现在蒙苏里公园里一条小路尽头的年轻人是共产党。我知道他是犹太人。我知道大家都叫他"科巴"，却不知道这个绰号有着一个传奇的起源。我知道他是我与移民劳动力组织（外国人共产主义组织）的联络人，是茱莉亚把他介绍给我的。我还知道，他是突击队的成员。

这一天，科巴脑子里只有一个念头。我得在香榭丽舍那一片，克拉里奇酒店附近，给他找一间公寓，让他能够躲上几个钟头。

"其实是一个晚上，"他又明确了一下，"只住一晚就行。我会在快宵禁时赶到那里！"

我马上告诉他，我手上确实有一间适合他的公寓。他感到十分吃惊，对我的看法立刻改善了不少。

---

① 在1789年法国大革命之前，参军的法国人可以自己选定一个"战名"。二战期间，出于安全考虑，抵抗运动成员重新开始使用战名。

"条件是，"我接着说，"你能在一个已经确定的日期执行你的行动！"

他没有听明白，我便和他解释了一下。几天后，在那间对他来说十分理想的公寓里，要举办一场惊喜聚会。我把两个入口的情况告诉了他。

"你从香榭丽舍大街进去，我会给你一个租客的名字。你把这个名字报给看门人，然后上楼，同时弄出点动静来，等楼梯灯一灭，你再摸着黑悄悄下来。穿过院子之后，你会看到大楼的服务梯①，正对着华盛顿路。公寓在二楼，到时候我给你开门。我会说你是我的朋友，没人会再问你什么。你就跟我们一起度过那一夜。聚会上有吃的，还有漂亮姑娘。（他瞪大了眼睛听我说着）你会跳舞吧？波尔卡舞当然不算。我是说真正的舞蹈。你喜欢漂亮姑娘吧？"

他一惊。

"你在耍我吗？"他低声问道。

"没有，我没耍你！你得乔装打扮一下。至少你得先换一身衣服。"

科巴看着自己的穿着，眼中满是怒气。

"你是说我穿得不体面？"

"是太体面了，"我对他说道，"规规矩矩的，一眼就能看出你把自己打扮成了杂货店老板的儿子。还是扮成学生吧，显得轻松

---

① 在大型建筑里专供服务人员、邮差通行的楼梯。

很多。(科巴看了看自己西服套装,又看了看我,不知是该笑还是该生气)你去华盛顿路的时候,是不是还要带着枪? 如果是的话,咱们得先想想把它放在哪!"

他吹了一声口哨。

"我说,老朋友,你想得可真周到啊! 你这手是跟谁学的,那帮戴高乐主义者吗?"

我只是回答说,"让–玛丽行动"不是中央情报和行动局的组织,而是英国组织,是巴克马斯特网络里的组织。

"另外,"我继续说道,"我之所以考虑周全,是因为我在平民生活中的职业是小说家!"

他上下打量我一番,似乎完全不买我的账。不过我还是接着说了下去。

"你要在克拉里奇除掉的那个德国人,是个大人物吗?"

他当即发火,喊道,不关你的事。

"当然关我的事,"我争论道,"如果他是个大人物,德国佬就会开展大搜捕。你得做好万全准备,包括应对可能出现在华盛顿路的警察搜查!"

最终,在仔细研究过场所,并确定了某些细节后,科巴在亚森特家的惊喜聚会当晚出了手。随后,他在约定的时间抵达了公寓,看上去很平静,仿佛没有发生任何事情。至少表面上是如此。他在半路上把枪丢在了一个移民劳动力组织青年成员的包里。

科巴确实乔装打扮了一番。他还跳了舞,甚至带走了聚会上最漂亮的姑娘之一。不过他也差点喝醉,而且还有点话多,幸好他只跟我话多。其实我也没少说话。他给我讲了在克拉里奇发生的事情，我给他讲了唱《白鸽》的年轻士兵的故事。他那个德国目标是阿勃维尔^①的一个重要人物，这一点不是问题。起初一切顺利，但当科巴进入房间时，那个家伙并非孤身一人，一个绝美的女人陪在他身边，无疑是个妓女。科巴没有说"妓女"，而是说"轻浮的女人"。这几个词从他的嘴里说出来，倒是让我很吃惊。我不禁猜想这是他从哪本书里学来的。总而言之，这位阿勃维尔的高级军官正在克拉里奇酒店的房间里，和一个轻浮的女人在一起。

"我用的是你给我的那把枪。"科巴说道。

我确实给他搞到了一把11.43口径的史密斯威森，从空投包里选出来的。对于这种行动来说，这把枪是最佳武器。

他继续说道："不过，考虑到那个地方，我加了消音器。一般来说，我不喜欢消音器，跟戴着避孕套似的。枪声和火焰都享受不到了。不过我不得不用消音器……"

科巴有些出神，讲得很慢。他刚一出现并举枪瞄准，那个轻浮的女人就朝他转过身来。科巴说，她的眼神很奇怪，那眼神中确实有恐惧，但同时又包含某种理解，似乎她对他将要做的事情表示赞同，似乎她接受了自己的死亡。

"毕竟我只能把他们两个都打死。我不能冒险留她活口……"科巴说着，声音中满是愤怒。沉默了许久，又喝下好几杯白兰地后，

---

① 阿勃维尔（Abwehr），二战期间纳粹德国的反间谍机关。

他低声重复着："再也不会这么做了，再也不会了……"

我们聊了很多，也喝了很多。

那个轻浮女人的目光让他心绪不宁，而我给他讲了唱《白鸽》的年轻士兵的故事，讲了士兵那双因诧异而惊惶的蓝色眼睛。不过这段对话只有我们两个人知道。

科巴后来消失了，我再也没能寻到他的踪迹。至于我自己，有些时日里，也没比他好多少。

1945年4月，在爱森纳赫，一个不眠夜即将结束时，我又想起了科巴，因为美国黑人士兵刚刚演奏了阿姆斯特朗的一首名曲——《大财主》。当年，科巴如同一位死亡天使般忽然出现在华盛顿路的亚森特家中时，我们刚好听到了这首曲子。

我在厨房里给他倒了一大杯凉水，这时，一个姑娘走了进来。她是聚会上最漂亮的姑娘之一。

"我说，"她笑着问道，"你这个朋友是从哪弄来的？能把他借给我吗？"

我之前把他推到了她身边。

"是我凭空编出来的。不过我不会把他借给你，我要把他送给你！"

她笑得更厉害了，有了挑逗的意味。她把我这个隶属于移民劳动力组织战斗团体的朋友拉向了客厅，大家都在那里跳舞。

但科巴并不是我编出来的。另一个犹太朋友，汉斯·弗赖堡，才是我编出来的。我把他安排在我身边，那一天，我们打死了一个正在唱着《白鸽》的年轻德国士兵。

一只白鸽向你飞来……①

他代替了我那位勃艮第朋友朱利安·邦。我把他编造出来，让他在我的小说里占据着科巴和其他犹太朋友在我生命中所占据的位置。

一场突如其来的暴雪盖住了五朔节的旗帜。

我于两天前抵达巴黎。回来的那天晚上，我睡在了皮埃尔－埃梅·图夏尔（绰号"帕特"）位于德拉贡路的家中。我们一直聊到了破晓时分。一开始，我不停地向他提问。我落下了整整一年，又急于知道一切，这是可以理解的。图夏尔用他那沉稳的声音和一种极其温柔的态度回答着我的问题。他的回答，再加上几个补充的细节，证实了"勒内·夏尔"军官——就是把勒内·夏尔推荐给我的那位军官——已经给我讲过一遍的情况。

帕特体贴而耐心地回答了我的问题，却没有向我提出任何问题。或许他感觉到了，以我目前的状态，我回答不了任何问题。

外面的人在面对我经历的苦难——至少是不幸——的时候，我只见过两种态度。一部分人避免向你提问，只当你是刚刚从一次平常的出国旅行回来。你回来啦！然而这其实是因为他们害怕听到你的回答，厌恶这些回答可能给他们带来的心理上的不适。另一部分人问的都是流于表面的愚蠢问题——"挺苦的吧，嗯？"那

---

① 原文为德语。

种——可一旦你回答了，即便是十分简单扼要地讲述你经历中最真实、最深刻、最黑暗、最无法言说的部分，他们就会哑口无言，变得焦虑不安，摆弄着双手，开始向不知哪个守护神祈祷，祈祷你停下来。接着，他们便陷入沉默，如同堕入虚空，堕入一个黑洞，一场梦。

这两种人之所以提问，并不是为了了解情况，而只是出于人情世故，出于礼貌，出于社交惯例，因为他们必须随波逐流，装模作样。一旦死亡出现在回答中，他们就再也不愿多听一个字，失去了继续倾听下去的能力。

然而，皮埃尔－埃梅·图夏尔的沉默与众不同。对于我可能主动说出的任何内容，他都保持友好和开放的态度。他之所以没有提问，并非是想逃避我的回答，而是为了让我自己选择说出来还是保持沉默。

说着说着，一个姑娘走进了我和帕特谈话的房间。我认出了她。是他的养女，雅尼娜。

她看到我，停在了原地，如同看到了一个死而复生的人，就像火车站小说①里写的那样。然而她真的看到了一个死而复生的人，生活也确实经常像是一部火车站小说。

"你看，雅尼娜，"皮埃尔－埃梅·图夏尔问道，"真的有人回来吧？"

我确实回来了。我是一个死而复生的人，这样说很贴切。

---

① 常在火车站出售的畅销小说。

姑娘开始无声地哭泣，两只手交叉着捂在脸上。

"我见到了亚纳，"我说道，"今年冬天，初冬。我们在布痕瓦尔德一同生活过一阵子！"

亚纳·达索是雅尼娜的未婚夫。他还没有回来。他暂时还不是一个死而复生的人。

1944年年底的一天，在集中营里一个法国人监区前面，我见到了他。我们面对着彼此，确信我们认识彼此，却没有认出对方来，或者说没有想起对方的身份。然而，距离我们上次见面只有一年，或者一年多一点的时间，那是在克洛德－埃德蒙特·玛尼 [①] 家中的一次聚会上，在她位于舍尔歇路上的工作室里。那是一次告别会：告别宝贵的学业，告别巴黎，告别鲜花般的姑娘。

我与卡特琳·D.一同前往告别会，她算是我那时的生活伴侣。

　　冷漠而毫无笑意的姑娘

　　　哦，孤独与你那灰色的眼睛……

我经常把我当年写的诗拿给克洛德－埃德蒙特·玛尼，让她来评价。她认为卡特琳·D.和诗中描写的十分相像：至少很准确。

那天晚上，克洛德－埃德蒙特·玛尼告诉我，她刚刚围绕我创作的诗歌给我写了一封长信。"如果哪天我要发表这封信，"她对我说道，"我会将它命名为《论写作的力量的信》。"后来她也确

[①] 克洛德－埃德蒙特·玛尼（Claude-Edmonde Magny，1913—1966），法国作家，本书作者的密友。

实这样做了。

那是一场美好的告别会。亚纳·达索和他们朋友们都在。他们都是巴黎高师的高才生或者巴黎政治学院的学生：一群尖子生。总而言之，那是一场向青春期的告别。我们要抛弃学业，投身到游击队中，参加地下活动。

告别会上也有姑娘，是我们青葱岁月中短暂或长期的伴侣：雅尼娜和索尼娅，阿奈特和卡特琳。还有其他姑娘，只是我不太记得了。

一年后，或者刚刚过了一年多一点，我在布痕瓦尔德的34号监区前面见到了亚纳·达索。我费了好大劲才认出他来，他也如此。我们也许就像是各自的影子，很难根据我们对彼此的记忆来辨认。集中营之旅已接近尾声：我们已经被这场旅行所改变，不久后，我们都将与原先的自己判若两人。

然而，美国人解放集中营的时候，达索已经不在布痕瓦尔德了。几周前，他被送上了前往德国北部诺因加默集中营的火车。关于诺因加默的幸存者，我们一无所知。据说那里的集中营结束得十分混乱。

亚纳·达索暂时还不是一个死而复生的人。雅尼娜无声地哭泣着。

于是，在没有事先考虑，也就是说没有作出决定（即便我真的作出决定，那也是保持沉默的决定）的情况下，我开始诉说。可能是因为没有人让我做任何事，向我提任何问题，或者要求我提供任何信息；也可能因为亚纳·达索不会再回来了，我必须要开口，以他的名义，以他沉默的名义，以所有沉默的名义：那些沉默就如同千千万万压抑的呐喊；还可能因为死而复生的人应该代替逝者发声，有时，脱险者也应该为遇难者发声。

皮埃尔-埃梅·图夏尔是"精神"团体的成员，1939年，我在亨利四世中学寄宿的时候，他是我客居巴黎第一年的代家长。那一夜，在德拉贡路皮埃尔-埃梅·图夏尔家中，在一段似乎无尽的叙述中，我长久地、无休止地同亚纳·达索的未婚妻交谈着。达索仍未归来，他或许是诺因加默的遇难者之一。

雅尼娜无力地跪坐在地毯上。皮埃尔-埃梅·图夏尔蜷在椅子里。

这是我第一次开口，也是最后一次开口，至少是在接下来的十六年中，至少是以如此事无巨细的态度。我一直讲到了黎明，讲到嗓音嘶哑，直至彻底失声。我粗枝大叶地讲述绝望，直截了当地描绘死亡。

这样做似乎并非是无用功。

亚纳·达索最终还是从诺因加默回来了。或许有时确实必须以遇难者的名义讲述。以他们的名义，在他们的沉默中讲述，从而将他们的话语权还给他们。

第三天，一场短暂的暴雪盖住了五朔节的旗帜。

我站在美天大街和民族广场的交会处，孤身一人，看到潮涌般的游行者，他们举着标语牌和红色的旗帜。我听到人们唱着古老的歌。

我回来了。我还活着。

然而，一股悲伤的情绪扣住了我的心弦，一种沉闷而令人心碎的不安。那并不是负罪感，完全不是。我一直不明白，为什么要为自己的幸存而感到有罪。何况我并没有真正地幸存下来，也不能确定自己是否属于真正的幸存者。我穿越了死亡，那是我人生中的一场经历。在某些语言中，这样的经历拥有一个专属名词。在德语中，这个词是 *Erlebnis*；在西班牙语中是 *vivencia*。法语中却没有一个词能把生活描述成生活的经历，必须要使用迂回的说法才行，或者使用"过去的经历（vécu）"一词，这个词也不够确切，而且有争议。这个词太平淡，表现力也不强。首先，最重要的一点，vécu 是一个被动词；其次，这个词是过去式 [①]。然而生活的经历，即生活将自身以及正在生活的人塑造而成的东西，是主动的，而且必然是现在时态。也就是说，生活的经历以过去为基础，将自身投射向未来。

无论如何，令我心神不宁的不是负罪感。这种感觉只是衍生出来的替代品，它的前身是对生存的赤裸裸的焦虑：对出生的焦虑，出生于因一次无可挽回的偶然事件而混乱不堪的虚无。想要理解生存的焦虑，根本没有必要经历灭绝营。

我还活着，一动不动地站在美天大街和民族广场的交会处。

令我感到窒息的不幸完全不是来自负罪感。当然，幸存下来，表面上毫发无损，这并不算是什么光彩的事情。生者与逝者的区

---

① Vécu 是动词 vivre（生活，生存）的过去分词，也用来表示被动语态，既有活着之意，也可表达经历或体验某事的意思。

别不在于什么光彩或者不光彩。我们中没有任何一个人配活着，也没有任何人就该死去。如果我能想到其他人比我更该幸存下来，我应该就会产生负罪感了。然而幸存不是一个配不配的问题，而是一个运气的问题；在某些人看来，它还是一个走霉运的问题。生存仅仅取决于骰子落下的方式,这也正是"运气"这个词的含义。对我来说，骰子已经落下，仅此而已。

　　一队身着条纹服装的集中营犯人从圣安托万镇路走来，进入民族广场，四周是一片充满敬意的沉默，随着队伍的经过愈发厚重起来。就在这时，天空忽然阴暗下来。一场暴雪砸向了五朔节的旗帜，时间不长，却势头猛烈。

　　整个世界乘着某种眩晕之感从我的身边消失不见。房子、人群、巴黎、春天、旗帜、歌声、有节奏的呼喊：一切都消失了。虽然脑中的假象是我亲身在此，以活人的身份，站在民族广场上，在这个五朔节期间，我还是明白了自己为何会产生那难以忍受的悲伤：正是因为我不确定自己是否真的亲身在此，不确定自己是否真的已经归来。

　　在眩晕感的裹挟下，我回忆起了艾特斯伯格山上的雪。艾特斯伯格山上的雪和烟。那是一种十分平和的眩晕感，清醒到痛苦的程度。我感觉自己仿佛漂浮在这段回忆的未来之中。这段回忆，这种孤独，它们将一直存在下去：所有阳光明媚的日子里，这场雪必会落下；所有春天里，这股烟必会升腾。

第二部分

6

写作的力量

"你去年用三个小时创作出的几篇马拉美的仿作（一个读过普鲁斯特，又采用阿拉贡式诗律写作的马拉美），我每看一遍都赞叹不已。你一直在思考这些精妙的小品有什么不足。其实不足之处仅仅在于，它们并非出自你手……"

她停下来，看了看我。

我有点想对她说，马拉美可能从来没读过普鲁斯特：他不可能对普鲁斯特感兴趣。其实我对普鲁斯特也不感兴趣。1939年夏天，在我青年时期的两次大战之间，我读过《在斯万家那边》。这一卷并没有真正激发我的兴致，我也没有继续读完整部《追忆似水年华》。它对我来说太熟悉了，甚至太"家常"了。我的意思是，它就像一个家庭的编年史，而这个家庭完全可能就是我家。另外，普鲁斯特的句子十分复杂曲折，有时写到一半就丢了主语或者谓语，这对我来说太司空见惯了。我在他的作品中可以很轻松地看到熟悉的曲折韵律，我母语中那种冗长的絮叨：完全没有新鲜感。

1939年的那个夏天，也就是我十五岁的时候，真正对我产生冲击、令我大开眼界的，是纪德的散文，确切地说，是他的《帕吕德》（*Paludes*）。这部作品与西班牙语那种嘶哑的巴洛克式复杂性毫不相干。

然而，面对克洛德－埃德蒙特·玛尼，我什么也没说。

她看着我，我则看着蒙巴纳斯墓园上方的天空①，看着塞萨尔·巴列霍②墓碑上那片八月天空的蔚蓝。

总之，我只能用我的死亡来表达我的生命……③

只不过，看着这片蔚蓝时，我想起的并不是巴列霍这首诗的法文版。我想起的当然是西班牙文版，因为对巴列霍这位秘鲁诗人的译介很少，而且，和智利的维森特·维多夫罗以及西班牙的胡安·拉雷亚不同，巴列霍不是双母语诗人。尽管他在《人类的诗篇》中颇有讽刺意味地加入了几个法语词，但他并不像另外两位那样真正掌握双母语。

总之，我只能用我的死亡来表达我的生命……④

---

① 克洛德-埃德蒙特·玛尼工作室所在的舍尔歇路就在蒙巴纳斯墓园东南侧。

② 塞萨尔·巴列霍：（César Vallejo，1892—1938），秘鲁作家，有印第安血统，拉美诗歌最伟大的先驱之一。

③ 塞萨尔·巴列霍：《永恒的骰子：巴列霍诗选》，陈黎、张芬龄译，北京联合出版公司，2021 年 6 月。

④ 原文为西班牙语。

我想起了巴列霍这首诗的西班牙语开头，望着蒙巴纳斯墓园里他墓碑上方那片蔚蓝天空。

早上六点，我按响了位于舍尔歇路的克洛德－埃德蒙特·玛尼家的门铃。我知道她早在破晓时分便已开始伏案工作。她在修改一本评论集的初印稿，这本书将在几周后出版，她正在完成收尾工作。书名是《恩培多克勒的鞋子》，我三个月前从布痕瓦尔德回来之后，我们经常聊起这本书。当然，并不是非要在早上六点聊，也不是非要在她位于舍尔歇路的家中，因为我们已经恢复了往日在蒙巴纳斯那一片散步的习惯。只是，我们再也见不到那个酷似萨特的人。1942 年，他经常流连于那里的咖啡馆——从"帕特里克"到"圆顶"，从"精选"到"穹顶"。我们在其中一个咖啡馆里撞见他，并第三次认错他时，这个我们始终不知其真实身份和职业的人在他那张桌子后面朝我们手舞足蹈地喊道："我不是让－保罗·萨特！"为了把克洛德－埃德蒙特搞糊涂，我还故意假称萨特是一个比较缺德的模仿者，而且十分有才：他故意伪装成酷似萨特的人，以此来躲清静。

早上六点，我按响了克洛德－埃德蒙特·玛尼家的门铃。我确信自己没有吵醒她。她看到我以一副刚熬过夜的样子出现，什么也没问，给我倒了一杯真正的咖啡。

自从我回来之后，这已经不是我第一次如此不合时宜地按响她家的门铃了。她或许已经猜到我会做出这种不理智的举动，或者她觉得，有必要的话，应该由我主动解释自己的不理智。毕竟，我还从没和她聊过布痕瓦尔德的事情，没有认真聊过。不过，我得强调一句，那些事情我跟任何人都没有聊过。

总而言之，克洛德－埃德蒙特·玛尼打开门，给我倒了一杯真正的咖啡，我们便开始交谈起来。我们重拾了一个因我离开巴黎而中断的话题。

我是在1939年"精神"团体的一次大会上认识她的。那时，夏天尚未到来，西班牙共和国已经垮台。如果我没记错的话，那是在约萨地区茹易市。我的父亲当时是穆尼埃①人格主义运动在西班牙的总通讯员。他出席了这次大会，我是他的陪同人员。那时我十五岁，在马德里落入佛朗哥军队手中之后，我成为亨利四世中学的寄宿生。会议应该是在学校放假期间召开的，好像是复活节假期，这一点可以查证一下。也可能是某个周末，不过具体日期并不重要。西班牙战争失利，我们流亡国外，第二次世界大战又开战在即——这才是最重要的。我记得，大战的阴影笼罩着"精神"大会的所有讨论；我清楚地记得卢乔尼、兰德斯贝格和苏图的发言留给我的印象；我记得保罗－路易·兰德斯贝格的妻子是一位金发美女，开着一辆敞篷汽车。

没记错的话，我就是在那里第一次邂逅了克洛德－埃德蒙特·玛尼，大概在那次会议和那个日期前后。她从那时起开始使用这个笔名来署名她的文学评论。她比我大十岁，是哲学教师，在外省

---

① 埃马纽埃尔·穆尼埃（Emmanuel Mounier，1905—1950），法国哲学家，人格主义的主要代表之一。

的几所中学任教。静坐战^①期间，她在雷恩教书；直到1941年左右，她才回到巴黎，从那时起，我们便开始经常见面。

然而，我从布痕瓦尔德归来三个月后，在八月初的这一天，克洛德－埃德蒙特·玛尼决定把她在两年前（也就是1943年）写给我的一封长信念给我听。我知道有这么一封信，但是并不清楚信的详细内容。1947年，她在皮埃尔·塞热出版社发表了这封信，专门题献给我的限量发行版，名字就叫《论写作的力量的信》。

她念完关于马拉美仿作的段落后，停下来，看了看我。

于是我隐约产生了好好谈谈马塞尔·普鲁斯特的欲望。其实我从来没有真正读过普鲁斯特，尽管从谈话来看并非如此，毕竟我能围绕普鲁斯特侃侃而谈，甚至有着真知灼见，而且想谈多久都没问题。我没有读过《追忆似水年华》，但几乎读过所有相关的文章。我是在1939年的假期（再会，短促夏季的强烈之光……^②）开始阅读这部著作的，只是没能一直读下去。直到四十年后，我才读完《追忆似水年华》：持续了整整一段人生的阅读。1982年，我开始在华盛顿读《重现的时光》。那时，伊夫·蒙当在林肯中心开演唱会；波托马克河上晨雾迷蒙，美国国家艺术馆正在举办一场荷兰画展。维米尔的《代尔夫特的风景》并不在展览范围之中，我感到十分难过，于是只能长时间地驻足于戴珍珠耳环的少女肖

---

① 静坐战，亦称假战、怪战，是指1939年9月至1940年4月期间，英法虽然因为纳粹德国对波兰的入侵而宣战，可是实际上双方只有极轻微的军事冲突。

② 引自波德莱尔的《秋之歌》，摘自《恶之花》，钱春绮译，人民文学出版社，2012年6月。

像前。从普鲁斯特的《追忆似水年华》第一部到最后一部，整整一段人生；从我偷跑去海牙参观莫瑞泰斯皇家美术馆（我父亲在那里担任西班牙共和国代办）——几次参观中间穿插着内战结束、我们全家迁居法国以及我在亨利四世中学就读——到华盛顿国家艺术馆的展览之间，同样是整整一段人生。

这一切我当然无法告诉克洛德–埃德蒙特·玛尼。1945年8月，与她谈话的这一天，我还不知道自己将在何时何处读完马塞尔·普鲁斯特。不过，我可以告诉她，我从未思考过我这些小诗有什么不足：因为我已经知道了。

然而我始终沉默不语。

这天早上，生活的疲惫感有些沉重。那种半夜惊醒，随后仓皇逃避的焦虑感一直让我心神不宁。

奥迪勒和我为什么会睡在杜洛克地铁站附近一间空置的公寓里呢？这间公寓是因为假期才被空置的吗？还是说，住在这里的一家人因远东持续不断的战乱躲去了外省乡下的某个住所，还没有回来①？这间被空置的公寓属于奥迪勒·M.的某个姨妈或者表姐。这位姨妈或者表姐属于一个亲属众多又十分慷慨的家庭，于是自愿把公寓的钥匙借给了奥迪勒，这倒让我们捡了便宜。

我从布痕瓦尔德回来几天后，也就是我们在"小舒伯特"邂逅的那天晚上，我和奥迪勒离开了酒吧，离开了我们的朋友和爵

---

① 直到1945年9月2日，日本才签署投降书，正式无条件投降。同盟国与日本以此形式达成停战协议。

士乐那与世隔绝的喧闹天地。在五月拂晓的凉爽之中，我们发现剩下的钱已经不够住酒店了，她也不能留我在她家过夜。我们一动不动地在"小园圃"①门前的人行道上紧紧相拥，列举出了一切让我们哄然大笑的荒唐可能。最终，我把奥迪勒带到了不远处位于港口大街上埃尔家的房子里。

我回到巴黎后，吕西安·埃尔的夫人几天前把阁楼的房间提供给我。我在占领时期会偶尔躲在那个房间里。

就在我们穿过隐藏在皇家港口大街 39 号那栋俗气建筑（总之就是奥斯曼式的建筑）背后的巨大花园（它还藏在那里吗？如今的我写下这段文字时，一想到这座花园可能已不复存在，一种突如其来的忧虑一下子攫住了我）时，一只夜莺忽然唱起了歌，迎接散发出一道金色侧光的旭日。

夜莺的歌声也是为了欢迎我们的到来。

我们偷偷溜进了埃尔家的阁楼。所有人都仍在沉睡。奥迪勒脱下鞋子，走上楼梯。我在半途中瞥了一眼底楼的书房，回想起曾在那里围绕在吕西安·埃尔身边的亡灵。

虽然莱昂·布鲁姆也是这里的常客，但我想到的并不是他的亡灵。他还活着，而且刚刚在多洛米蒂山的一个村庄里被意大利游击队员和美国士兵解救出来，那是他从布痕瓦尔德出发，长途跋涉后落脚的地方。如果我没记错的话，那一天是 5 月 4 日；就在那天，报纸上宣布了这个消息。

---

① 全名为"丁香小园圃"，位于皇家港口－蒙巴纳斯路口，是艺术家和知识分子经常光顾的一间咖啡馆。

不过，无论是莱昂·布鲁姆，还是这处胜地的其他常客，我都没有和奥迪勒谈起。走在这栋老房子的楼梯上时，最好不要搞出什么动静来。晨光下，我们倒在床上，依旧能在一群中学生刻意压制的大笑中感到床在颤动。

　　三个月后的八月初，我们把住处换到了一条死胡同里，胡同的出口对着荣军院大街，离地铁杜洛克站不远。

　　这是一间巨大的豪华公寓，从堵住胡同的墙头望出去，可以看到远处晃动的枝叶：那是夜晚透明的空气中一片又一片沙沙的歌唱。我们选了一张婚床，从收拾得十分整齐的衣橱里找出了床单，上面散发着旧时薰衣草香包飘出的清香。

　　一切都开始得很顺利，这又将是一个惬意的夜晚。

　　然而，我或许该关注那几个不易察觉的征兆。就比如当我与奥迪勒在空荡荡的公寓里游走，为明晚寻一张过夜的床时，一丝隐忧忽然涌上我的心头，转瞬即逝。那不是一种确切的感觉，不是当头一棒，也不是血气上涌；那更像是一种轻触灵魂的不安，短暂，不太强烈，令我有些不堪其扰。通过这三个月的体验，我深知活着的幸福感对我来说是多么娇弱，深知我要付出多大的努力去珍惜它，因此我更应该关注自己的情绪。我早就知道，我渴望活着，这种贪欲促使我恣意挥霍每一个白天，促使我将这个归来的夏日过成一个不眠的季节，而这样的活力，它却无法让我摆脱脆弱。

　　在杜洛克站附近的这间公寓里，当我看向覆盖着白布的沙发和扶手椅时，一种沉闷的不适感涌上了我的心头。它暗中让我回想起自己的童年，回想起我从漫长的夏日海滩假期归来后，位于马德里阿方索十一世路上的那间公寓。

最后一个夏天，也就是内战那一年夏天结束时，我们没有回到马德里，而是被各种事件推向了背井离乡，推向了离别之痛。我没能再看到（也永远无法再看到）那几个宽敞的房间，里面的家具上面罩着裹尸布似的白单子，形同幽灵一般。在那之前的几年里，我们每次结束漫长的暑假，回到那间公寓后，里面都回荡着我们的喊叫声和疯跑的脚步声。这种激动的心情里却暗含着某种焦虑，因为回家会奇怪地触发一种不安的感觉，而引起不安的，正是回家这件事情本身。

1953 年，当我为了参加共产党组织的地下工作，第一次回到马德里时，我一路跑到了阿方索十一世路上。我用假护照住进了一家旅馆，刚刚放下行李箱，就穿过马德里城，一路跑到了阿方索十一世路上。

我童年的这座城市，彼时尚未变成一个不断扩张的工业化大都市，也不是如今这个蛮不讲理地奢华和破烂着的样子。那时的天空依旧湛蓝，还能呼吸到从周围的山峦飘来的纯净空气，水也总是同上游的白雪和源泉一样甘洌而透明。承载着我童年记忆的丽池区尤其没有发生任何改变。我仍然能够把用心领会的一幅幅图景同记忆中的画面重叠起来：它们相互交融，连颜色都几无二致。

然而，在 1953 年 6 月的那个晚上，当我来到阿方索十一世路，凝视着那栋房子顶层（也就是我度过童年的那间公寓）的阳台时，尽管记忆和当下的画面完美重合，我依旧被一种模糊而不可名状的焦虑搅得心神不宁。

在国外度过的这些年里，我从未产生过如此令我心碎的流离和古怪之感，直到我有幸回到家乡的那一刻。

当然，这是后话了。

此时，我正和奥迪勒在巴黎第7区一间巨大的公寓里游走，遮盖着扶手椅和沙发的白布忽然勾起了我的不安，勾起了一种隐约的焦虑，那是我曾经度假归来时会产生的一种感觉。这些白布便是背井离乡的标志。忽然间，情况变得显而易见，再清楚不过：我不但不属于这里，我甚至不属于任何地方。或者说我属于乌有之乡，都是一回事。我的根，它将永远没有归所，或者说，将归于乌有之乡：总而言之，它将无处扎下。

不过，这种模糊的感觉转瞬即逝，甚至来不及持续，因为奥迪勒已经把我们所处的客厅里用于保护座椅的白布掀飞了。她在弥漫着樟脑味的房间里走来走去，优雅、蓬勃、充满活力。罩布的白色如同一圈光环，在她头上盘旋着。

她大声唱起了《卡门》中的一个选段，同时在房间里跳起了舞步。

直到今天，一整段人生结束后的今天，只消片刻的白日梦（无论何地何时），或者为了逃避一段无益的对话、一个粗制滥造的故事、一场平庸的演出而故意进入的片刻放空，我的记忆中就会忽然浮现出一系列慢放的画面，它们与当下的忧喜无关，迸发出耀眼的白色。是布列塔尼某个酒店房间观景窗后的海鸥翅膀？还是福门托尔角[①]

[①] 福门托尔角，西班牙马略卡岛的一处海角。国际文学大奖"福门托尔文学奖"得名于此。本书作者在1963年凭借作品《远行》获得该奖项。

艳阳下的三角帆？还是被埃吉摩金海峡的旋风吹散的白雾？

有时，我无法分辨清楚这些画面，于是便满足于它们的朦胧，怀揣着一种难以名状的情绪：某种强烈而真实的东西始终不愿露面，对我避而不见。它刚一出现又立刻消散，如同某种未得到满足的欲望。然而，这些画面有时又会逐渐清晰起来，不再模糊，不再对我欺瞒。

我认出了马德里阿方索十一世路上那间公寓里长长的走廊，里面回响着我们疯跑的脚步声，房门大开；我在夏末某个夜晚的昏暗中认出了覆盖着白布的名贵家具。就在那一刻，其他与童年回忆有关，又奇怪地受到童年回忆支配的事物，重新一一出现：西贝莱斯广场上起飞的鸽子；布列塔尼的海鸥；福门托尔角的帆船；小鹿岛上的迷雾。还有关于奥迪勒的回忆，她在巴黎的一间客厅里翩然而行，欢快地掀起扶手椅和沙发上刺眼的"裹尸布"，把这些白布变成昭示肉体欢愉的大旗，同时高声唱着比才的《斗牛士之歌》。

抵达巴黎几天后，在蒙巴纳斯大街上的"小舒伯特"里，我的怀中搂着奥迪勒·M.。我不禁猜想，会不会有人忽然出现，把她从我身边夺走。在爱森纳赫，美国人设立遣返中心的那间古老酒店里，那位法国突击队长就从我身边夺走了玛蒂娜。不过，在"小舒伯特"，时间一分一秒地过去，什么也没有发生。只有奥迪勒眼中点亮的光，还有她愈发触手可及的身体。她依旧在我怀中。她似乎不属于任何人；没人拥有这位姑娘的先买权或者初夜权。她会成为我的姑娘。

几天过去了，几周过去了：她始终是我的姑娘。

只是，这种从属关系或许应该颠倒过来。是我属于她才对，因为她就是生活，而我渴望自己能充分地属于生活。她为了我，与我一同重新创造了生活的种种姿态。她重新创造了我的身体——至少是我身体的一种使用方法，它的意义已不再仅仅是维持幸存的状态，而是馈赠，是为爱而挥霍。

然而，对于死亡的回忆，它那暗藏的幽灵，依旧会不时重新把我攫住。对此，她无能为力，我身不由己，连这个回归巴黎后夏日的旺盛精力也挥之不去。

这种情况通常发生在半夜。

凌晨两点，我忽然惊醒。

"醒"这个词虽然准确，但并不是最贴切的，因为就在这一惊之间，我确实脱离了梦境的现实，随后却进入了现实的梦境，或者说噩梦。

不久前，我还迷失在一个动荡、昏暗和旋转的世界之中。一个声音忽然在这片混沌中回荡起来，逐渐建立起了秩序。那是一个德国人的声音，这声音中承载着不久前布痕瓦尔德的真实感：

"焚尸炉，熄火！①"那个德国人的声音喊道。一个沉闷、恼怒、带着命令语气的声音，回荡在我的梦中；奇怪的是，它并没有让我意识到我在做梦，类似的情况里我通常能够意识到；此刻它却让我相信，我最终再一次——或者说重新，说彻底也行——在布

---

① 原文为德语。

痕瓦尔德的现实中醒来;它让我相信,我其实从未走出布痕瓦尔德,尽管表面看来如此;无论生活如何模仿,如何假装,我也永远无法走出布痕瓦尔德。

在接下来的几秒钟里——那是一段没有止境的时间,是记忆的永恒——我又回到了集中营的现实,回到了一个空袭警报之夜。我听到了下令熄灭焚尸炉的德国人的声音,却丝毫没有感到焦虑。正相反,首先贯通全身的是一种安然,一种平和:似乎我在一个真正宜居的地方,重新找到了某种身份,某种对自我的坦诚相见。我知道这种说法可能不太合适,至少是有些极端,但它千真万确:似乎艾特斯伯格的夜晚,焚尸炉的火焰,挤在床架子上的同伴们辗转不安的睡眠,将死之人逐渐虚弱的喘息,这一切就是故乡,是圆满之地,是生命和谐之地,尽管那专横的声音不断恼怒地重复着:焚尸炉,熄火!焚尸炉,熄火! ①

这个声音不断变大,很快就达到了震耳欲聋的程度。于是我惊醒过来。我的心脏狂跳着,感觉自己刚刚好像嘶喊过一般。

然而并没有,奥迪勒沉沉地睡在我身边。

我从床上坐起来,浑身被汗水浸透。我听到了女友均匀的呼吸声。我打开床头灯,掀开被单,看着她赤裸的身体。尽管她美得惊为天人,我却被一种极度的恐惧攫住。这样的生活只是一个梦,一种幻觉。即便我轻抚着奥迪勒的身体,她髋部的曲线,她颈背的优雅,也无济于事,这一切只是一个梦。生活,夜间的树木,

---

① 原文为德语。

"小舒伯特"的音乐，它们都只是一个梦。自从我离开布痕瓦尔德，一切都只是梦；艾特斯伯格山上的山毛榉林，那才是终极的现实。

我咬着攥紧的拳头，以防自己喊出声来。我蜷缩在床上，试图平复呼吸。

那一夜，我本该有所怀疑。我不该忽视那些昭示着生活之不幸的征兆。

首先出现的，是在奥迪勒带我去过夜的那间公寓的客厅里，掩埋在白色"裹尸布"下的家具引起的不安，一闪而过。随后，我们从那里出来，一直漫步到圣日耳曼德佩①。我们在圣贝努瓦路上和朋友一起吃了晚饭，又在"蒙大拿"喝了一杯，随后一直步行到了蒙巴纳斯。

这个夏天，我们一直得过且过。我们中的任何一个人身上都没几个钱。至于我自己，总的来说，我挣钱的方式不太光彩，但活得比较惬意，没有固定住所：一把剃刀，一支牙刷，几本书，几件旧衣服，装在一只旅行袋里，这就是我的全部家当。

在"小舒伯特"通往地下厅的楼梯上，我受到了第二次提醒。酒吧的爵士乐队当时在演奏《星尘》。我脚下一绊，随后应该是为了避免摔倒，靠在了奥迪勒身上。她以为我想再一次贴紧她的身体，感受那身体的温热。她把这个忧伤的征兆，当成了一个肉体示爱的动作。我没有解释。解释了又有什么好处呢？我没有和她提起吉里·扎克在布痕瓦尔德的爵士乐团，以及在布痕瓦尔德的那些

---

① 位于巴黎第六区的一个街区。

周日下午，能够把《星尘》中的独奏部分演绎得精妙绝伦的那位挪威小号手。

她靠在我身上，她的臀部顶着我的臀部。我们紧紧相拥，一起走下楼梯的最后几节台阶，进入了震撼人心的小号独奏声中。然而，我的记忆中却飘着雪花，或者，这些雪花根本就是灰色的烟灰。

我惊醒过来。

只是，这清醒没能让我平静下来，没有消除我的焦虑。相反，它加重了焦虑，又让这焦虑变了形。因为回归到清醒的状态，回归到生活的睡梦，这本身就是一件恐怖的事情。生活仿佛只是梦境，是集中营夺目的现实之后发的一场梦，恐怖的梦。

我点亮了灯，掀开被单。

奥迪勒的身体呈现在我眼前，处于充分的休息状态之中。然而，她那本该起到安抚作用的美并没有让我摆脱痛苦。没有什么能让我摆脱痛苦。只有死亡能做到这一点，那倒是自然。但并不是死亡的记忆，不是我死亡经历的记忆：不是我与其他人，与我的朋友们一同走向死亡，兄弟般分享死亡的经历；不是我与其他人向死的经历，他们是同伴、陌生人、我的同胞、我的兄弟，即他者、众人；不是在死亡中建立我们共同自由的经历。不是这种死亡的记忆。而是个人的死亡，死去：是那种无法经历，却可以自己决定的死亡。

只有自愿的、经过深思熟虑的死亡，才能让我摆脱痛苦，将我从中解放出来。

我被这显而易见的事实吓了一跳，于是离奥迪勒远了一些。

对我来说，她象征着生活，象征着生活的无忧无虑和天真无辜，即生活无法预见又十分迷人的轻率。她是不断更新着的当下，她唯一的打算就是维持这种存在于世的方式：一种轻松又丰富多彩的存在，一种安详的状态，一种二人合谋下的亲切的自由状态。

我们这种放纵的伴侣关系根植于一种任何东西也无法抹去的致命认知。我们初次邂逅的那天晚上，她的纯真，她的不拘小节，她优美的身体和她明亮的目光，都真实地反映出一种非凡而触手可及的温柔。她曾向我坦白，所有年轻人都围绕在她身边，而她却选择了我，是因为她知道我从何而来，也是因为（她后来告诉我）她在我的目光中看到了不同寻常的一夜，看到了一种冰冷到近乎疯狂的欲望。

奥迪勒用富有创造力的性爱姿势，用她那毫无韵律和理智可言的大笑，以及她难以满足的激情抚慰着我。然而，当我的生活受到巨大打击时，她却不知该做些什么；她不懂得如何处理灾难。当黑暗追上我，模糊了我的目光，将我甩入一种无法发声的沉默中时；当党卫军突击队中队长命令熄灭焚尸炉的声音在半夜将我从生活的梦境中惊醒时，奥迪勒却不知所措。她像轻抚一个受惊的孩子一样轻抚着我，同我讲话，用一种能安抚心绪的喋喋不休来填满这沉默、这失神、这巨大的空洞。

我无法忍受。

显然，奥迪勒之所以来到这个世界，是为了给它带来欢乐，带来激情——这是人类温情的乳汁——而不是为了倾听死亡的声音和它固执的幽怨，更不是为了以牺牲自己精神上的安宁和自己的平衡为代价，为这些声音负责，接纳它们。

话说回来，在回归的这段日子里，我们身边又有谁能够冒着生命危险不懈地倾听死亡的声音呢？

我熄灭了床头灯，悄悄地溜下床，摸索着穿好了衣服。我又逃进夜色，回到了"小舒伯特"。爵士乐队仍旧在为六七个夜猫子演奏着。我坐到吧台前，酒保送给我一杯酒。我已经付不起酒钱了，不过好在他们与我相熟。他们几个小时前曾看到过我与奥迪勒在一起。几个星期以来，他们经常能看到我和她，和几个朋友在一起。这是我回到巴黎后的事情。他们并不知道我是从布痕瓦尔德还是从别的什么地方回来的，因为我的头发长得很快，而且，在1945年的这个夏天，到处是各种退役军人，都顶着或长或短的寸头。没有人问起别人的过去。这个夏天，活在当下才是最重要的。

我听着音乐，这是我唯一能做的事情。所有客人——至少是来跳舞的那些人——几乎都走光了，只有六七个人留下来欣赏爵士乐。酒吧的小乐队还不错，乐手们此刻只为自己演奏，随性了许多。

我离开了吧台，去大厅里坐下。我们围坐在乐手四周，听他们借用经典旋律——特别是路易斯·阿姆斯特朗的作品——来即兴演奏。这倒是很合我心意，因为我非常熟悉阿姆斯特朗的经典曲目。我们坐在那里，任时光流逝。除了这音乐，没有什么能够拉近我们彼此之间的距离。这样似乎就够了。或许我们之间唯一的共同点就是对这种音乐的热爱，是对这种激烈而温柔，又富有想象力的自由音乐的尊重。这大概就足够了。

拂晓时分，酒吧歇业。这个时候去按响舍尔歇路上克洛德－埃德蒙特·玛尼家的门铃，未免太早了些。我便在早间惶惑的清凉中漫无目的地走了一阵子。

最后，我翻过弗鲁瓦德沃路尽头一座小广场的栅栏，躺在了一张长椅上。

几个月前的另一个清晨时分，在听过爱森纳赫的爵士乐演奏之后，一种预感便一直萦绕在我心头。这样的音乐，或忧郁或明快的小号和萨克斯独奏，还有如同强有力的血脉搏动一般低沉或振奋人心的鼓声，它们反常地处在我想要描绘的那个世界的中心：我想要创作的那本书的中心。

音乐将是这本书的养料，是它的底子，是它形式上的虚构框架。我要像创作音乐一样构建文本，这样做也未尝不可。这文本将沉浸在那段经历里所有音乐的氛围之中：比如党卫军不分场合地在集中营的喇叭里播放的札瑞·朗德尔 ① 的歌曲；比如每天早晚，工作队出发和回来时，布痕瓦尔德的乐队在点名操场上演奏的激昂音乐；还比如将我们的世界同自由世界连接在一起的地下音乐：那便是某些夜晚，围绕在莫里斯·休伊特身边的弦乐四重奏组合在中央仓库地下的资产室里演奏的古典音乐，是吉里·扎克创建的乐队演奏的爵士乐。

---

① 札瑞·朗德尔（Zarah Leander，1907—1981），瑞典演员、歌手，纳粹女顾问。尽管没有确切的唱片销量数据，但她可能是 1945 年之前欧洲最畅销的唱片艺术家之一。

音乐，各种各样的音乐，将引导故事发展的节奏。一个星期日，为什么不呢？一个星期日的故事，一小时一小时地写。

于是，四月的那个清晨，在爱森纳赫，与其他遣返回国的人讨论过最好的讲述方式之后，我便开始着手构思，让这个思路在我的想象中自我发展。如果围绕莫扎特或者路易斯·阿姆斯特朗的几首作品设计出一种具有一定结构的叙述形式，以逼出我们这段经历的真相，这样做在我看来也不无道理。

然而，事实证明，我的计划无法实现，至少无法立刻系统地全面实现。关于布痕瓦尔德的记忆太过密集，太过残忍，以至于我无法立即实现一种如此精练、如此抽象的文学形式。当我在凌晨两点醒来，耳边回响着党卫军军官的声音，双眼被焚尸炉里橘色的火焰燎得难以睁开时，写作计划那巧妙而精致的和谐之声一下子碎裂成了粗粝而不和谐的音符。只有来自内心深处的一声呐喊，只有一片死寂，才能表达苦痛。

"……其实不足之处仅仅在于，它们并非出自你手，没有表达你自己哪怕最浅显的感受……"

克洛德-埃德蒙特·玛尼重新读起了她两年前写给我的信。我们又重新谈起了我写的那几首小诗，那几首别致的、让她每每赞叹不已的马拉美仿作。这是她的原话，我只是照搬过来，不是为了自夸。我会尽量避免对这些年少之作进行评价，我没有那么自大。而且，我没有保留这些作品的任何痕迹，在这些年的风风雨雨中，它们已经消失了，连关于它们的记忆都几乎从我的脑海中彻底抹去了。所以只能凭这句话相信克洛德－埃德蒙特·玛尼。

从她停止读信，到重新读下去，中间过去了不少时间。在这两个小时里，她煮了好几次咖啡。我把半夜惊醒的事情说给她听：惊醒的缘由，惊醒的荒诞。

现在，她又继续读下去：

"……其实不足之处仅仅在于，它们并非出自你手，没有表达你自己哪怕最浅层的感受，它们同你身上最本质的东西，同你最渴望却尚不知其为何物的东西，没有任何关联……"

克洛德－埃德蒙特·玛尼再一次停了下来，看着我。

"后来你知道了吗？"

我最渴望的东西，就是休息。不仅仅是不眠夜后身体的休息。我感觉自己是一个打不倒的归魂，一个经得起任何考验的幸存者。我早就知道自己可以轻而易举地恢复精力。总而言之，身体的休息是次要的。我最渴望的东西，是精神的休息。

换句话说，是遗忘。

"我想我应该知道了……"

她等着下文。可没有下文。

我想要的只是遗忘，别无他物。在布痕瓦尔德生活十八个月，没有感到一刻焦虑，没有做过一次噩梦，心中总是不断产生新的好奇，背后是难以满足的对活下去的渴望——尽管死亡才是确凿无疑，尽管死亡体验是家常便饭，尽管死亡的经历难以名状又弥足珍贵——回来后，却时常被最赤裸、最荒谬的焦虑所折磨，因为生活、安宁以及生活中的欢乐，还有死亡的记忆，它们都是这焦虑的养料。这在我看来是不公平的，甚至几乎是可耻的。

所以，那天夜里，我之所以走下床去，离开奥迪勒的怀抱，不仅仅是因为梦中回荡着党卫军军官下令熄灭焚尸炉的声音，更重要的原因是，我发现自己还活着，被迫承受这种荒唐（至少是不太真实）的状态，被迫将自己投射到一种无法想象的未来中去，甚至是投射到幸福中去。

我看着奥迪勒的身体，看着她睡眠中疲惫的美，看着她近在眼前的承诺：一种幸福，某种幸福，我知道。然而，即便知道也无济于事，它没有给我任何保障，也不会给我开辟任何一条出路。

在这幸福之后，在这千千万万微小而令人心碎的幸福之后，一切又会重新开始。只要我还活着（毋宁说我还是一个起死回生的归魂），只要我还有写作的欲望，一切就会重新开始。写作的幸福，我已逐渐体味到，而它永远也无法抹去回忆的不幸；相反，它让这种不幸更加尖锐，更加深入，更加鲜活。它让这种不幸变得难以忍受。

只有遗忘能够拯救我。

克洛德－埃德蒙特观察着我，或许是希望我说得更明白一些。等得不耐烦了，她便重新继续读了下去：

"我曾一度认为，你的诗之所以缺乏个人特征，是因为你本身是在模仿（虽然是刻意模仿，但这一点不重要），或许还有更深层次的原因，那就是你对法语的词汇始终有一种陌生感，无论你多么熟悉法语的语法。这些词汇不了解你的童年、你的祖先，你的灵魂并未扎根于这些词汇之中……你尚未走出文学创作的炼狱：

你的任何作品都没有引力，我指的基本上就是'引力'一词的字面意思……"

她忽然停下来，看着我。

"这是我两年前写的！如今看来，事实正相反……你所有的作品，引力都太大了！"

她说得很对，我表示同意。

她翻看着打字稿，寻找信中的另外一段。

"你看，"她说道，"有时候我感觉我写给你的信就是为今天的对话准备的，可这对话其实是无法预测的！"

她继续念道：

"我只想说：只有在经历过第一次苦行后，文学才成为可能，这是苦行的结果。而通过这种训练，个体焕发新生，消化痛苦的记忆，同时打造个性……"

我陷入沉默，陷入生存欲的耗竭之中。

她继续说道："三个月前，你就回来了，可你从来没跟我说起过关于布痕瓦尔德的任何事情，至少没有直接说过。这很奇怪，甚至可以说是反常。我认识其他从集中营流放归来的抵抗分子，他们都着了魔似的疯狂倾诉，至少有疯狂的倾诉欲……一种发表证词的狂热……而在你这里，却是最平静的沉默……我们完全是从上一次停住的地方重拾了之前的对话……可你已经三次在拂晓时分来到我家了，也从没作出任何解释……当然，你可以这样做，这是朋友的一项特权：无须礼尚往来。你还记得你第一次在清晨六点闯进我家时跟我聊了什么吗？"

我点了点头，我记得很清楚。

"聊的是谢林！"她感叹道，"聊了他对自由的研究……集中营的图书馆里竟然有这本书，我很吃惊，同时也很乐于看到他引起了你的兴趣……毕竟，在你被捕前的日子里，你似乎痴迷于马克思，痴迷于卢卡奇的《历史与阶级意识》……可你最终跟我谈起的是谢林，是他关于自由之本质的论著……而且你是在此期间才一带而过地提到了在莫里斯·哈布瓦赫身边度过的那几个周日……"

她停下来，试图从已经彻底空了的咖啡壶里再倒出几滴液体来。

"那些美好的周日啊！"我说道，"下午，点名一结束，我囫囵喝完周日的面条汤，就会去小集中营……56号监区是无法劳动的残疾者监区，我们围在哈布瓦赫和马伯乐的床边……喇叭里播放着札瑞·朗德尔的歌……就在这时，谢林出现在我的生命里，一个《圣经》研究者① 跟我谈起了他……"

她听得如此聚精会神，整张脸都皱在了一起。可是我感到精疲力竭，于是停下来歇了一会儿。

"讲述一个周日，一小时一小时地讲，这也是一种可能……"

我看着蒙巴纳斯墓园里塞萨尔·巴列霍墓碑上方的蓝天。巴列霍，他说得对。为了讲述我的生活，表达它，携它前进，我所拥有的工具只有我的死亡，我的死亡体验。我必须用这死亡来制造生活；而实现这一目标最好的方式就是写作。然而写作又将我

---

① 原文为德语。

带回到死亡之中，将我关在里面，让我在其中窒息。我现在已经走到了这一步：我唯有通过写作来承受死亡，才能活下去，可写作又完全阻止我活下去。

我努力地把一个又一个词吐出来。

"一个周日的事情，一小时一小时地讲，内容很丰富……紧凑，令人称奇，又十分可憎……有卑鄙，有残忍，也有伟大……一切都在人性范围内，在我们这种肤浅又让一切大众化的道德语言中，任何被定性为非人道的东西其实都没超出人性的范围……你知道我在茹瓦尼被捕前读的最后一本书是什么吗？是米歇尔带给我的，康德的《单纯理性限度内的宗教》的法译本……1793年的著作，你记得吧？根本恶理论……所以我才读谢林，才对他的研究起了兴趣。他的研究虽然可能陷入了对浪漫理想主义概念的狂热，但在这种狂热中，通过康德和对神正论①的批判，又孕育出了一种非常有力和意味深长的全新学说基础概念，而人类自由就深植于这一概念，它能制造出在本体论意义上势均力敌的善与恶……所以我们无法裁定恶的非人性……在布痕瓦尔德，党卫军、卡波、告密者、嗜虐成性的施刑者，他们与我们这些受害者中最善良、最纯洁的那些人一样，同属于人类……恶的界限不是非人，而是另外一种东西。所以才需要一种伦理来超越这种同时孕育善的自由和恶的自由的根源……一种就此永远摆脱神正论和神学的伦理——因为就像托马斯主义者反复强调的那样，从定义上来说，上帝是无恶的。

---

① 一种理论，认为世间虽有恶，但依旧存在上帝的仁慈。

一种法律的伦理，它关乎法律的超越，关乎法律的统治条件，因此也关乎对于法律来说必要的暴力……"

然而我跑题了，这完全不是我想对她说的话。

"那些内容丰富的周日啊！比如妓院，那是少数人的专享。比如各种各样的黑市交易。比如同性恋，通常与利益或者滥用权力有关，但也不尽然……也可能只是出于激情，纯粹的激情。比如札瑞·朗德尔的歌，地下乐团，即兴戏剧表演……比如政治会议，国际抵抗运动战斗团体的训练。比如来来往往的运输列车。比如营地里那些因衰竭而在难以忍受的孤独中死去的人……"

我再一次停下来。她等着我说下去。

"比如在写作上遇到的各种阻碍，有些纯粹是文学方面的，因为我想写的不仅仅是一份证词。我从一开始就想避免或者尽量不列举各种痛苦和恐怖，反正总有其他人会这样做……另一方面，目前我无法设计出一种第三人称的小说结构，我甚至根本不想走上这条路。所以，叙事里需要一个'我'，以我的经历为蓝本，但要超越我的经历，能够在其中加入想象，加入虚构……当然，必须是一种与真相具有同等启发意义的虚构，它会让现实看上去真实，让真相可信。这个坎，我总有一天能迈过去。我敢肯定，总有一天，在我的某份草稿中，正确的笔调会忽然出现，合适的距离也会最终确定下来。但还有一个根本的障碍，一种精神上的障碍……你还记得我第二次冒失地来到你家时，和你聊了什么吗？"

她点了点头。她还记得。

"你跟我聊的是福克纳，他的《押沙龙，押沙龙！》。布痕瓦

181

尔德的图书馆里也有这部小说……你看的是德语版的。"

"是的,"我说道,"福克纳,你知道我很喜欢他。《萨托里斯》是他对我影响最大的小说之一,而《押沙龙,押沙龙!》强迫症般把福克纳式叙事发挥到了极限,他的叙事总是以一种令人眩晕的螺旋结构朝向过去倒着展开。最重要的是回忆,它统治着叙事的至深晦涩,推动着叙事前进……不知你还记不记得我们两年前的对话……海明威通过一种堪比电影式的叙事来营造现时一瞬的永恒性……而福克纳却不懈地追求对过去的随机重建:重建它的密度,它的晦涩,它的模棱两可……至于我的问题,它并非技术问题,而是心理问题。我无法通过写作进入集中营的现时,以现在时态来讲述集中营……就好像我被禁止使用现在时态来表达一样。所以,我所有的草稿,要么发生在集中营之前,要么在之后,要么在周围,总之永远无法发生在集中营内……而当我最终进入集中营,置身于那里时,写作又卡住了……我陷入了焦虑,重新跌入虚无,最终放弃……然后再以另一种方式重新开始……相同的过程又会再发生一遍……"

"可以理解。"她轻声说道。

"可以理解,但让我痛不欲生!"

她无谓地在已经空了的咖啡杯里转动着勺子。

"或许这就是你的作家之路,"她低声说道,"你的苦行——一直写到这死亡的终结……"

或许她说得对。

"除非死亡先终结我!"

这不是一句双关语，她知道。

"你还记得维特根斯坦吗？"一段漫长的沉默后，她问道。

我看向蒙巴纳斯墓园上方八月的蓝天。是的，稍作努力的话，我能记起维特根斯坦，记起我们关于他的对话。但是我累极了，我不想记起维特根斯坦，不想为此费什么心思。

我想的是塞萨尔·巴列霍。

在诗人方面，我的运气一向很好。我的意思是，我总是恰逢其时地遇见他们的作品，总在恰当的时刻读到能够帮助我生存下去，磨炼我世界观的诗歌作品。塞萨尔·巴列霍的作品便是如此，还有后来的勒内·夏尔和保罗·策兰。

我在 1942 年接触到了塞萨尔·巴列霍的诗歌。这一年，我过得不太好，为了赚钱，我被迫放弃了亨利四世中学的文科预备班。更准确地说，是为了活下去：苟且偷生。我给各个年龄段的学生上西班牙语课，有时给家境很好但人品差又懒惰的年轻人上拉丁语课，日子勉强过得下去。我差不多每隔一天才能吃上一顿正经饭，平时经常用荞麦面团填饱肚子，面团是当年我在圣米歇尔大街上一家面包店买的，就在拉辛路和医学院路的交会处，没用面包券 ①。

但是我发现了塞萨尔·巴列霍的诗歌。

---

① 二战期间，德国占领法国部分领土，导致商业流通停止，粮食供应短缺，法国政府因此于 1940 年 3 月颁布政令，宣布开始发行面包券和配给卡，严格控制食品供应。

我热爱生活

但是，当然，

我亲爱的死和我的咖啡在我左右，

看着巴黎枝叶繁茂的栗树……①

克洛德－埃德蒙特·玛尼提起了维特根斯坦，我脑子里却是刚刚回忆起来的塞萨尔·巴列霍的诗。我没有给她翻译这首诗，也不打算在这里翻译出来。它将是一个秘密，是我与某位西班牙语读者之间默契的标志。

她想知道我是否还记得我们三年前关于《逻辑哲学论》的对话。

我在爱德华－奥古斯特·弗里克位于巴黎布莱斯－德斯戈夫路的书房里翻找的时候看到了这本书，我在那里还接触到了穆齐尔和布洛赫。我立刻被维特根斯坦那本书的书名所展现出的傲慢和狂妄所吸引：《逻辑哲学论》，胆子真不小！那本书是由一所英国大学出版的德英双语版。1940—1941 年的那个冬天，我就在哲学班上课。我之前提到过，除了教学大纲里的经典作品之外，我还读了海德格尔和圣奥古斯丁的作品。

列维纳斯引导我开始阅读马丁·海德格尔；至于圣奥古斯丁，则要归功于保罗－路易·兰德斯贝格。1938 年，兰德斯贝格出现在我的少年时光里，活生生的他，他先是亲身出现，后来才成为我的阅读和思考对象，特别是他的《死亡体验》。

---

① 塞萨尔·巴列霍：《永恒的骰子：巴列霍诗选》，陈黎、张芬龄译，北京联合出版公司，2021 年 6 月。

那是在荷兰的海牙。我的父亲在那里担任西班牙共和国代办。兰德斯贝格和他拥有相同的基督教价值观，二人都属于围绕《精神》杂志发起的人格主义运动派系。这一年，西班牙内战趋向不利（更确切地说，内战开始走入历史的方向，而在三十年代，历史的方向并不一定是善的方向，内战走入的正是不好的方向，导致极权主义对民主和资本主义现代化危机的反击日渐成熟），趋向西班牙共和国的失败，在此期间，兰德斯贝格前往荷兰参加一个大会，也可能是研讨会，总之会议主题是圣奥古斯丁的思想。

一天晚上，他与妻子在公使馆用餐。晚餐开始前不久，我被允许和他们一起留在会客室里。我那时即将年满十五岁，就已经进入了大人的圈子，因为我的兄弟姐妹众多，足以划分出不同的年龄段，遵循不同的生活准则。

这天晚上，在与兰德斯贝格夫妇共进晚餐前，我有权参与成年人的对话，对话主要围绕当时的欧洲局势，围绕西班牙内战和民主政权在面对法西斯主义时的先天缺陷。忽然，就在这样的语境下，奥古斯丁出现了，因为有人提到了他思想的政治意义，还提到了研讨会（就是保罗－路易·兰德斯贝格前往荷兰参加的那个研讨会）期间的某个小插曲。当然，那个小插曲的具体内容和意义我已经不记得了：一切都被埋入了我的记忆，无法找回。我只记得兰德斯贝格的妻子在客厅里忽然站起身来。客厅的观景窗外是一座种着玉兰树的花园，更远处是1813广场。当时肯定不是玉兰树开花的季节，因为我记得客厅的大壁炉里生着火。保罗－路易·兰德斯贝格的妻子在客厅里忽然站起身来（那只名叫雷克斯的爱尔兰赛特猎犬，趴在我附近的小疯狗，也跟着静静地一跃而起），评价起了圣奥古斯丁研讨会期间发生的那个小插曲。

"学究，你们瞧瞧！"她故意夸张地高声说道，"竟然把保罗 – 路易·兰德斯贝格当成学究看待！"

我并不太理解这句感慨背后的含义，而且认为她用第三人称单数指称自己的丈夫这种做法很奇怪。但是我觉得她气质非凡；她一头金发，样貌秀丽，长身而立，展现出一副动人而热情的女性形象：在那个对女性气质之谜浮想联翩的年纪，她的形象令我难以忘怀。

"你还记得维特根斯坦吗？"克洛德 – 埃德蒙特·玛尼问道。

她完全有可能问我是否还记得海德格尔，因为她想提起的那次三年前的对话里，涉及了海德格尔著作中的一章，那是关于向死的存在的著作，里面有一章冗长无尽，陷入了他的语言怪癖，充满了空洞的废话和过分的晦涩；另一方面，对话还涉及了路德维希·维特根斯坦的《逻辑哲学论》中的一句话，那句话振聋发聩，表达清晰，只是其根本含义尚待论证。

她的目光在朴实无华的眼镜后面闪烁着。

"那个仿皮面的本子，你还记得吗？'死不是生活里的一件事情：人是没有经历过死的……'①"

她引用了维特根斯坦那篇专论的命题。我三年前曾经在一个

---

① 路德维希·维特根斯坦：《逻辑哲学论》，贺绍甲译，商务印书馆，2017 年 7 月。

厚厚的仿皮面本中围绕这一命题写了很长的评论，这个本子算是用来写日记的——那是我人生中唯一一段写日记的日子，当年我十八岁。不久后，由于放弃了写作的志向，又从事地下工作多年，我便失去了写日记的习惯。再后来，到了不惑之年，当我开始出书时——出书的目的之一也是向他人和自己解释，为什么到了这么大年纪才出书——我一步步地毁掉了我的日志，里面都是我为了写作而保存的各种笔记。还有未完成的草稿，只要我构思的写作计划被证实无法实现，或者被实现的欲望所抛弃，我就会把这些草稿毁掉。我不喜欢留下某次研究或者某次摸索的不成形的痕迹，那样做不太体面。只有完成的作品最重要，无论它有怎样的实际价值，或许作者最了解，但他不必是最中肯的评判者。

所以，如果想要将这种态度推而广之（或许有过度之嫌，毕竟每个人在这方面都有自主权），那么就必须承认，背叛遗嘱的，并不是接受遗赠的人，而是订立遗嘱的人自己。就比如负责出版未完成著作的应该是弗兰茨·卡夫卡本人，而不是马克斯·勃罗德①；如果卡夫卡确实对这些著作不满意，他自己亲手销毁就行了！

然而，在十八岁时，我还是保持着某种记录，更偏向一种哲学和文学笔记，而非私人日记：我对自己的私人生活总是十分谨慎。在这本厚厚的黑色仿皮面本子上，我评论了维特根斯坦《逻辑哲学论》中的那句名言，以及马丁·海德格尔在《存在与时间》中关于向死的存在的论述。

---

① 马克斯·勃罗德（Max Brod，1884—1968），以色列作家，卡夫卡的挚友，整理并出版了卡夫卡的遗作，制造了"卡夫卡热"。

"死亡不是生活中的事件：死亡无法被经历"：这是皮埃尔·克洛索夫斯基对维特根斯坦命题的翻译。在我那篇青涩的胡言乱语中，我把这句格言中的后半部分稍微改动了一下（前半部分完全没有问题：任何人都会这样翻译）。我写的是"人无法经历死亡"。多年后，我创作了一部名为《昏厥》的小说，我在这本书中多次提到它，是因为它写的恰巧就是我在这部分主要讲述的时期，也就是回归的时期，重归流离之境的时期。在这部小说中，维特根斯坦那句格言的后半部分又被我换了一种译法："死亡不是一种被经历的体验。"之所以如此翻译，是因为德语动词 erleben 及其名词形式 Erlebnis 在翻译成法语时有很大困难，如果要把这两个词翻译成西班牙语的话，这种困难根本不存在。

我三年前在那个黑色仿皮面本上写道：或许死亡不可能是一种被经历的体验（即西班牙语中的 vivencia），这一点至少从伊壁鸠鲁开始就尽人皆知了；死亡也不可能是一种纯粹意识（cogito）的体验；死亡永远是一种间接的、概念性的体验；某个实际社会事件的体验。然而这又是精神极端贫瘠的一种体现。实际上，严格来说，维特根斯坦的格言应该这样写："*Mein Tod ist kein Ereignis meines Lebens. Meinen Tod erlebe ich nicht*"，意即：我的死亡不是我生活中的事件。我不会经历我的死亡。

仅此而已，变化不大。

"说起来，"我问道，"那个仿皮面本在哪？你一直没还给我……"

克洛德－埃德蒙特·玛尼的脸微微发红，她做了一个抱歉的手势。或者说一个无能为力的手势。

"丢了！"她说道，"我觉得你写的东西很有意思，就把本子借给让读一读……"

多年后，当我在马德里冈赛普琼－巴哈蒙德路的一间秘密公寓里写作《远行》时，想起了这个细节，想起了与克洛德－埃德蒙特·玛尼的这次对话。从某种意义上来说，那本《远行》就是对她的《论写作的力量的信》的一种回应。我不可能不记得1945年8月的这次对话，以及她给我读的内容。当我重获写作的力量时，我也必然会记起她写给我的《信》。当我成功地（或失败地）完成曾一度烂尾的创作时，我想了那个仿皮面的本子，想起了玛尼关于那个本子的回答。

在马德里的冈赛普琼－巴哈蒙德路上，我细细思考让到底是谁，或者说，玛尼所说的让到底是指让·戈塞还是让·卡瓦耶斯。我知道她时常与这两个人见面，或许见到戈塞的次数比卡瓦耶斯还要多一些。她曾经推荐我阅读卡瓦耶斯的几篇文章。这些文章至少对我来说比较艰深——数学哲学和逻辑学并不是我偏好的领域；然而这些文章的方法和结构之严谨令我印象深刻。有一次，我同时看到了卡瓦耶斯和戈塞，二人刚好从一间餐厅走出来。我知道他们同属于抵抗运动的地下世界——我指的是在我看来货真价实的抵抗运动：武装抵抗。

让·戈塞在集中营里去世，让·卡瓦耶斯被枪杀。

克洛德－埃德蒙特·玛尼暗示遗失了我那个仿皮面本的时候，我当然早已知道他们二人的结局。我明白，我的本子与他们中的一个人一同消逝了。那天早上，我对这一损失（我指的是本子的遗失）并未感到过分痛心，也没有询问她所说的让到底是二人中的哪一位。然而，十五年后，在马德里写作《远行》时，我开始后悔自己当时因为熬夜的疲惫而失去了好奇心。我忽然暗自希望克洛德-埃德蒙特把我的日记借给了让·卡瓦耶斯。卡瓦耶斯如果读到了这些我只有模糊印象的暴躁而幼稚的内容，一定会一笑了之，顶多带一点善意。无论如何，我还是希望，那篇关于死亡体验的狂热而笨拙的论述在彻底陷入遗忘之前，它的最后一个读者是让·卡瓦耶斯。

最后一天，我还想起了维特根斯坦。

不过，那一天并不像是最后一天，不像是我在布痕瓦尔德的最后一天。没有任何迹象能让我猜测到那会是最后一天。那一天和4月12日（集中营解放次日）之后的每一天一样开始，也完全可能像每一天一样结束。那天（后来发现是最后一天）早上，丝毫没有你人生中某个重要阶段最后几小时通常能体会到的庄重之感，也没有掺杂着焦躁不安的情绪。没有任何迹象能让我猜到，伊夫·达里埃想把我归入罗丹教士的车队，第二天从爱森纳赫出发前往巴黎。

布痕瓦尔德的西班牙人提出的问题尚未得到彻底解决。大家都很清楚，我们是在抵抗运动中被捕的，所以我们总有一天会被送回法国去。我不敢说"遣返"，毕竟之前已经从纯粹的个人角度有些啰唆地解释过了。布痕瓦尔德的大部分西班牙人——游击基地、移民劳动力组织的突击部队以及法国东南部游击队的幸存者——

或许能够接受"遣返"一词。我的意思是，他们的祖国就是战斗，就是反法西斯战争，1936 年以来一直如此。法国是这一祖国的第二领土，因此他们不会反对"遣返"的说法。更何况，他们也不会像我这般乐于分析"遣返"一词的具体含义，权衡利弊，思考得失，掂量取舍：集中营的大部分西班牙犯人不会像我一样在这个问题上钻牛角尖。

我们知道盟军的指挥层已经决定将我们送回法国，但并不知道确切日期。反正早晚要回去。我们就生活在这种不确定之中。

我在布痕瓦尔德的最后一天（我再一次想起维特根斯坦的那一天）像任何一个不确定的日子一样拉开了序幕。这一天处在死亡与生命、现实与梦境混乱不堪的时期，是集中营的解放所开启的时期。我甚至不记得这最后一天的具体日期，只能推算出来；而要推算，我就不能从解放那一天算起，因为我会很快迷失在记忆的迷宫之中，更何况这迷宫中还浓雾重重。在这段漫长的日子里，只有少数的几个片刻自发地留在回忆的柔光下，这一点我之前好像说过。我几乎无法确定这几个片刻发生的日期，甚至难以确定它们发生的顺序。另外一些片刻却能够按顺序排列，轻松地形成一组时间段落。

尽管记忆模糊，我还是确定那段时光的痕迹不会无法挽回地从记忆中被抹去。当然，记忆无法不假思索地自然浮现在我脑海中，我必须去寻找它，通过一番方法得当的努力，把它驱赶出来。然而，记忆始终在表面遗忘之外的某个地方存在着。我只需集中精神，将当下的琐事从脑子里排出去，主动将自己与周围的人和环境隔绝开来，将耐心而专注的内在视野投注到这些遥远的日子上去。于是，一些面孔浮现出来，一些插曲和邂逅又回到了生活的表面；一些被往昔的旋风刮走的词语又在耳畔响起。就仿佛一部专注的摄像机曾经拍摄完的胶片从未被冲洗出来一样：不会有人看到这些画面，但它们一直存在。所以，我一直保存着一批从未示人的记忆宝藏，如果有一天需要它们，我就能拿出来用。

无论如何，如果我想确定我在布痕瓦尔德最后一天（也就是我再一次想起维特根斯坦和《逻辑哲学论》中那句艰涩而空洞的格言的那一天）的日期，最好从故事的结局开始，通过几个确凿的时间节点来回溯。故事的结局发生在 5 月 1 日。

那一天，我在巴黎美天大街和民族广场的交会处，一阵突降的暴风雪卷起了传统游行队伍中的红色旗帜。

4 月 30 日，也就是此前一天，我在圣普利度过了一整天。德国占领时期，我们全家曾在那里的一栋房子中度日，房子位于蒙特利尼翁和圣勒之间的一座山丘上，维克多·雨果曾在他的一首著名诗作中提到过这座山丘。再往前一天，4 月 29 日，我抵达了巴黎，在皮埃尔-埃梅·图夏尔位于德拉贡路的家中过夜。28 日，罗丹教士的车队到达隆吉永遣返营。正是在那里，我才最终确定我之前的判断多么正确，"被遣返"的说法是多么离谱：我在隆吉永找回了自己无国籍的身份，从那以后，无论面对怎样的行政手续和官方任职，我都不再否认自己这种身份。就这样，我逐渐得出了如下结论：4 月 27 日，也就是在确认我根本无法被认定为一个遣返者后，我从隆吉永回到法国的前一天，我从车队出发的地点爱森纳赫一路赶到了法兰克福，那是车队中途过夜的地方，我们就睡在一个流亡人员营地的一间木板屋里。这便是我对那段短暂路途的总结。4月26日，伊夫·达里埃找到我，把我送到了爱森纳赫：这就是我在布痕瓦尔德的最后一天。

这一天的十点钟左右，我去34号监区找鲍里斯·塔斯利茨基。

4月12日以来，无论走到哪里，我身上都带着勒内·夏尔的诗集《唯一幸存的》。又一位诗人恰逢其时地出现在我的生活里。我常给朋友们诵读这本书上的片段，不久后，我便能背诵这些诗歌了，甚至可谓烂熟于心。

伊夫·达里埃对夏尔的喜爱程度不亚于我，安德烈·韦尔代也是。我经常与韦尔代见面，他那时正在筹备一部布痕瓦尔德诗人选集。我年少时写的一篇文章仍徘徊在记忆中，我把它写下来交给他；但是韦尔代对夏尔很熟悉，这让我感到有些不快。他记得夏尔与布勒东和艾吕雅合著的一本名为《减速，前方施工》的集子。不过，我并不太怨恨他比我先知道夏尔：他毫无保留地喜爱夏尔，这才是最重要的。

鲍里斯·塔斯利茨基则表现得有所保留，但他是故意的，很可能是我迫使他形成了这种态度，因为我曾经在他面前晃着夏尔的诗集，斩钉截铁地向他宣告："这才是真正的诗人，比你的阿拉贡强多了！"这种做法有些挑衅的味道，而且——我必须承认——也有些唐突。不过我经常对阿拉贡的诗歌表现出故意夸张的轻蔑，以此来作弄他：这是我们之间的一种游戏。

这一天,我们坐在 34 号监区一层 B 翼的食堂(一间破木棚)里,将夏尔和阿拉贡的诗歌逐一进行对比。

我给鲍里斯念了《唯一幸存的》中的几首诗,他给我朗诵了阿拉贡的诗句——我记得很清楚,是《断肠集》里面的。我争辩的并非这些诗歌的技艺有多么精湛,而是它们的现实深度。于是,鲍里斯决意要说服我或者迷惑我,给我朗诵的既有应时和以抵抗运动为主题的诗歌,也有更早一些的诗句,大部分是从《乌拉尔万岁》里引用的。我被这些诗句中语义和道德暴力以及对社会末日的见解所深深吸引。

最近几年,我时常想将这一"阿拉贡时代"的诗歌同德国的贝尔托·布莱希特和西班牙的拉法埃尔·阿尔维蒂的当代诗歌进行对比,以此来分析前者,研究这些诗歌里共有的文本和政治暴力,无论从文化角度来看它们各自有何特点(这一点显而易见)。

在二十年代末和三十年代初的危机时期,被打上暴力烙印的当然不止这些文学作品。这种暴力反对的是中产阶级社会那虚伪或玩世不恭的道德秩序,1914—1918 年的战争灾难结束后,它在文学、艺术和思想领域引发了剧烈的震荡。在我看来,没有一项全面性研究能够细数这场战争引发的各种思想灾难,更不消说政治灾难。

我很熟悉拉法埃尔·阿尔维蒂的诗歌,也就是他在三十年代创作的内战政治诗歌。但是这些诗歌不比阿拉贡的诗歌对我的冲击大。我依旧生活在锋利得如同毁灭天使之剑的真相与价值观的世界之中。另外,幸好他的才华已十分成熟,才得以保留严密的形式和丰富的韵律。

至于贝尔托·布莱希特（我是通过一位战名为茱莉亚的维也纳姑娘接触到了他的作品），他无疑是三位诗人中最伟大的一位：他的笔调最为丰富，从哀歌到史诗，他无所不能。1945 年 4 月，在布痕瓦尔德的 34 号法国人监区食堂里，我的朋友塔斯利茨基和我朗诵着夏尔和阿拉贡的诗歌。

忽然间，就在鲍里斯高声朗诵阿拉贡的一首诗时，一声大喊打断了他。

我们转过头去。

一位年迈的法国犯人坐在桌子的尽头。我们正朗诵得火热，没有注意到他。他在吃东西，面前精心摆放着他储备的食物。他吃得十分认真，甚至可以说是小心翼翼。

几天来，集中营的粮食供应都是由美国军队负责。厨房的工作进行了重新组织，犯人的饮食一下子充足起来，对于已经习惯饥饿和虚弱的人来说，甚至有些过于充足，过于丰盛。在最后几天里，这种丰盛所制造出的受害者并不比之前饥饿时期少。

不过，这位法国老人应该不相信这一点，而是持怀疑态度。他的想法应该是，这种日子太过美好，不会持久。于是，他精心地在桌子上摆好自己储备的食物，吃得小心翼翼。毕竟世事难预料，他在积攒力气，以防事态重新变糟。他不顾一切地吃着，尽管他其实已经不饿了。他在黑面包片上涂抹厚厚的人造奶油，再把面包片切成一个个小方块，就着香肠，慢慢地咀嚼着。或许，他已经这样吃了很久；或许他完全不想停下来，直到把一切吃光咽下。他慢慢地咀嚼着，让进食的快乐得以持续。然而，这个词显然并不合适："快乐"一词暗含着没有动机，暗含着随意和无法预见。用这个词来描述法国老人在不无癫狂地完成进食仪式时的严肃态度，未免过于草率了。

他大喊一声，以吸引我们的注意，也得到了我们的注意。

"你们的诗人写得太晦涩了！"他声嘶力竭地喊道，"一群装模作样的家伙，语言的施刑者！"

然而，他并不想让一通义愤填膺把自己放在"主业"上的注意力分散出去。他又往嘴里放了一块黑面包，慢慢地咀嚼着。

我们等着下文，对他的年迈和透明的眼睛里那愤怒的悲伤感到同情。下文来得很突然，他朗诵起了《惩罚集》，提高的音量在空荡的食堂里发出回响。他朗诵的是关于滑铁卢那片阴郁平原的段落。结尾处，他站起身，模仿布吕歇尔①（而非原计划的格鲁希②部队）抵达战场时的样子：他大手一挥，命令皇家卫队前进，"所有头戴黑色高帽③或者光面头盔的弗里德兰和里沃利人"，便投入了滑铁卢的激战之中。

我们听他说着，努力维持严肃的表情。这段经历也不算太坏：我还是很喜欢《惩罚集》的。

尽管鲍里斯·塔斯利茨基以劝说为目的朗诵了路易·阿拉贡的诗作，阿拉贡真正成功吸引我的那一天，并不是 4 月 26 日，也

---

① 在滑铁卢指挥普鲁士军队与拿破仑军队作战的元帅。
② 法国元帅，有人指责他是法军滑铁卢失利的始作俑者。
③ 第一和第二帝国期间骑兵的毛帽。

不是在 34 号监区的食堂。我是在几周后才迷上了阿拉贡，迷上了他本人，迷上了他在对话时无可辩驳的魅力，尽管他不时会表现出一种略带狡黠的矫揉造作。

回归后的那个夏天——虽然围绕"回归"一词的保留意见颇多，为了方便阅读，我依旧选用了这个词——我常去鲍里斯位于第一战场路（也可能是布瓦索纳德路，我忽然不太确定了）的画室拜访他。虽然我对布痕瓦尔德的所有旧相识避而不见，虽然我已经开始了我的沉默和故意遗忘疗法（几个月后，在瑞士提契诺州的阿斯科纳，就在我放弃自己正在尝试创作的一本书——无限期地彻底放弃所有创作计划——那一天，这种疗法起了根治的效果），我仍然频繁地拜访鲍里斯·塔斯利茨基。

对于这种特例，我并未多想，因为这是一种本能：我只是一时兴起，步行到蒙巴纳斯，敲响鲍里斯画室的门，看着他绘画或者素描，交流我们的感受：我们回归生活后的惊叹、嘲讽、慌乱。

如今，当我回想起来，试图理解这种让我避开所有布痕瓦尔德的旧相识（除非偶尔或者不小心遇到），唯独优待塔斯利茨基的本能行为时，我想我知道个中缘由。那是因为他身上的两种特质令我对他感到特别亲切。首先是一种对生活的渴望，不懈而充满活力的渴望，随时准备应对生活中的种种意外；其次是对往昔经历——直至极限的死亡经历——的一种敏锐，如同他活力四射的阴暗面。

我到达布瓦索纳德路或者第一战场路（这一点不重要）时，鲍里斯经常在创作着具有残酷现实主义意味的画作，也许是想通过这样的作品驱散那些困扰他的画面。然而，制造这些画面的集中营的现实与当下时隔太短，也太难以置信，完全无法通过神话或者历史寓言的传统手法来呈现。此外，鲍里斯的调色板色彩极其丰富，并不适于呈现集中营的现实。总而言之，现实主义无法忠实表达这种现实，后者从本质上说与前者是相斥的。

有时，我会在鲍里斯的画室里碰见路易·阿拉贡。我记得他的口若悬河，记得他对于引人注目的心理需求，记得他的手舞足蹈，记得他那个令我难以忍受的习惯：在画室里走来走去，一边滔滔不绝地讲着话，一边观察着自己在所有反射面上的投影，久久凝视着所有镜子中的自己。然而，我也记得在塔斯利茨基极偶尔地谈起布痕瓦尔德的经历时，阿拉贡那专注的沉默，以及他通过倾听和提问来尝试着归纳出本质的能力。

有一天，阿拉贡忽然对我产生了兴趣。

"咱们的英雄还真是沉默寡言啊！"他忽然对着我感慨道。

我一惊。

鲍里斯也慌了神，用眼神和动作祈求阿拉贡不要继续说下去。然而他却一意孤行。

"是真的，别否认！鲍里斯说你表现得非常英勇……我有时都嫉妒他与你的友情！可一说到集中营的事情，你从来一言不发，这是怎么一回事！"

塔斯利茨基为自己被如此置于风波中心而感到尴尬，便走开了。我听到他在厨房里忙活的声音。

我开始尝试向阿拉贡解释自己为何在布痕瓦尔德的问题上保

持沉默。我告诉他，我试着写作，而不是过多地谈论，从而保持住写作这一主题的新鲜度，同时避免太多叙事中已经出现过的惯例和手法。

当然，我说的并不完全是事实，或者说只是一部分事实，很小的一部分，但这样我便得以与他建立了第一次真正的对话，一场关于文学忠实性（或者故事性，或者说文学这一真实的谎言，都是一回事）的讨论，一场我将铭记一生的讨论。

二十年后，就在我出版了《远行》后，有人按响了我家的门铃。路易·阿拉贡站在楼道里，给我带来一本他的《处决》。书中有这样一句题词：迎风破浪。

不过，我之所以在很大程度上原谅路易·阿拉贡，并不是因为这句题词，至少不完全是；也不完全是因为他临终前几个月的病容：既像惨白的鬼魂，又像幽灵大剧团里的傀儡，目光中却透露出一种长久以来一直受到抑制的深邃的真实。我之所以原谅他，主要是因为一首诗，我在诗中看到了发生在鲍里斯位于第一战场路（或者达布瓦索纳德路，这真的不重要！）的画室里那次对话的影子。这首诗于1948年被收录在《新断肠集》中出版。

那本集子里有应时诗，有"年鉴诗"（其中一首诗就以此为题，还有一首相同题材的诗，诗名本身就点明了诗的内容：《法国的政治路线可以转变》），还有格调十分平庸的诗篇。然而，翻着翻着，我忽然就看到了《忘却达豪之歌》。

今夜，请不要唤醒沉睡者……

多年后，我低声吟诵阿拉贡这首诗的结尾部分。当时是在圣贝努瓦路上的一家夜总会里，一个德国姑娘与我同桌，我觉得她很美：金发，平静，无辜。就在这一晚，我感觉自己仿佛从一场梦中醒来。虽然我决定努力遗忘，并已见成效，然而这种情况依旧不时出现。那一晚，我再一次恍惚间（也可能是因为这位德国美女的在场？）感觉到，几年前我从布痕瓦尔德归来后，生活只是一场梦。或许，那一晚我从生活这场梦中醒来，便喝了个酩酊大醉；或许，当我注意到同桌这位德国姑娘时，喝得还不够多，但后来肯定是喝醉了。然而，酒精与这场故事或许毫无关系；那种我以为自己已经遗忘和征服的焦虑，我不该为它的忽然重现寻找任何外部理由。

德国姑娘一头金发，平静，无辜。那一晚，我无法忍受无辜。

> 今夜，将不会有人唤醒沉睡者
>
> 不会有人赤脚在雪中奔跑……

我一边默念着阿拉贡的诗，一边看着这位德国姑娘，我认为她很美。也很诱人。我不记得自己是否产生了欲念，但这也不是不可能。重要的是，我无法忍受事先推定的无辜，尤其是那一晚，我感觉自己是有罪的：仅此一次。我从生活这场梦中醒来，这一次，我感到自己有罪，因为我刻意遗忘死亡，主动遗忘死亡，成功遗忘了死亡。我真的有权生活在遗忘之中，因遗忘、并以遗忘为代价幸存下去吗？那个德国姑娘的蓝色眼睛和无辜的眼神让我再也不堪承受这种遗忘。并非我个人的遗忘，而是对那早已结束的死亡产生的普遍性、群体性、历史性遗忘。

> 你的躯体不再是欧洲河流的分支
>
> 你的躯体不再是怨恨的停滞
>
> 你的躯体不再是其他人的拥挤
>
> 不再是这拥挤自身的恶臭……

阿拉贡的诗中或许存在一些修辞上的糟粕，一些他没能避免使用的修辞技巧；他的诗歌或许仍有待打磨，还需要狠狠磨砺，直到语言的骨架完全暴露出来，消除一切词句的冗余。保罗·策兰的所有诗歌都经过了这样一番加工，勒内·夏尔的诗也通常如此。

不过，我们仍旧能够从《忘却达豪之歌》中提取出一些精彩的亮点，一些对集中营关押经历的精准刻画，而这种经历本来是外人无法理解的。

> 当你闭上眼睛，你是否重新看到，是否有人重新看到
>
> 死亡在那一刻应该是美妙的
>
> 在力图保持平衡的恐惧之中
>
> 尸体站立在车厢的阴影之中

我背诵着阿拉贡的诗，挑选出更能搅动我记忆的诗句。这一晚，在圣贝努瓦路的夜总会里，我默念着他的诗。我看着那位无

辜的德国姑娘（她当然不会记得任何事情），背诵着这首关于记忆的诗。不过我也曾高声吟诵过它，在大城市的街道上吟诵过几次，并不在乎是否吸引了路人怜悯的目光；在西班牙奥扬布雷海滩上，在缅因州小鹿岛海边变化无常的薄雾中，我也曾对着喧嚣的浪涛朗声吟诵过这首诗。

终此一生，我都将吟诵阿拉贡的这首歌；它将伴我一生。不久前的1992年3月8日，在布痕瓦尔德的点名操场上，我还为自己吟诵过这首诗的结尾。

本书所讲述的人生阶段过去四十七年后，我第一次回到了那里。此前，出于各种各样的理由，我一直拒绝回去，因为既不需要，也不想。然而这本书已基本完稿（至少我错觉如此），核实其连贯性和内在真实性的念头忽然在我脑海中出现，挥之不去。另外，自从德国统一以来，历史形势也发生了变化。于是我便决定抓住一次回去的机会：一个德国电视台邀请我参加一档关于魏玛这座集中营文化之城的节目。

1992年3月的一天，在布痕瓦尔德的点名操场上，我低声吟诵了阿拉贡的那首诗，同时发现我必须重写这本书中的一大部分内容，必须重新投入这场对记忆的漫长哀悼之中。又是一次无穷无尽的哀悼，可有趣的是，我并没有因此感到悲伤。

陪同我的是托马·朗德曼和马蒂厄·朗德曼，他们是通过真情实感的纽带与我联结在一起的两个孙子：这种联结不比其他血缘关系淡薄。我选择他们陪我前往德国，他们也确实对我照顾有加。整个旅途中，我始终能感受到他们在面对我那陈年记忆（人生过往的灰烬）时，年轻的目光中透露出的感动、笑意和热情。在布痕瓦尔德的点名操场上，他们也一直伴随我左右。马蒂厄拍着照片，托马望向艾特斯伯格山脚下那片我二十岁时的景象。在我们的右边，是焚尸炉短粗的烟囱。永远吹拂着艾特斯伯格山的风呼呼作响；归来的鸟儿叽喳鸣唱：我想起了罗森菲尔德中尉。曾经，那里是一片没有鸟的山毛榉林，所有鸟都被焚尸炉里飘出的恶心气味赶走了。

于是我开始吟诵那首诗的结尾：

在这个新世界里，有那么多人

再也无法享有天然的温柔

在这个旧世界里，有那么多、那么多人

对任何温柔都一无所知

在这个旧而新的世界里，那么多人

无法为自己的子女所理解

哦，路过的你

今夜请不要唤醒沉睡者……

"这不公平①……"莫拉莱斯向我转过身来，低声说道。

他躺在营地的床架上，白色的单子如裹尸布一般盖在他身上。他的脸庞凹陷下去，几日未刮的蓝黑色胡子十分浓密，令他的面

---

① 原文为西班牙语。

色显得愈发苍白。

不久前，我离开了鲍里斯·塔斯利茨基。在我们朗诵过勒内·夏尔、路易·阿拉贡和《世纪传说》后，我回到了自己所属的40号监区，等待午饭时间的到来。我们那时已经可以在中午和晚上各吃一顿饭。当时，我还不知道，那个4月26日将是我在布痕瓦尔德的最后一天，我也尚未想起路德维希·维特根斯坦。

多年后，在我出版了讲述维特根斯坦和他那部《逻辑哲学论》的《昏厥》后，一位值得尊敬的批评家以为，这个哲学人物是我编造出来的，他认为这是小说性质的杜撰。要知道，在当时，也就是六十年代中期，维特根斯坦在法国还不太为人所知。在读了那位批评家的文章后，我一方面因他的无知而感到略带痛心的震惊，另一方面则获得了一种文学上的满足感——他认为我有能力编造出维特根斯坦这样一个迷人又令人难以忍受的人物，这可不是随随便便的称赞之词。

然而，1945年4月26日，在布痕瓦尔德，在日间的这一时刻，我尚未开始编造维特根斯坦，甚至根本没有想到他。我甚至还没想起他在《逻辑哲学论》里那句专断的格言——三年前，我在黑色仿皮面本子里围绕这句格言写了长长的评论，后来克洛德-埃德蒙特·玛尼把本子借给了让·戈塞和让·卡瓦耶斯中的一个。我站在阳光下，40号监区的门前，无所事事，迷惘着，等待着分发午饭。我还在思考那天下午要做些什么。

我看到博拉多斯跑了过来。

他是西班牙共产党在布痕瓦尔德的地下组织的主要负责人，是三人领导小组里的头号人物，与他平起平坐的是军事机构负责人帕拉松和组织秘书法尔科。这些名字都是化名，他们在法国的抵抗运动中被捕时使用了这些化名，并将它们保留下来。直到4月12日集中营解放后，我才知道了他们的真名。帕拉松真名叫拉卡尔，法尔科叫卢卡，博拉多斯名叫涅托，杰姆·涅托。

一周后的4月19日，布痕瓦尔德集中营内的所有共产党派代表召开了一次会议，目的是起草一份政治宣言。共有十一个国家的共产党参加了此次会议：法国、苏联、意大利、波兰、比利时、南斯拉夫、荷兰、捷克斯洛伐克、西班牙、奥地利和德国。西班牙的代表签了两个名字：除了真名杰姆·涅托，他又加了括号，在里面写下了他在布痕瓦尔德使用的化名博拉多斯。

他跑了过来。

"正好你在这里，"他气喘吁吁地说道，"莫拉莱斯要死了，他想见你！"

我们飞速奔向铁丝网围墙另一头的医务室。

"这不公平……"莫拉莱斯向我转过身来，低声说道。

他说得对：这确实不公平。

迭戈·莫拉莱斯于1944年夏末来到布痕瓦尔德集中营，此前他曾在奥斯维辛有过短暂停留；然而，这段停留又长得足以让他领会奥斯维辛 – 比克瑙大规模灭绝营特有选人机制的本质。在听到特殊派遣队那位幸存者的决定性证词之前，我是通过莫拉莱斯对奥斯维辛生活的绝对恐怖有了初步的概念。

在布痕瓦尔德，莫拉莱斯很快就在古斯特罗夫工厂里找到了一份技术工作，成为一名非常出色的钳工，也可能是铣工（我在冶金术语方面没有什么权威性）。他的技术如此精湛，以至于地下组织最终在自动步枪的安装线上给了他一个关键岗位：在安装线上的最后一步，他必须巧妙地破坏一个关键的机械部件，让步枪无法开火。

隔离期结束后，莫拉莱斯被安排在 40 号监区，与我同宿舍，他讲故事的本事深深吸引了我，我总是听得乐此不疲。不得不承认，他的故事是极具小说气质的。

他常说，有一本书让他的人生从此有了冒险色彩。他笑着说道。十六岁时，他读了《共产党宣言》，人生从此发生了改变。即便到了布痕瓦尔德，他说起这件事时依旧动情不已，就像有些人说起《马尔多罗之歌》或者《地狱一季》时一样。

十九岁时，莫拉莱斯已经跟随一支游击队参加了西班牙战争，他的队伍跨越前线，在敌据区行动。西班牙共和国战败后，在普拉德，他受到了人生中第二次文学冲击。他从阿热莱斯的一个难民营①逃出来后，一个法国家庭收留了他，并将他藏匿起来，他就是在那里阅读了《红与黑》。当然，这可能是一种爱屋及乌，因为书是一位姑娘推荐他阅读的，他至今还保留着关于她的记忆，肉体和精神之爱的记忆。抛开往昔的爱情火焰不谈，据他讲，司汤达的《红与黑》对他产生的效果不亚于马克思的《共产党宣言》，

---

① 一座位于东比利牛斯省的集中营，1939 年 2 月法国政府设立，旨在收留西班牙内战的难民。

只不过领域不同。《共产党宣言》帮助他理解了历史上这场规模庞大且不可阻挡的伟大运动，而《红与黑》则引导他探寻人类心灵的奥秘。每当有人把他引向这个话题（我就总是热衷于此），他就会带着激动的情绪事无巨细地说个没完。

"这不公平。"我刚刚在莫拉莱斯的草席边坐下，抓起他的手，他便低声对我说道。

他说得对，现在死去，太不公平了。

莫拉莱斯活过了西班牙战争，活过了格利耶尔高原上的战斗[①]——他曾经告诉我，这是他最恐怖的记忆：为了摆脱德军和法国宪兵与保安队的包围，他顶着机枪的交火，在厚厚的雪中长途跋涉。他活过了奥斯维辛，在布痕瓦尔德，又活过了每天被平民工头或者党卫军突击队中队长抓现行的风险：在古斯特罗夫工厂的生产线上搞破坏会直接把他送上绞刑架。他活过了各种各样的危险，最终却这样愚蠢地死去。

"这样拉肚子拉死，不公平[②]……"他在我耳畔低声说道。

我跪在他的草席旁边，这样一来，他和我说话就不用费力了。

他说得对：明明有那么多次机会可以手握着武器死去，而今却愚蠢地因为拉肚子而死掉，这确实不公平。集中营解放后，似乎主要任务已经完成，自由身也已恢复，他又重新得到了在西班牙的反佛朗哥游击队中手握着武器光荣战死，以再次获得自由的

---

① 1944年3月，在上萨瓦的格利耶尔高原，抵抗运动成员与德军和保安队之间发生过激烈交战。

② 原文为西班牙语。

机会。而就在这时,由于脆弱的身体无法承受忽然丰盛起来的伙食,导致他患上暴发型痢疾而死去,确实太愚蠢了。

我没有对他说,死亡从定义上来看就是愚蠢的,和出生一样愚蠢,也一样令人为之吃惊不已。这不算是一种安慰,更何况,他在这种时刻也不可能对这种玄学和超脱的思考作出什么评价。

我默默地握紧了他的手。我想起我曾经把莫里斯·哈布瓦赫垂死的身体抱在怀里。同样的腐败,同样的恶臭,同样的肉体毁灭,离弃了清醒至最后一秒的哀怨心灵,这心灵就像是一簇微小的火苗,而身体已无法为之提供维续的氧气。

死亡,老船长,时候到了,拔锚!

我将波德莱尔的诗句作为临终祷词悄声诵给哈布瓦赫。他听见了,也明白了:他的目光中闪耀着一种非凡的自豪。

然而,我能对迭戈·莫拉莱斯说些什么?安慰之词?我真的能安慰他吗?难道不是更应该表达同情吗?

我认为只有一段文字最适合朗诵给他,那就是塞萨尔·巴列霍的一首诗,最美的西班牙语诗之一,收录在他关于西班牙内战的著作《西班牙,求你叫这杯离开我》当中。

战事完毕,
战斗者死去,一个人走向前
对他说:"不要死啊,我这么爱你!"

但你死去的身体，唉，仍然死去……[1]

　　我还没来得及吟诵这首悲痛的诗歌的开头，莫拉莱斯抽搐了一下，喷发出某种恶臭。他的身体排空了，弄脏了包裹住他的被单。他用上了最后全部的力气，紧紧抓住我的手。他的目光中透露出最沉痛的忧伤，眼泪顺着他战士的面庞流下。

　　"太丢人了。"他用最后一丝气力说道。

　　我真的听到了这句低语吗？还是我从他的口型猜到了这句表达羞愧的感慨？

　　他的两眼开始翻白：他死去了。

　　我想像巴列霍的诗中描写的那样大喊，"不要死啊，我这么爱你！但你死去的身体，唉，仍然死去"。

　　他还在继续死去，继续走向死亡的永恒。就在这时，我想起了路德维希·维特根斯坦。"死亡不是生活中的事件：死亡无法被经历"，维特根斯坦这个蠢货如此写道。我经历了莫拉莱斯的死亡，此时就在经历死亡，如同一年前经历哈布瓦赫的死亡。我不是还经历过那个演唱《白鸽》的年轻德国士兵的死亡吗？那是我亲手赐予他的死亡。我不是还经历过对所有这些人的死亡、对死亡本身的恐惧和同情以及死亡激发的友爱吗？

　　我合上了莫拉莱斯的眼睛。

　　我从没见过别人做这个动作，也没有人教过我。一个如同各

---

① 塞萨尔·巴列霍：《永恒的骰子：巴列霍诗选》，陈黎、张芬龄译，北京联合出版公司，2021年6月。

种情爱之举般自然的动作，无论在哪种情况下都自然而然的动作，来自最古老的智慧，来自最久远的认知。

我站起来，转过身去。朋友们都在：涅托、卢卡、拉卡尔、帕洛马雷斯……他们也经历了莫拉莱斯的死亡。

"我感觉人们似乎并不总能领会到济慈的诗歌中表达出的恐惧，就拿《海披里安》来说：

> 她倾听的时候，神色显得慌张，
> 仿佛不幸的灾祸已开始降临……①"

克洛德－埃德蒙特·玛尼又继续读起了《论写作的力量的信》。

"济慈看到了每个果实内里的蛆虫，看到了各种生命内在的缺陷，他知道这世界上没有人类的救赎，于是他感到恐惧。然而这种恐惧现在已不再是心理上的，而是宇宙性的。它成为对一种经历的从容对换，这种经历固然残酷，但现在已经被超越……"

她停下来，看着我。

然而我并不想说话。我累极了，已无话可说。

这段发生在舍尔歇路上八月某个上午的对话过去两年后，我收到了一本《论写作的力量的信》。塞热出版社的第一版有三百页，使用的是拉福玛仿羊皮纸：我这一本的编号是130。

---

① 约翰·济慈：《济慈诗选》，屠岸译，人民文学出版社，1997年11月。

1947年，这本书出版的时候，我已不再像从前那样经常与克洛德－埃德蒙特·玛尼见面，甚至觉得我好像只在展览开幕式或者晚上观看戏剧演出时才极偶尔地看到她，都是这种类型的见面，都是如此偶然、如此无关紧要的见面。

　　无论如何，我可以确定的是，自己再也不会回到她位于舍尔歇路的工作室，无论是早上六点，还是某个更正常一些的时间。我的意思是，我不会再常去。我最后一次按响她的门铃，是在1945年8月的一天清晨，就在广岛原子弹事件的前一天。

　　确实，我在1947年就已经放弃了我的写作计划。为了活下去，我成了另一个人。

　　1945年12月，一个阳光灿烂的冬日，在提契诺州的阿斯科纳，我被催促着在写作和生活之间做出选择。当然,催促我做出选择的，就是我自己。是我要做出选择，独自选择。

　　我从记忆中一片片、一句句地抽出的叙述，如同一颗闪闪发光的肿瘤，吞噬着我的生命。至少吞噬着我生活的欲望，吞噬着我在这种可悲的快乐中坚持下去的渴望。我确定自己已经抵达了某个终点，并不得不在那里承认自己的失败。并非因为我写不出来，而是因为我无法从写作中幸存下来。只有一场自杀才能烙印，才能主动结束这项未完成的哀悼工作，否则它就会无限地延续下去。要么就让未完成本身——也就是放弃写作中的书——来武断地结束这项工作。

　　一个姑娘无意识也无预谋地挽留住了我的生命。她名叫罗莱纳，我不久后就在命中注定的时刻邂逅了她：她的上场时间到了。

她拯救了我，或者说失去了我，这一点并不由我判断，我也事先拒绝接受任何判断。总而言之，她让我活了下来。

那年冬天，我生活在洛迦诺附近的索尔杜诺。我的姐姐玛丽贝尔在阳光明媚的提契诺州马基亚山谷租了一栋房子，让我在那里休养生息，也为了方便我写作。在那里，我和她以及三岁的外甥度过了归来后的秋天和冬天。我的姐夫让－玛丽·苏图正在贝尔格莱德与让·帕亚尔一同筹建法国大使馆。有时，生活在日内瓦的哥哥贡扎罗会来找我们。岁月静好，充满欢笑、故事和回忆：一种由默契编织而成的快乐。对于我这个起死回生之人，他们关怀备至。我接受着他们的爱，也尝试着写作，更确切地说，我尝试着从这啃噬着我灵魂的写作中幸存下来。

在阿斯科纳，在相邻的一个湖畔小村，我认识了罗莱纳。罗莱纳对我的基本情况一无所知，比如我从哪里来，到底是什么人。她也不太清楚我在这里做什么。除了我本人，没有任何其他原因能让她对我感兴趣，而令我感到震惊的正是这一点。当时的我，表面看来无忧无虑，在阿斯科纳的冬天，我们二人都在休养；她刚刚结束了一场惨痛而失败的婚姻之旅。我当时为自己为何与家人一同在阿斯科纳编造了一个理由，但是后来忘记了。

多亏了罗莱纳，我回到了生活中（她自始至终对此一无所知），也就是说，回到了遗忘之中：这便是生活的代价。刻意地、系统地忘记集中营的经历，也忘记写作。我不可能写任何别的东西；如果故意绕开这段经历去写作，无论写什么，都是可笑的，甚至是可耻的。

我必须在写作和生活之间做出选择，于是我选择了生活。为了活下去，我选择了一条漫长的失语和刻意失忆的治疗之路。就在这回归生活、哀悼写作的过程中，我与克洛德－埃德蒙特·玛尼逐渐疏远，也就不难理解了。1947 年以来，无论我走到哪里，即便是在地下工作的出行期间，她的《论写作的力量的信》一直伴我左右，是我与自己本来希望成为的作家之间唯一一条脆弱的、谜一般的纽带。那个作家，是我身上最真实的部分，尽管也是受挫的部分。

　　不过，在那个早上，八月的蓝天映照在蒙巴纳斯墓园中塞萨尔·巴列霍的墓碑上，而我对后来的事情尚一无所知。

　　"我们都一起读过哪些诗人？"克洛德－埃德蒙特·玛尼问道，"当然了，有济慈……还有柯尔律治，莱内·马利亚·里尔克，我记得……"

　　她刚刚又做了一壶咖啡，给我们又各倒了一杯。

　　"塞萨尔·巴列霍，"我对她说道，"我给你翻译过他的几首诗……"

　　"巴列霍，对！"她惊声说道，"我经常去他的墓前献花，就在你离开的那段日子里！"

　　可我真的回来了吗？

7

巴枯宁的雨伞

时光流逝，我们来到了十二月。罗莱纳在洛迦诺的一家电影院门前等我。

我上午去那里观看一部美国电影，取材于尤金·奥尼尔的一部戏剧①。一个关于远洋水手的故事，比较粗糙。

"要不要我带你去看看米哈伊尔·亚历山大罗维奇·巴枯宁的雨伞？"她喊道。

罗莱纳驾驶的是一辆梅赛德斯敞篷汽车，型号较老，但相当豪华。她停在电影院门口的阳光下。尽管瑞士人历来以谨慎著称（或许在靠近意大利的提契诺州，这一传统并不明显），还是有人向我投来了嫉妒的目光。

我的心跳立刻加快。

造成这种困扰的，其实并不是巴枯宁，也不是他的雨伞。无论她跟我说什么，都会在我身上产生相同的效果。困扰我的是她

---

① 此处应指约翰·福特（John Ford，1894—1973）在1940年执导的美国影片《归途路迢迢》（*The long voyage home*）。

的在场，是她在那里等我。

我向她走过去，站在她旁边，两只手撑在车门上。她抬头看向我，我看到她眼中闪烁着一种欢快的、金褐色的光。

"好啊，"我对她说，"带我去看看这把名伞吧！"

为了留在她身边，为了能躲进她温柔的怀中，让我找什么借口都可以。

观看奥尼尔的那部电影（确切地说是改编自奥尼尔戏剧的电影）时，我处于一种几乎麻木的状态。画面断断续续，彼此之间并无太大的内聚力，尽管这些画面本身都具有无可辩驳的力量。我很难将它们放入一段叙事的连贯，或者时间前进的流动之中。有时，这些画面从我眼前消失，它们的内涵也变得模糊不清，只剩下一种强烈的形式美感。

如同遭到晴天霹雳一般，我进入了一种反常的状态，虽然没有了不安感，却全身心沉入了绝望的宁静之中，最甜蜜、最绵软的绝望。

当然，造成这种麻木状态的，并不是电影本身（导演好像是约翰·福特），而是在影片开始前播放的新闻短片。

在一场体育赛事和在纽约举行的某个国际会议的相关报道结束后，我忽然短暂地失了明，不得不闭上眼睛，然后再睁开眼。我没有做梦，画面还在银幕上，躲也躲不过去。

我忘了具体的原因和情况，总之，那一天在洛迦诺电影院播放的新闻讲的是盟军几个月前发现纳粹集中营的事情。

摄像机探查了一间棚屋的内部情况：几个精疲力竭的犯人无力地躺在床架上，瘦骨嶙峋，突出的眼睛盯着这些为他们带来自由（对于很多犯人来说为时已晚）的不速之客；摄像机捕捉到美军推土机往公共墓坑里推送数百具皮包骨的尸体的画面；摄像机抓拍到三个身着条纹服装的短发年轻犯人在一间木屋前轮流分享着一个烟头；摄像机跟拍着阳光下的一群犯人，他们在点名操场上缓慢地朝着分发食物的地方蹒跚着走去……

这些画面拍摄于不同的集中营，这些集中营几个月前都已被盟军在前进途中解放，有贝尔根－贝尔森集中营，毛特豪森集中营，达豪集中营，还有布痕瓦尔德集中营，我认出来了。

或者说，我确切地知道这些画面来自布痕瓦尔德，但并不确定自己认出了这些画面本身；抑或是我并不确定自己曾亲眼看到过这些场景，然而我确实看到过；再或者说，我经历过这些场景。真正令人感到不安的，就是这种看到和经历之间的区别。

因为这是我第一次看到这样的画面。在那个冬日之前，我总能避开关于纳粹集中营的电影画面，小部分原因在于运气，大部分原因是出于一种本能的自我保护策略。我的记忆中已经有了不少画面，它们有时会冷不丁地冒出来，我自己也会刻意唤出它们，在某种内心自述或者消愁的过程中，为它们赋予一种结构化的形式，对它们进行有组织、有意识的回忆。确切地说，这些都是我内心的画面，是与童年回忆一样不可分离，一样自然的回忆（尽管这回忆有着难以忍受的一面）。还有与初次探索友爱、阅读、女性之美等等的幸福青葱岁月有关的回忆。

在洛迦诺电影院的一片寂静之中——各种窃窃私语和交头接耳都停了下来，一种恐惧和同情（甚至可能还包含反感）的寂静逐渐凝聚——我内心深处的这些画面出现在了银幕上，忽然变得陌生起来，并就此脱离了我个人的记忆和压抑过程，不再是我的个人资产和痛苦，即我生活的致命财富。它们最终变成了恶的根本和外化的现实，变成了它冰冷又灼人的映象。

这些灰色的画面有时比较模糊，由一部手持摄像机晃动着拍摄下来，从而获得了一种过度的、震撼人心的真实效果，是我的记忆本身所达不到的效果。

电影院的银幕上出现了布痕瓦尔德的点名操场，就在如此接近又如此遥远的四月阳光下，操场上是三五成群的犯人，他们的脸上写着恢复自由后的不安。看到这一切，我感到自己又被带回了现实，又被放入了一种确凿经历的真实之中。一切都是真实的，一直是真实的，没有什么是一场梦。

拜盟军电影工作者所赐，我成了自己生活的观众，成了窥视自己经历的人，似乎就此摆脱了记忆中那些痛心的不确定性，仿佛电影画面（也包括纯粹的纪录片画面）天然内在的不真实性和虚构内容，用不容辩驳的现实的重量，填满了我最私密的回忆（虽然乍看上去有些矛盾）。一方面，我感觉这些记忆被夺走了；另一方面，我又看到记忆的真实性得到了确认：布痕瓦尔德不是我的梦。

因此，我的生活，也不只是一场梦。

然而，新闻画面固然确认了经历的真实性（我自己有时都不太容易在自己的记忆中捕捉和固定住这种真实性），然而它们同时也提高了传递真实性的难度，不求让它完全透明，哪怕变得易于传递一些都难，十分令人恼火。

这些画面展现了赤裸的恐怖，身体的衰弱，以及死亡的收割，然而它们却是无声的。这不仅仅是因为囿于当时的手段——画面拍摄时并没有直接录音；更重要的原因在于，对于它们所呈现的现实，这些画面其实并没有说明任何具体问题，只让人听见一些只言片语，一些含混的信息。本来应该把功夫下在主要部分，即拍摄素材上面，有时还需要停止走卷：让画面保持固定，以放大某些细节；有时要以慢镜头继续播放，有时则要加快播放节奏。特别是应该对画面进行评论，从而实现对画面的解析，并将它们置于一种历史背景和一种感受与情绪的连贯之内。为了尽可能地接近被经历的真相，做出评论的应该是幸存者本人，是从这场漫长的缺席回归的人，是这场漫长死亡中的拉撒路们①。

总而言之，应该把纪录片中的现实当作一种虚构素材来看待。

这组新闻最多持续了三到四分钟，却足以让我陷入思维和情绪的旋涡之中。它让我心绪颇不宁静，以至于我对于随后影片的关注断断续续，中间夹杂着极度不安的胡思乱想。

而罗莱纳在电影院出口等着我。她似乎无意中看到我进了电影院，便打听了一下影片的长度，又回来等我。

我对她产生了一种强烈的感激之情。

---

① 据《圣经·约翰福音》记载，拉撒路重病而死，耶稣断言他能够复活，结果四天后，拉撒路果然复活，证明了耶稣的神迹。

两天前，我对她说："洛迦诺啊！那你应该知道巴枯宁吧？"

当然，我的目的是让她感到不安，引起她的好奇心和注意；最终，等她发现我对于在洛迦诺生活的巴枯宁有着放肆和挖苦的看法时，再让她产生被我折服后的吃惊。

可我失败了。罗莱纳坚定地点了点头。

"确实认识，"她答道，仿佛这是再自然不过的事情，"他的雨伞还在我家呢！"

我目瞪口呆。

我们当时刚刚吃完一餐饭，整个过程气氛融洽，尽管我起初感到有些不安。餐车里有四分之三的桌子是空的，可她非要坐在我对面，并且马上对我说，她想有个伴儿，想聊聊天。

可我更想独自就餐。

我本来决定来一顿丰盛的大餐，不受打扰地品尝美味。我想吃饱喝足，对瑞士美食表现出它应得的尊重和愉悦。

从前，吃饭总会有结束的一刻。切成小块的黑面包片，咀嚼得再慢也没用，吃完的那一刻总会到来，就好像什么都没发生一样：黑面包没有了，嘴里空空，胃里也空空，只有立刻卷土重来的饥饿感。在瑞士火车的餐车里，情况就完全不同了：食物供应没有限度，倒是饥饿才有限度。"饥饿"一词用在这里也不太恰当：饥饿成了一种普通的食欲。

这一天，早先的困扰又再度出现，不是在身体层面，而是在精神层面。忽然开始折磨我的，是饥饿的念头，是关于饥饿的疲惫回忆，只是情况不复从前：我现在已经知道自己能够满足饥饿感。

饥饿重新变成了开胃之感。

　　于是，我点了一杯金菲士作为开胃酒，并果断决定接下来要喝上一整瓶 1929 年的庞特卡奈葡萄酒，围绕这款美酒来安排这顿饭。

　　我是在第一次乘坐洛迦诺和伯尔尼之间的当日往返列车时接触到了庞特卡奈葡萄酒，就在瑞士火车的餐车里。我必须每月一次前往伯尔尼（罗莱纳就在十二月出现在我的第三次旅途中），在一间瑞士联邦警察局签注我的居留证，因为伯尔尼的警察局不可能同意我在洛迦诺完成瑞士居留证的审核，虽然洛迦诺是离我在瑞士住所最近的城市。我不知道是怎样难以理解和迟钝的官僚理由迫使我必须前往伯尔尼。我没有乘坐从索尔杜诺开往洛迦诺的有轨电车，而是直接选择了一列快车（在瑞士联邦铁路公司的法语术语中，这种车叫"轻车"），当天往返。

　　这一次，就在我的第三次也是最后一次往返（我的居留证将在 1946 年 1 月彻底过期）途中，我要独享一顿大餐：一瓶庞特卡奈葡萄酒，再根据这瓶奢侈葡萄酒的香气来选择菜肴。

　　在此前提下，为什么这个姑娘的突兀靠近对我来说是一种打扰，也就可以理解了。交谈在所难免。另外，面对陌生的目光，我们吃饭的方式、随意和自由的态度，都会有所不同；面对陌生的目光，特别是女性的目光，我们会表现得拘谨，克制，会自我评价，会维护形象。然而，此时我只想放任自我，只想饕餮一番，只想贪婪地品味我选中的佳肴。

　　她确实打扰了我，可她也相当美艳。她神态放松，小麦色的皮肤十分光亮而悦目；衣着低调，但透着古朴的气息，而这才是对我触动最大的一点：在如此放松和轻佻的表象背后，隐藏着传统的本质；在如此明显的从容洒脱背后，是家族底蕴的分量，是延续至今的古老血统。她显然是几代人膏粱文绣和琴棋书画孕育出的几近完美的产物。

这也并非假象，罗莱纳确实出身于一个贵族家庭，这个家族的姓氏无论在化工业还是在艺术资助领域都享有盛誉。

"你在庆祝什么吗？"她说着便坐到了我的桌子旁边，看着侍酒师刚刚打开并动作优雅地请我品尝的那瓶葡萄酒。

"没什么，"我答道，"庆祝生活呗！"

她点了一份清淡的餐食和矿泉水。

"那你是做什么工作的？"她又接着问道。

"还没工作……只是活着吧！"

我的简单答复没能让她就此打住，更没有让她气馁。她继续追问着，但效果并不算好。她从我口中榨出的大部分信息都是假的，就比如名字：我告诉她，我叫马努埃尔。等问够了，她便开始和我说起她自己。比较感人，但很平庸。每次有陌生人在火车上说起自己的人生，都属于感人的平庸。罗莱纳刚刚走出一段灾难性的婚姻经历，用她自己的话来说，那是六个月的噩梦。她用一次代价高昂的离婚关闭了婚姻的地狱。

我漫不经心地听她讲着，却愉悦地看着她。她举止优雅，嗓音悦耳，餐桌礼仪十分到位，毫无矫揉造作之嫌。我一边享受或丰盛或精美的餐食，一边品尝这场视觉盛宴。

在某一刻，我不记得出于什么原因了，她开始说起她家在洛迦诺的房子。

"那你应该知道巴枯宁吧？"我问道。

她的回答令我目瞪口呆。

"确实认识，他的雨伞还在我家呢！"

俄国革命家巴枯宁的房东特蕾莎·佩德拉奇尼有一位表亲，曾在罗莱纳的曾祖父家中工作，地点就在家族位于洛迦诺的房子里，这房子便是一代代家业、贵族世袭财产和为了保留家族不动产而签署婚约的结果。上个世纪七十年代，在一个雨天，这位仆人（罗莱纳说，她也叫特蕾莎，与佩德拉奇尼同名，所以后代讲述的那些女仆间口口相传又冗长的故事就变得尤为复杂），也就是罗莱纳曾祖父家的特蕾莎，去佩德拉奇尼家串了个门，回来时，为免淋雨，就借用了一把大黑伞，伞的特征就在于它那精工制作的伞柄，而她并不知道这把伞属于米哈伊尔·亚历山大罗维奇·巴枯宁，一个通晓多种语言的大胡子俄国人，当时他就在瑞士意大利语区避难，从佩德拉奇尼手中租了一间带家具的公寓。这把伞便被遗忘在罗莱纳祖宅的门厅，在相当长的一段时间里都无人认领。这只是一把被遗忘的雨伞，别无其他。它就在那里，没有引起任何关注和争执，直到巴枯宁有一天亲自现身，索要这把雨伞。家族传说将这次事件描述得尤为生动：尽管在数十年间的口口相传中，对事件的种种细节难免有些添油加醋，但这些细节都被保存下来，并形成一个完整的故事体系。无论故事怎样发展，最终都是相同的结局：罗莱纳的曾祖父拒绝将雨伞还给米哈伊尔·亚历山大罗维奇·巴枯宁，声称巴枯宁无法证明自己是这把雨伞的主人——这种理由虽不甚道德，但在法律上无懈可击。更何况，巴枯宁作为私有制的坚定反对者、无政府主义者和著名的法外之徒，怎敢在这件既含糊又微不足道的私事里援引这一神圣的所有权呢？最后这个论据似乎引发了巴枯宁的哄然大笑，后来他便离开了罗莱纳曾祖父母的房子，将自己的雨伞像战场上的一面旗帜似的丢弃给了敌人。

巴枯宁雨伞的故事以及这故事引发的笑声，让我们彼此亲近起来。一种同谋般的亲密似乎逐渐形成。我们的言语中不时透露出再次见面的可能性，只是没有敲定细节。最终，我们被礼貌地请出了餐车，对话也随之终止。工作人员向我们解释说，他们要赶紧为一趟卢加诺—日内瓦夜间快车的晚餐摆桌。

在洛迦诺电影院的门前，罗莱纳抬头看着我。

"好啊，"我对她说道，"那就去看看巴枯宁的雨伞！"

然而我心中想的并不是米哈伊尔·亚历山大罗维奇·巴枯宁，我对他完全没有任何兴趣。

我心中想的是保罗－路易·兰德斯贝格，更确切地说，是兰德斯贝格的妻子。我刚刚发现罗莱纳长得像一个人。其实，在两天前的餐车里，我以赞美的目光凝视着罗莱纳的时候，就觉得她让我回想起了一个人，一个以前在某个地方认识的女人。我不知道我回想起的是谁，但我确定她长得像那个人。我还确定那是我以前年少时认识的一个女人。但是无论我怎样回想，怎样在记忆中召唤我年少时见过的女性形象，都无济于事，我就是找不到她。这回忆，这相似度，还有这记忆的浮现，都始终是一个谜团，近在眼前，却无法辨识。

忽然之间，一切明朗起来。是那辆敞篷车让我破解了这种模糊的相似，让真相大白。

罗莱纳的长相与保罗－路易·兰德斯贝格年轻的妻子十分相似。

1939 年春天，在《精神》杂志的大会（我之前应该提到过了）期间，兰德斯贝格的妻子有时会捎上让－玛丽·苏图和我。她开着一辆敞篷汽车，我就坐在车的后座，任风拍打着我的脸。有一次，在阿弗莱城，我拉开车门，方便她下车。阳光在一条大街的树荫下缓缓移动着。她猛地一探身体，双脚着地时，露出了两条腿，一直露到了袜带和乳白色大腿皮肤的位置。由于想起了当时刚刚读过的一本书（尼藏的《同谋》），我愈发感到躁动不安：在那本书里，卡特琳·罗森塔尔的膝盖就在类似的情境中暴露出来。小说画面的力量进一步激化了我内心的骚动。

至于巴枯宁的雨伞，在罗莱纳位于洛迦诺的祖宅会客厅里，这把伞被放在一个定制的橱窗柜中展示。

我带着某种幸福感注视着这把伞。就在那一刻，就在我心情放松地注视着巴枯宁这把巨大的黑伞时，我做出了一个决定，它将改变我的一生。

也将改变我的死亡。

更确切地说，我是在那里开始酝酿这个决定的；或者更准确地说，这个决定开始自我酝酿，自我形成，而我无需介入并改变事物发展的方向。它开始冻结，就像冰块；它开始凝聚，就像一种感觉。

罗莱纳靠在我肩上，但我什么也没对她说。毕竟我什么也不能告诉她，否则只会唤起痛苦，而我那个决定打算帮我回避的正是痛苦。

祖宅里的一位老仆人（我忘了问，她是不是特蕾莎的后代，我是说巴枯宁的房东佩德拉奇尼那位表亲的后代）给我们端来了香茶，旋即消失不见。就在我们要离开祖宅时，罗莱纳向我展示了专门为保存巴枯宁那把土里土气的黑伞而设计的橱窗柜，这把伞就如同一件战利品一般。

抵达会客厅前，我们先要穿过书房。房间面积很大，天花板很高，里面装满了书，一条靠墙的走廊通往高处的书架。在我的记忆中，极少有私人书房能这般美丽，它甚至可能是我见过的最美的私人书房。唯一能与之媲美（但更小一些）的书房大概是班菲家族位于米兰比格里路上的书房，我在很久以后才有机会探访那里，而且它或许是唯一一间能散发出如此明亮的宁静气息，如此生动的冥想之光的书房。在整整一段人生过去之后，在比格里路上的那间书房里，罗萨娜·洛桑达向我推荐了普里莫·莱维的最初几部作品。

如果我们一开始先参观了整栋房子，或许我就会沉迷于对这间书房，对里面已知宝藏的欣赏和探索而无法自拔。这样的话，罗莱纳就无法再从我身上得到任何东西。然而，或许是受到了预感的驱使，或许只是因为性急，罗莱纳直接把我带进了她的卧室。

后来，我带着某种幸福感注视着巴枯宁的雨伞，感到了罗莱纳靠在我肩上时的重量。忽然，就在我们的身体、情绪和感觉因彼此贴近而变得既敏锐又有些麻酥酥的时候，一种强烈的错觉逐渐浮现出来。

生活还能继续下去。只要遗忘，只要打定主意，粗暴地决定遗忘。简单的二选一：写作或生活。而我真的有勇气——能对自己足够残忍——去付出这样的代价吗？

"小心点，我这只耳朵有问题！"两个礼拜后的一天，我对罗莱纳说道。

她与我拉开了一些距离。

"你有一只好耳朵和一只坏耳朵？"

她似乎以为我在骗她。

"让我看看。"她说道。

她向我俯过身来，拨开我有些太长的头发，发现在我右耳的上半部分，与头皮相连的地方，有一道青色的疤痕。

"还真是！"她惊呼道。

"我在这种小事情上从不撒谎！"

我们各自点了一支烟。

"怎么弄的？"罗莱纳问道。

"我本来决定把右耳割下来送给一位女士，但是又没有勇气一刀割到底……"

她哈哈大笑，再一次轻抚我的耳朵内侧、头发和后颈。我并不喜欢她这样，于是看向了马焦雷湖。

其实是我之前从一列火车上跌落，摔伤了耳朵。

那是一列郊区火车，开起来呼哧呼哧的，完全没有冒险或者刺激可言。不过，我到底是从这列拥挤而普通的郊区火车上摔下来的，还是自己主动跳到铁轨上去的呢？大家意见不一，我自己也没有定论。一位姑娘在事故发生后声称我是从打开的车门跳出去的。火车上太拥挤了，我站在两节车厢之间的平台边缘。那是在广岛原子弹事件前一天的傍晚，天气很热。车门一直开着，甚至还有几名乘客站在车门处的台阶上。在那个运力不足的年代，这种情况很常见，不足为怪。总而言之，那个姑娘非常尊重甚至过度尊重他人的自由，也就是我的自由。据她后来说，她以为我想要自杀，所以躲开了一点，方便我完成"任务"。她看着我冲向了空旷的车外。

关于这个问题，我没有定论。

我记得，自己那时刚刚度过了一个不眠之夜，十分疲惫。我记得自己与克洛德-埃德蒙特·玛尼促膝长谈，一同喝下一杯又一杯咖啡后，兴奋不已。之后的白天与洛朗斯在一起度过。我记得自己在车厢间的平台边缘时，周围挤着脾气暴躁的乘客，我忽然感到一阵眩晕。

不过，或许自愿死亡本身就是一种眩晕，仅此而已。我都说不清楚我到底是怎么了。我在一片虚无中度过了美妙的几分钟后，选定了自己发生晕厥的假设。这世上没有比自杀失败更愚蠢的事情。当然，晕倒也不太光彩，但至少事后没那么难应付。

所以，不管怎么说，我是掉到了铁轨上，沿着道砟铺设的锋利钢索一下子割伤了我的右耳，至少割开了一半。必须要缝合，把割开一半的耳朵缝回去显然再简单不过。

事情发生在八月，现在已经十二月了，我们沐浴在阿斯科纳的冬日阳光下，坐在一间咖啡馆的露天座上，对面是马焦雷湖的景色。

"马努①。"罗莱纳说道。

"别。"我说道。

"别什么？"

"我特别讨厌昵称，太随便了。"我尽可能无情地答道。

她抬起墨镜，看着我。

"你今天讨厌我了。"她说道。

事实并非如此，甚至完全相反。反正我没有讨厌她。我只是想独处一会儿。我需要独处一会儿。

"我的真名不是马努埃尔……所以'马努'这种叫法毫无意义！"

她耸了耸肩。

"我知道……我在索尔杜诺做了一点功课，没想到吧！可这并不重要。"

确实不重要。

"你今天为什么讨厌我？"

我没有回答，只是看着风景。当然，我心里思考的不是风景，而是其他事情。这风景本来就没什么可思考的，它很美，看着它，

---

① 作者使用的假名马努埃尔的昵称。

欣赏和享受它的美，就足够了。这样的美景不会引发思考，只能激发幸福之感：一种至福极乐，仅此而已。在十二月的阳光下，我在阿斯科纳的这片景色前怡然自得，心里想着其他事情。

一辆汽车在布里萨戈路上飞驰，挡风玻璃撞上一道耀眼的阳光，又把它折射回去。我闭上眼：闪烁的白色亮片在我闭合的眼皮外面盘旋，同以往一样，同任何场合一样。

"雪。"我睁开眼，轻声说道。

夜间的雪呈现在汽车前灯的光束里。

我大笑，不能自已地大笑。因为我猜这是一个永别的信号。永别了，昔日的雪！

她朝我转过身，手肘支在桌子上。她暂时没有起疑，只是有些吃惊。

"什么雪？"

汽车就在布里萨戈路的那一点，在一个转弯处，恰好被阳光照射到，挡风玻璃又把阳光折射了回去，随后汽车疾驶而过。一切又恢复了午后透明的状态：湖，树，四周的山。

她并没有被我的沉默击败。

而她又是唯一一个我无法也不该解释的对象。只有她的无辜能够拯救我，让我重新回到生活的正轨上去。无论如何，不能和她提起昔日的雪。我朝她转过身去，用一个坚定的动作，一个毫无温柔和兴趣可言的眼神，推开了她。虽然花了一些时间，但她最终还是让步了。她沮丧地摸了摸脸。

"那我走了？"罗莱纳问道。

我用一根手指轻抚着她的眉弓，颧骨，嘴角。

"走吧。"我对她说。

她站起身。

我张开的右手顺着她身体的舒展而动。迷人的酥胸，平坦的小腹，柔和的臀部线条。我的手依旧紧紧抓着一只圆圆的膝盖。

她面对我站着。我看向风景。

我的手轻柔地沿着她的大腿向上移动，指甲划过丝袜时噼啪作响，一直划到袜带上方，触碰到了光滑的皮肤。

"你作弊。"她说道。

她躲闪开，收拾起桌子上的个人物品：墨镜，香烟，一只金打火机，她的头巾，一封她只看了一眼寄信人姓名但尚未打开的信。她把这一切都装进包里。

她看上去有些犹豫，点了点头，转身离开。

我看着她远去。

她半转过身。

"我会去找你的。"我对她说。

她停了一下，微笑，继续往前走。

1945 年 8 月 5 日，广岛在原子弹爆炸中毁灭的前一天，我从一列郊区火车上摔了下来。在我从晕厥中恢复意识之后，架子上有一些物品——我能说的也只有这句。然而我连这句话都说不出，我甚至不知道有语言的存在。我只知道有一些物品，而我看到了这些物品。再仔细想想，其实我连"我"都很难说出来，因为在这种情况下，我根本就没有自我意识，没有作为一种独立身份的自我意识。有一些物品，一个可见物品的世界，视觉也在其中，仅此而已；我甚至不知道人们可以命名这些物品，从而将它们区分开来。首先，那里放着一些物品，一切便从这儿开始。

一个人在睡醒的时候，便会感觉到物品回归了它们在时空中的原位，而我却没有产生这种感觉。如果是在通常醒来的房间里，那么这个过程会很快；如果是在陌生的地点醒来，会需要一时半刻来适应现实。

无论在哪种情况下，醒来后第一眼看到的世界里，每个物品都具有某种功用，某种可以辨认出的意义。这个世界马上被刻下往昔的痕迹，反映着睡前的生活；未来的某种样貌隐约被描绘出来。而这图画的作者，要么是自主恢复的意识——意识到未来要做些什么；要么正相反，是一种无拘无束的感觉，在那一刻，这完全的自由之感中充满了各种各样欢乐的场景：比如一个悠闲的周日，还比如一个在海边度过的假期——你甚至确信自己被沙滩和阳光所包裹，随后再一次陷入沉睡。

然而，我并不是从睡眠中醒来，而是从虚空中走出。

于是，四周忽然出现了一些物品，在此之前，什么也没有；或许在此之后，依旧什么也没有。不过这根本不是问题。只有没辨别出来，也尚未被命名的物品，也许根本无法命名。它们的意义和功能谈不上难理解，也不晦涩，而是根本不存在；它们的现实性仅在于它们很容易区分的形状和颜色。

在这一刻，完全谈不上"我"，某种意义上来说原初的"我"。

我并不存在：他，这个"我"，这个四下打量的主体，尚不存在。存在的是世界，很小的一块世界出现在眼前，别无其他。我的目光是后来才出现的。让我获得视力（也获得窥视癖）的是世界的可见性。

"好些了吗？"有人问我。

一种实实在在的幸福感灌注了我的全身，一种我从未体验过的幸福感，源于我听到了这句话，源于我发现这句话具有某种含义，而且我完全听懂了它的含义。只是我尚不清楚提出这个问题的现实原因，这个问题如同漂浮在一片无知的迷雾之上。然而它有着确切的含义，能让人准确理解的含义。

"您还好吧？"那个人还在追问。

有那么一瞬间，我担心最初的问话只是寂静夜晚中一道忽然出现的闪电。寥寥几个词语，而后再也没有任何动静：仿佛一片由不会发声的物品形成的阴郁海洋。幸好事实并非如此，接下来又出现了其他问话，同样具有含义，同样很好理解。所以，我能理解最初的问话，并不是偶然。语言不可能有界限，或许一切都可以言说。

"我很好。"我说道。

我毫不费力地说出了这句话，根本没有思考。

我试着坐起来，却感到一阵头痛。一种尖锐的刺痛，就在脑袋的右半边。

"不要动，"那人说道，"您受伤了！"

我还是痛苦地挣扎着坐起来。我看到了一个男人，穿着白大褂，正专注地观察着我。

　　就在这一刻，我开始存在，开始意识到我的目光在注视着四周的世界，这一小块世界，里面有五颜六色的物品和一个穿着白大褂的人。就在这一刻，在这个男人关注的目光下，我又成了"我"。在此之前，只有可见的物品：在我眼中，对我来说，它们只是可见的物品。我看到了世界，它存在于我周围无数细小的碎片里。世界和我的目光面对着面，共存着。更确切地说，这两者离开了对方便无法存在，世界把它的坚实可靠给予了我的目光，而我的目光则把自己的明亮给了世界。

　　发现这一点的喜悦没能阻止我产生一阵愠怒，一种因听说自己受伤而出现的不适感。我刚刚意识到自己存在着，刚刚学会辨认自己的身份——即便不是以自己的视角辨认，而是以另一世界的视角辨认：我知道我存在，但不知道我是谁——就要接受自己受伤这一不容置辩的事实。这太拱火了，不适感蔓延至我的全身各处，如同一种受伤的症状表现，而我对伤情尚没有清晰的认知。

　　而后出现了一股气流，将一阵阵新的声音送入了我的耳朵。首先是一段音乐，盖过了其他噪声。一段尖细的音乐，像是用手摇风琴演奏出来的，也有可能是旋转木马的伴奏音乐，就是很多村庄广场上那种原始的游乐设施，需要手动操作。在这段音乐形成的气流结构内部，则是各种各样的细小声音：说话声，其中还掺杂着孩童的欢笑；锤子砸下的声音；一阵自行车铃声；还有很近的火车头汽笛声，缠绕着这个浓厚又多孔的声团，以及蒸汽火车启动时打嗝般的声音。

我试着忘记自己被宣告受伤后产生的愤怒，好随着这段嘈杂声、音乐、火车汽笛形成的清新音流而动：它们是来自于门外世界的声音，而这扇门应该是打开着的。我试着集中注意力，来感知这个热闹而生动的世界，以及里面骑着自行车的孩童，用锤子加工着硬物、木材和金属的大人，还有启动后朝着延伸至某个地方的空间驶去的火车，这一切就在一扇已经打开的门后面：对于我自己来说，这个世界和我，都是陌生的，都是凭空冒出来的，但它们存在着。

喧闹声忽然变得模糊不清，应该是有人关上了通往外界的门。又出现了一个新的声音。

"救护车来了！"

一阵不安顿时袭来，我必须要知道更多。

"告诉我……"

然而，我要问的事情有些匪夷所思，于是我犹豫了。我本来应该问"我是谁"，然而我绕过了这个匪夷所思的问题，继续说道："您先别见怪……今天是什么日子？"

穿白大褂的男人看着我，目光中是关切，明显也很担心。

"什么？"他问道，"您问什么日子？"

我忽然想笑。要不是因为周身的疼痛之中出现了一种强烈的不适感，拖累着我，我真的想笑出来，因为我刚刚找到了一个词，用来辨认这位白大褂男子的身份，而且这个词还能用来确定我所身处的环境：货架，盒子，五颜六色的瓶子。

这位药剂师看着我。

"今天是星期一。"他说道。

今天星期一，这是大好事，然而这完全不是我想知道的事情。

"不，我是问今天几号……还有今年是哪一年……"

药剂师的眼中闪过一丝友好而怜悯的光。他意识到我完全不知道自己在哪，是谁，以及发生了什么。

他语速很慢，一个字一个字地告诉我："今天是 1945 年 8 月 5 日，星期一[①]……"

最先触动我的并不是这句话的确切性，它根本没有在我的思想里激起任何反应，对我本人也没有任何启发意义。直击我心灵的，是"八月"这个不起眼的词语，它忽然在我脑中炸开，并立刻分裂，变成了 *agosto*[②]。

我默默地重复着 *agosto* 这个词。反复叩念着它，我的口中逐渐生津。这个世界上的每一种现实或许都有两个名字。我狂热地尝试着："八月"和 *agosto*，"伤口"和 *herida*，"星期一"和 *lunes*。[③] 我变得大胆起来，寻找着与当下的经历最无关的词语：都成功了。每个物品，每种颜色，每种感觉，都有两个名字。"天空""云""悲伤"都有另一种写法：*cielo, nube, tristeza*。

词语两两出现，无穷无尽。

"我们在火车站旁边的大胡桃树－圣普利药店。"药剂师说道。

这个信息足够确切，足够寻常，也足够平庸，应该能让我放

下心来。药店，火车站，一个非常传统的村庄名字，这一切都应该能让我放下心来。

然而我又产生了一种新的不安。

词语继续连珠炮似的在我脑中不断涌出，同样的喜悦继续萦绕我的心灵：那是活着的幸福感，最纯粹、最沉重的活着的幸福感。因为这幸福感的基础不是往昔幸福的记忆，也不是对未来幸福的预感，更不是未来幸福的确定性。它没有任何基础，或者说它唯一的基础就是我存在并且知道自己还活着的事实，即便没有记忆，没有计划，没有可以预见的未来。或许正是因为没有记忆和未来，我才觉得幸福。一种疯狂的、没有理智可言的幸福：一种无根无据，野蛮生长，在虚空中不竭而无尽的幸福。

然而，在这种极度的、彻底的、完全赤裸又未经思考的生之喜悦中，暗暗开始显露出一种新的不安，顺着连珠炮般两两出现的词语之河流进我心中。

nieve[①] 这个词就这样毫无征兆地出现了。而这一次，并不是"雪"先出现，然后分裂，再变成 nieve 的形式。不，这一次是先出现了 nieve。我知道它的含义，就是雪；我也怀疑它或许才是原初的词语，不仅仅是"雪"的翻译，而是这个词最古老的含义，或许还是最初的含义。nieve 这个词让我感到不安，就是这个原因吗？就是因为它才是原初的词语吗？

我不知道，但这个词引发的不安已经开始让我那活着的幸福感

---

① 西班牙语，意为雪。

原本未加思索的清澈变得浑浊起来，这幸福感除了生活本身，没有任何羁绊或根基。

"您出了事故，"药剂师继续说道，"您从巴黎的火车上摔下来了，就在火车进站的时候……您受伤了！"

我忽然恢复了记忆。

我忽然意识到自己是谁、在哪里以及为什么在这里。

我在一列刚刚停下的火车里。在刺耳的刹车声中，火车晃动了一下。有些人发出喊声，一部分是因为恐惧，一部分是出于愤怒。我被挤在一群紧贴着彼此，相互推搡的身体中间。我看到一张脸转向我，张着嘴，努力呼吸。这个表情痛苦的年轻人转向我，哀求着："别丢下我，热拉尔，别丢下我！"车厢的推拉门打开了，可以清晰地听到外面疯狂的狗吠声。火车前灯照亮了站台，人们就站在刺目的灯光里，面前是一幅雪景。有呼喊声，有沉闷而简短的命令。还有狗，一直都在：在夜间站成一条线的狗，冲着被雪覆盖的一排树木嚎叫。人们挤成一团，笨拙地跳上站台，开始在雪上赤足奔跑。军帽，制服，枪托的击打，还有吠叫着的狗，如狂犬病发般流着口水。大家五人一排地小跑着出站，来到一条被高高的路灯照亮的大街上。均匀排开的立柱上方是希特勒的鹰饰勋章。

就这样，在这段突然闪现的记忆中，我知道了我是谁，我从哪里来，我真正要去向何方。正是依靠这段记忆，我的生命有了恢复的动力，走出虚空，走出这段因跌在道砟上而引发的短暂却彻底的失忆。正是因为这段记忆和生活的不幸卷土而归，我被从遗忘的巨大幸福中驱逐出来，从美妙的虚空跌入生活的焦虑。

"车上有一个人认出您来了，"药剂师最后说道，"您在圣普利北部有亲戚，救护车会把您送到那里去。"

"对，在奥古斯特－雷路 47 号！"我说着，以证明自己确实清醒了。

我如此装模作样，是为了让这位好心的药剂师不再为我担心。因为我不仅仅是在巴黎北郊的大胡桃树－圣普利火车站摔伤了头，至少这不是最重要的。最重要的，是我在布痕瓦尔德火车站的站台上，跳进了一片狗与党卫军的嘈杂嚎叫声里。

一切都从那里开始。一切都从那里重新开始。

"你要离开我了吧？"罗莱纳问道。

她在阿斯科纳租了一个房间，方便我们见面。她一把掀开了房间里的床罩。窗帘挡住了落日，床罩的白色在一片昏暗中凸显出来。

"我是要离开瑞士，"我答道，"不是一回事……而且你早就知道了！"

罗莱纳点点头，她确实知道。她一直都知道。

她朝我伸出手，将我拉向她。

"你说的是哪场雪？"她轻声在我耳边问道。

她是一个固执的瑞士姑娘。温柔，热情奔放，想象力丰富，但十分固执，总是忍不住要刨根问底。我之前提到雪的时候，她就想问清楚。

然而我不可能把真实情况告诉她。

"格利耶尔高原的雪。"我答道。

她不明白，我也不明白。她不明白我在说什么，我不明白我为什么要跟她提起这场雪。算了，我还是继续讲了下去。我给她讲述了格利耶尔高原上的战役，就像我曾亲临战场一样。大家都知道，主角不是我，而是莫拉莱斯。我按照莫拉莱斯回忆的版本给她讲述了格利耶尔高原上的战役。雪，以及在刺骨的寒冬，在厚厚的积雪中逃亡，头顶上是机枪的交火。

在阿斯科纳，夜幕随着我的故事降临。确切地说，是随着莫拉莱斯的故事降临。罗莱纳入迷地倾听着，倾听着一个陌生死者的故事，感觉自己似乎终于了解了关于我的一些事情，一些真正属于我的事情，对我来说重要的事情。

在莫拉莱斯冰封的记忆里那段格利耶尔高原经历中的雪，往昔的雪，成了我在阿斯科纳的一份告别礼物，送给罗莱纳，我在这段遗忘时光中难以遗忘的爱人。

第三部分

8

普里莫·莱维去世之日

多年后（一整段人生，甚至好几段人生之后），在 1987 年 4 月的一个星期六，下午过去一半的时候（准确地说是十七点一刻），我意识到自己不会保留当天写下的几页内容，至少不打算把它们留在我正在创作的小说里。

然而，我是带着一种困惑的幸福感写下这几页内容的（我是说，无论写作本身有着怎样的幸福感，我书写这几页内容时，体会到了一种困惑的幸福），每次一写到这段过往，这种感觉都会出现。仿佛随着这场昔日的死亡重拾它那不受时效约束的权利，不分场合地侵入最平凡的当下时刻，记忆便矛盾地重新鲜活起来，有了生气，书写重新变得顺畅（尽管之后的代价十分沉重，甚至可能超出承受范围），词语重新变得自然而贴切。

在这部正在创作的作品（当时题为《一个迷失的男人》，最终定名为《复仇归来》）草稿中，叙事结构已经确定下来，布痕瓦尔德应该不会占太大篇幅。描写罗歇·马鲁在 1945 年 4 月穿过战败的德国去寻找他抵抗运动中的战友，也就是后来被关进集中营的米歇尔·洛朗雄 [1]，我感觉有三四页就足够了。

所以这一段的开头是这样描写的：

> 1945 年 4 月 12 日早上，马鲁在集中营的盖世太保部门（政治部）办公楼前下了车。宏伟的铸铁栅栏门就在几十米开外的地方，在长长的大街尽头。大街连接着布痕瓦尔德火车站和集中营，两侧的立柱上方是希特勒的鹰饰勋章。

我又读了一遍上面这句话，完全没有感觉。

这句话只包含信息，必要的信息。然而，哪怕是对于一篇故事的透明性来说最必要的信息，也完全无法勾起我的兴趣。

我将小说人物罗歇·马鲁引入这片现实之域的方式，难以激发我的情绪。

一阵模糊而隐秘的短暂不安（虽然经常出现）让我陷入了一场从困惑到醒悟的思考。不经历类似的不安时刻，是无法真正投入写作的。一个人与自己的作品之间保持的距离（有时甚至带着厌烦和不满的情绪）在某种程度上反映出的正是构思与完成叙事之间那段不可逾越的距离。

在一种脆弱却傲慢的孤独中，时间就这样过去了：一分钟，一小时，一辈子。记忆开始动摇。不光是罗歇·马鲁的记忆，还有我的记忆。

---

[1] 马鲁和洛朗雄是本书作者的小说《复仇归来》中的人物。

一个星期六，我很早便开始写作，在巴黎第七区一间二十世纪初建造的房子二楼，对面是一座巨大的私人花园。也可能是隶属于政府的花园，总之不对外开放。

就在我重读这句话，试着改变或者绕过它那只能提供信息的平庸功能时，我忽然注意到了我写下的日期：1945 年 4 月 12 日。很明显，这个日期不是我选的，是史实所致，我只是不假思索地写下它。小说人物罗歇·马鲁来到真实的布痕瓦尔德集中营入口，这件事只能发生在那一天，或者发生在那一天之后，也就是巴顿将军第三集团军解放集中营之后。

我的潜意识使用了一个形式上美妙而阴险、实质上简单又粗暴的计谋，引导我描述人物的这场到来，以纪念四十二年前的同一天发生的事件。

今天是 1987 年 4 月 11 日，星期六。

我的内心涌起一阵阴郁的喜悦。

我再一次没有预谋地（至少我感觉没有）准时兑现四月之约。更确切地说，是我身上的一部分，内心深处那贪婪的部分，违背我意愿地准时兑现这场记忆与死亡的约定。

在提契诺州冬日下的阿斯科纳，归来后的这几个月（我在这本书中简略地讲述了一下这段时光）接近尾声时，我决定放弃我徒劳地想要创作下去的那本书。说它徒劳，并不意味着我做不到，而是意味着我要付出极大的代价才能做到，这代价在某种程度上指的就是我的生命，因为写作不断将我拽回到一次致命经历的荒蛮之地中去。

我高估了自己的力量。我曾经以为我能够回到生活中来，于生活的日常中遗忘在布痕瓦尔德度过的岁月，在对话中，在朋友间，不再将它作为一个话题说起，而是专注于完成我一心想要完成的写作计划。我骄傲地以为我能够控制住这刻意患上的精神分裂症。然而，事实证明，写作就是在拒绝生活。

于是，在阿斯科纳的冬日下，我决定选择生活那簌簌作响的沉默，以对抗写作这种致命的语言。我做了这样一个极端的选择，因为这是唯一的办法。我选择遗忘，穷尽了所有计策，采用了主动的、周全到残酷程度的遗忘策略，没有过多地顾及我自己的身份，而这身份主要建立在对集中营经历的恐惧（或许也有勇气）之上。

为了保持自我，我变成了另一个人。

从1946年春天起，我主动回到了战后迅猛发展时期的集体匿名状态，面对未来的各种可能性，保持开放的态度；遗忘令我处在一种糊里糊涂的怡然自得之中，我就这样生活了十五年（一代人的时间）。只有极少数的那么几次，忽然冒出的布痕瓦尔德记忆会扰乱并粗暴地影响我的安宁：我曾经分得的黑暗部分短暂地占了上风，这种情况时有出现。

不过，我的第一本书《远行》出版后，情况发生了翻天覆地的变化。昔日的焦虑重新变得挥之不去，特别是在每年四月。这段时间的一系列情况和活动导致我很难平安无事地度过整个四月：恼人的季节更迭，布痕瓦尔德集中营解放纪念日，还有全国被遣送受害者及反抗者纪念日。

也就是说，我在 1961 年完成了十六年前半途而废的那本书（至少是完成了关于当年那段经历的一种可能的叙述，本质上，那段经历永远也讲不完），然而，为了获得这次能改变我一生的成功，我付出的代价便是往昔种种焦虑的卷土重来。

这部 1987 年 4 月还在创作中的小说里，没有任何内容预示小说将偏向死亡的阴影而行，无论我做什么，无论我采用何种计谋或理由去规避它，都无济于事。我生存的欲望，以及我永远没有能力过上正常生活的事实，都扎根在那片阴影之中。

《复仇归来》的主题涉及的其实是一个完全不同的领域，讲述的是一次军事行动如何演变为一次军国主义、恐怖主义的邪恶行径。这类主题在我 1965 年编写的电影剧本《战争终了》的一幕里便已初现萌芽。

不久后，就在影片故事发生的这条埃德加－基内大街上，"直接行动"组织的成员刺杀了国家雷诺工厂管理局局长乔治·贝斯，并卑鄙地公开宣扬此事，将其视为一次革命行动，沉迷于语言的疯癫之中，而这疯癫来自一种自我封闭又血腥的理论狂妄。

在创作《复仇归来》时，我十分清楚这种疯癫有着怎样的遥远起源。我知道，电影中的那一幕，在我乱成一团的各种计划之中迷茫地穿行了太久之后，最终会将其他主题、其他梦境或现实的丝丝缕缕引向它，形成一本新书的内核。

我太清楚这一点了，甚至把《战争终了》中蒙巴纳斯区的街景写进了这部小说。这些街景曾是我青年时期的最爱。

我抬起头，凝视着对面的花园。早间的这个时候，布满大小云斑的四月天空下，花园里空无一人。

从那以后，我看穿了文学无意识的所有小把戏。我猜到了罗歇·马鲁会在布痕瓦尔德的门口遇到谁：我自己。关于那三名盟军军官的真实记忆在虚构的故事背后逐渐开始成形，有了轮廓，如同一张宝丽来相片最初的模糊一团中逐渐浮现的图像。

我激动地写了起来：

　　一个年轻人（很难判断他的准确年龄，估摸着二十岁上下）在盖世太保办公区的门口站岗。他穿着一双俄式软皮靴和一套不太合身的旧衣服，留着一头短发，胸前挂着一把德国机枪——明显的权威象征。几位美国联络官在清晨时告诉他们，巴顿将军的机动先遣队完成突破后，布痕瓦尔德反法西斯抵抗运动为几十个参加集中营解放最后阶段的人配备了武器。年轻人应该就是这些人中的一员。他看着他们从吉普车上下来，在春日里伸了伸懒腰，四周是集中营铁丝围墙外那片山毛榉林厚重而诡异的寂静。这张瘦削脸庞上的目光极度冰冷，马鲁感到自己被这目光攫住；他感到自己被一双不知死人还是活人的眼睛观察着，打量着，仿佛这中性而平和的目光来自一颗死星，来自一个已经逝去的生命，仿佛这目光穿过一片死气沉沉的矿物荒原，最终停在他身上，充满了野蛮的冰冷，充满了无可救药的孤独……

就这样，1987 年 4 月 11 日，布痕瓦尔德集中营解放纪念日这一天，我最终再次遇到了自己，再次找到了我记忆中十分重要的一部分，它曾经是我的一部分，我一直被迫抑制它，约束它，这样我才能继续生存下去，才能呼吸。这一页虚构的故事原本似乎并不需要我登场，然而我却悄悄地出现在小说中，全部的行装便是这段记忆的痛苦阴影。

我甚至算是强行侵入了这个故事当中。

从这一刻起，写作开始转向了第一人称单数，转向了一段难以分享的经历所独具的特性。我迫不及待地又写了很久，沉浸在似乎信手拈来的词语中，沉浸在令我精神亢奋的痛苦之中，这痛苦的来源便是一段无穷无尽的记忆，每写下新的一行记忆，我便会发现一些曾经被自己掩埋和磨灭的财富。

然而，下午过去一半的时候（准确地说是十七点一刻），我意识到自己不会保留这一天写下的内容，也就是从我忽然（狡猾地决定）出现在小说中开始的段落，因为我的出现对这个故事来说完全不重要；这个故事原本不需要，也不该需要我的出现。

我把这几页内容放在一边，把自己从故事中赶了出来，恢复了规划好的秩序，以及早就确定了发展过程的叙事结构。我又继续采用常见的第三人称，也就是"小说与神话之神"的那个"他"。

于是我写道：

年轻人注意到马鲁的军装上"法国"一词上方的三色纹章。于是他用法语和马鲁交谈。

"你像见了鬼一样……怎么了？是因为这地方太安静？这片树林里一直就没有鸟……应该是焚尸炉的烟把鸟都熏跑了……"

他干笑了一声。

"但是焚尸炉昨天已经熄火了。不会再冒烟了……这片土地上也不会再有肉体被烧焦的味道了……"

他又笑了一阵。

多年后，我也笑了。

潜意识的迂回和计谋，刻意或无意的抑制，遗忘的策略；记忆的随波逐流和转移话题；为了驱赶这段经历——至少能部分忍受它——而写下的内容；这一切都没能阻止过去的经历时不时随着雪和烟的记忆跳出来，就像第一天一样。

我的笑，不是因为好笑，而是出于善意，并带着某种荒谬的自豪。

我那时的看法是，没有人能设身处地为你着想，甚至没有人能想象你的处境，你那深植于虚无中的根基，天空中你的那一片裹尸布，以及你致命的独特性。没有人能想象这种独特性怎样暗中统治着你的生活：你对生活感到的疲惫，你对活下去的渴望；生命的无常不断带给你的震惊；你死而复生后的狂喜：因为你从此能够在海边度过的早晨闻到咸湿的空气，能够阅览书籍，能够触碰女性的腰身和她们沉睡时的眼皮，能够探索未来的无限可能。

真有发笑的理由。于是我笑了出来，再一次沉浸在那孤独黑暗的自豪之中。

我把那一天写下的几页内容放在一边，后来又看了一遍前几句：

> 他们站在我对面，睁大了眼睛，我忽然在这惊恐的目光
> 中看到了自己：他们的惊骇。
> 两年来，我没有面孔地活着。在布痕瓦尔德，一面镜子
> 也没有。每周一次淋浴时，我能看到自己的身体，它日渐消
> 瘦。这单薄的身体上，没有面孔。有时，我用手轻轻触摸眉弓，
> 高高的颧骨，还有凹陷的面颊……

另一本书呼之欲出，我感觉到了。至少已经有了萌芽。或许，
离它瓜熟蒂落，还要等上几年，这种情况曾经发生过。我的意思是，
我看到过有的书籍要花几年时间才能成形，却说不上完整。这些
书的出版是由外部的客观因素决定的，在我看来，它们都有些早熟。
当然，我指的是那些直接描写集中营经历的书籍；另外一部分书籍，
尽管其中会提到集中营的经历，毕竟这段经历可能是某个小说人
物生平的一部分，但书籍本身成熟得还不够慢：一种痛苦的慢。《远
行》是我短短几周之内一气呵成的，至于当时的写作背景，我稍
后再叙。从这本书开始，关于集中营经历的其他书籍就在我的构
思和具体的写作过程中长久地游荡，对我胡言乱语。我一再排斥
它们，拒绝书写它们；而它们则一再回到我身边，非要我把它们
写出来，直到我把它们强加在我身上的痛苦彻底书写完毕。

《多么美好的周日！》就是一个例子，将来还会出现其他例子，我已经预感到了。

　　不管怎样，我把这几页内容搁置起来，放在一个淡蓝色的硬纸板文件夹里，并立刻在上面写下了新书的名字。我并不常这样做。通常，我的书迟迟找不到让我满意的名字，然而这本书的名字一下子就出现了。我用油笔把它写了下来：《写作或生活》。我把1987年4月11日这个星期六写的十几页纸夹在一起，不知它们要在文件夹里等上多久，我才会让它们重见天日。除此之外，我又在里面多夹了一张纸条，或者说一个名字，用大写字母写在一张白纸上，并在下面加了好几条横线：LAURENCE（洛朗斯）。

　　洛朗斯？

　　其实我早就忘了这个人。那天早上，我开始在一本最终定名为《复仇归来》的小说里描写罗歇·马鲁来到布痕瓦尔德门口的情形时，并没有想起洛朗斯。我知道（隐约地知道：我在写作时不费吹灰之力就清晰地呈现出了这段记忆，根本不需要任何思考），马鲁到达雄鹰大街尽头的布痕瓦尔德入口这个场景，其实来源于我自己的记忆。

　　我在《多么美好的周日！》里就已经提到过集中营解放几个小时后我与身着英军制服的军官见面的事情。只是一笔带过，没有写最重要的部分，因为这并不是我当时写作的重点。我没有提到那名法国军官，也没有提到勒内·夏尔的诗集《唯一幸存的》。

　　不过，在1987年4月11日的那个早上，描写罗歇·马鲁来到布痕瓦尔德门口以及他与一名西班牙年轻犯人相遇的情形时，我下意识地想起了那位法国军官（他的名字是马克）描述我时使用的字眼，也就是他在第二天写给洛朗斯的那封长信中对我的描述。同样的描述，一字不差。

我写道：

> 这张瘦削脸庞上的目光极度冰冷，马鲁感到自己被这目光攫住；他感到自己被一双不知死人还是活人的眼睛观察着，打量着，仿佛这中性而平和的目光来自一颗死星，来自一个已经逝去的生命……

法国军官在给洛朗斯的长信中就是这样写的。他在信中描述了我们的相遇，提到了我们关于勒内·夏尔的讨论，还给她讲述了他在集中营的见闻。

1945 年 5 月 8 日，当我出现在瓦莱讷路，想把《唯一幸存的》还给那位法国军官时，洛朗斯给我读了这封信。

"美，我（……）走向与你的相遇。"看到她出现在门口时，我在心中默念道。她从我手中夺过了勒内·夏尔的诗集。

在我们初次见面的过程中，洛朗斯的情绪不太稳定。有时疏远，甚至有些敌意，似乎她责怪我还活着，而马克已经死了。

"你的目光跟马克说的完全不一样，他弄错了，"她尖刻地对我说道，"你的目光中倒是充满了活下去的欲望！"

我提醒她，这两种目光并不矛盾。然而她固执己见。

"贪婪的目光。"她说道。

我笑了起来，对她嗤之以鼻："你可别这么自以为是！"

她气红了脸。

我又接着说道："不过，话说回来，你说得也没错，按奥古斯丁的说法，贪婪是很丑陋的。"

她睁大了眼睛："你读过圣奥古斯丁？"

"几乎读过他所有的作品，"我用一种高傲的语气说道，"而且我强烈建议你读一读他的《论婚姻之好》，非常适合你这种条件的姑娘。书里说，生育是婚姻的基础，是婚姻唯一的理由。不过书中也提到了在没有生育风险的前提下满足贪欲的各种方式。当然，这本书是用拉丁文写的……不过，从你这间公寓来看，你的家庭或许有条件为你提供良好的古典教育吧！"

她目瞪口呆，犹豫着是让怒火中烧还是该爆发出来。

还有的时候，她则表现得放松，温柔，躲在我的怀中。不过，在我们初次见面这一天，她把我赶走了，眼含泪水，怒气冲冲。

后来我们又多次见面，一同欢笑，一同读书；在卢森堡公园的炎炎夏日下，在塞纳河畔小路上的夜间清凉中，共同吟诵诗歌，分享音乐（我把自己的喜好——莫扎特和阿姆斯特朗——强行推荐给她）。最终，在一个阳光明媚的下午，她关上了房间里的百叶窗。她像投河一般献出了自己，闭着双眼，动作之准确，十分坚决，而这并非出于经验或者什么心眼，而是因为她绝望地急于再次确认自己对于肉体欢愉的无能，即便偶尔有些感觉，却从未真正彻底释放。

尽管如此，尽管我们这段关系不尽如人意，断断续续，时而甜蜜，时而决裂；既有精神上的默契，又有针锋相对的时刻，在那个归来的夏天，我只对洛朗斯一个人说起过我在布痕瓦尔德不到两年的经历。或许是因为那位法国军官马克，也可能是因为他写给她的那封长信，信中讲述了我们的相识。一位逝去之人的文字在生者的世界中将洛朗斯和我短暂地联结在了一起。

1987年4月11日的晚上，就像之前的很多晚上一样，这些记忆不请自来，迅速扩散，经过一番迅雷不及掩耳的变化，吞噬了现实。自从写作让我面对记忆的折磨重新变得不堪一击之后，便出现了这样的夜晚。这一晚充斥着两种情绪，一是表面的幸福——我同几位密友共进晚餐；一是内心深处禁锢着我的焦虑。这片空间被粗暴地分成了两半，成为两个世界，两种生活；而我当时说不清哪一个是真实的，哪一个是梦境。

或许，那一晚，我比平时喝得更多了一些，甚至可能饮酒过度。结果不太好看：酒精无法治愈死亡的伤痛。

这样的焦虑不安并没有什么特别之处，我们都以某种方式经历过。所有前集中营犯人的故事里都会描述它。有些人急于吐露第一手证词，毕竟，在你对一段本身就难以置信、难以想象的过去进行细致重建的过程中，这种证词会逐渐力不从心，有时甚至彻底枯竭；另外一些人则细水长流，不断尝试着记录一段经历，它虽已随时光逐渐远去，轮廓却越来越清晰，有些地方甚至会从遗忘的迷雾中迸发出一道新的亮光。

这是一个梦中梦，细节各异，但主题总是同一个……①

确实：一个梦，总是同一个梦。

一个梦中梦，细节各异，但主题总是同一个。一个无论在何地都能将你唤醒的梦：无论是在乡野的静谧中，还是与朋友在饭桌上。和一个心爱的女人在一起时也可以吧？和一个心爱的女人在一起，就在爱意正浓的时候。总而言之，无论在哪里，无论你和谁在一起，忽然就会冒出一种扩散开去的极度焦虑：焦虑地深信这世界（或者世界的不真实）有一天会终结。

普里莫·莱维在《休战》的结尾描写过这种感觉，没有声嘶力竭，有的只是简洁，以及不带任何感情的事实陈述。

莱维说，没有什么能够阻止这场梦进行下去，没有什么能够排解在这场梦里暗中滋生的焦虑不安。即便有人朝你转过身，向你伸出友情之手，或者爱情之手："你怎么了？你在想什么？"即便他们猜到你身上发生了什么，是什么淹没了你，是什么让你感到筋疲力尽；这一切都无济于事。永远也没有什么能够改变这场梦的进程，改变这条冥河的流向。

直到一切都变成一片混沌，而我孤独地处于一片灰色而浑浊的虚无之中。现在我知道了这个梦意味着什么，也意识到我一直知道这一点。我再一次在纳粹集中营里，而在死亡

---

① 普里莫·莱维：《休战》，杨晨光译，中信出版集团，2018年10月。

营之外没有任何事物是真实的。其他的一切只是简短的暂歇，一种错觉，一个梦——我的家人、鲜花盛开的大自然、我的家……①

没有人能比普里莫·莱维描述得更准确。

确实，当这种焦虑不安再次出现时，一切都变成了一片混沌。你又回到了一片虚无的旋涡中心，一团灰色而浑浊的空洞中心。你知道这意味着什么，也意识到你一直知道这一点。在日常生活的光鲜表面之下，你一直保有这可怕的认知，这近在咫尺的确凿之事：从那时起，只有集中营是真实的，其他都只是梦。布痕瓦尔德焚尸炉的烟，烧焦的肉体的气味，饥饿，雪中的点名，棍棒，莫里斯·哈布瓦赫和迭戈·莫拉莱斯的死亡，小集中营公厕里友爱的恶臭，只有这些东西才是真实的。

我在 1963 年读了普里莫·莱维的《休战》。

在那之前，我对他一无所知，也没有读过他的第一部作品《这是不是个人》。其实，我一直刻意避免阅读关于纳粹集中营的证词类作品，这是我生存策略的一部分。

我在班菲家族位于米兰比格里路的书房里读到了普里莫·莱维的《休战》。书房的窗前是一个内部花园，鸟儿在里面唱着歌，一棵百年老树的叶子已经染上了秋天的颜色。

罗萨娜·洛桑达向我推荐了普里莫·莱维这本不久前刚刚出

---

① 普里莫·莱维：《休战》，杨晨光译，中信出版集团，2018 年 10 月。

版的著作。我像在夏天喝凉水一般，一口气读完了这本书，因为当时是 1963 年的秋天，沉默和遗忘的日子已经结束——那是我对自己、对我身上最阴暗也最真实的部分充耳不闻的日子。

几个月前，我出版了《远行》。

那一晚，我梦见了雪。

我那时生活在马德里的冈赛普琼－巴哈蒙德路上，离拉斯本塔斯斗牛场不远（在那个年代，斗牛场还属于市郊）。晚上，在我该返回这处秘密住所时，我从地铁戈雅站进站。当然，这并不是最近的地铁站，不过我不着急回去，而是注意观察着身后是否有人跟踪。我在路上闲逛，时而在商店橱窗前驻足，时而忽然改道，时而穿过某个超市，时而在小酒馆的吧台前喝上一杯浓咖啡或者一杯鲜榨啤酒（视季节而定）。总而言之，当我即将拐进住处所在的小路上时，我可以肯定没有被人跟踪。

然而，那一晚，我梦见了雪。

一场突如其来的暴雪，就在一座几条大路交会的广场上。我没有立刻认出那个地方，但它看上去很眼熟。无论如何，我迷迷糊糊地感觉梦中人能够认出这幅雪景来。只要愿意，就能认出来。广场，大路，人群，队伍。雪花在即将彻底隐没的落日下纷飞。接着，我几乎没有过渡地进入了另一个梦，那里的积雪很深，削弱了山毛榉间的脚步声。

那么多年后，我又梦到了雪。

那段日子里，我一直也没有离开我在冈赛普琼－巴哈蒙德路的住所。很多人被捕，地下组织的好几个分支被一锅端。作为马德里共产党组织的负责人，我向地下干部作出指示：同大规模逮捕行动殃及的几个分部切断一切联系，尽可能减少出行，变换信箱、暗号和见面地点。总而言之，要低调行事一段时间，然后再极其谨慎地一一恢复联系，不要冒险前往佛朗哥警察布下的延时陷阱尚未扫清的区域。

那段日子里，形势明朗起来之前，我基本上没有离开过位于冈赛普琼－巴哈蒙德路的住所。

在这样的形势下，我与马努埃尔和玛利亚·A.分享一日三餐。这对夫妻都是活动积极分子，为共产党买下了这间公寓。佛朗哥的警察没有掌握他们的任何情况，他们唯一的工作就是守住这间公寓。马努埃尔是个体司机，玛利亚负责持家。他们给我腾出了公寓里的两个房间。更确切地说，这两个房间是专门给地下组织的领导人准备的。为了向邻居们掩盖事实真相，他们假称我是租客：在报纸上登一则招租广告，一切便顺理成章。多年来，每次我在马德里进行地下活动，都会使用冈赛普琼－巴哈蒙德路上的这间公寓。

在之前的那段日子里，我每天都与他们一同进餐。午餐总是草草了事，因为马努埃尔赶时间；晚上从容一些，我们还会在饭桌上聊天。聊的东西很多，主要是马努埃尔·A.一个人在说，玛利亚则忙于收拾餐桌，刷洗餐具。我们抽着烟，再一起喝上一杯。马努埃尔描述着他的生活，我在一旁倾听。只听，不说。一方面是因为我很喜欢听这些活动积极分子讲述他们的生活，另一方面，我并不能出于礼尚往来给他们讲述我的生活。关于我，玛利亚和他知道得越少越好。实际上，他们对我也几乎一无所知。他们知道我假身份证上的名字：这倒是必需，因为原则上我是他们的房客。当然，他们也知道我是一个领导人，但并不知道我在地下组织中具体扮演的角色，甚至不知道我的化名：费德里科·桑切兹。

晚饭过后，我们抽着来自加纳利群岛的小雪茄，喝着烧酒，我倾听马努埃尔·A.讲述他的生活。他曾经被关押在毛特豪森，那是位于奥地利的一座极其凶险的集中营。除了专门用于大规模灭绝犹太人的奥斯维辛－比克瑙集中营区外，毛特豪森算是整个集中营体系中最艰苦的营地之一。

马努埃尔·A.曾是西班牙共和国军队里的一个年轻士兵。战败后，他被收容在鲁西永难民营里。1940年，同另外几千名西班牙人一样，他被编入了一支由法军严格管理的劳工队伍。贝当签署停战协议后，马努埃尔又被关进了德军的战俘集中营，营内除了与他有着相同遭遇的同胞外，还有法国战俘。不久后，德军参谋部对其控制下的所有犯人进行了更加精细的分类，隶属劳动部队的几千名西班牙人被踢出战俘集中营，作为政治犯被遣送至毛特豪森。

马努埃尔·A.就是毛特豪森集中营的幸存者。同我一样，他也是一个起死回生之人。每天晚饭过后，我们喝上一小杯酒，抽着来自加纳利群岛的小雪茄，他给我讲述自己在毛特豪森的生活。

不过我没有产生任何共鸣，无法做到身临其境。

毕竟，布痕瓦尔德和毛特豪森是有区别的：不同纳粹集中营里的犯人面临着不同的问题。不过，集中营体系的核心本质是一样的。

日间的活动组织，劳动节奏，饥饿，睡眠不足，没完没了的刁难，党卫军的施暴，资深犯人的癫狂，为控制内部势力地盘而发生的械斗：都是一样的本质。然而，对于马努埃尔·A.的叙述，我无法感同身受。

无序，混乱，太过啰唆，纠缠于细节，没有任何整体观可言，一切叙述都被放在同一个视角之下。总之，这就是一段完全未经加工的证词，都是七零八碎的画面。一堆事实、感觉和无用的评论。

我强忍着不耐烦，毕竟我不能打断他，从而向他提问，强迫他给自己喋喋不休的无序和无意义赋予秩序和意义。他毫无疑问的真诚到头来只是一堆辞藻，连他叙述的真实性都不再显得那么可靠。然而，我什么也不能对他说，也无法帮助他捋顺自己的回忆，因为他不该知道我也曾是集中营的犯人，我不能跟他分享这个秘密。

在经历了充斥着这种叙述的漫长一周后，一天夜里，我的梦中忽然就下起了雪。

都是往昔的雪：集中营四周山毛榉林里厚厚的积雪，在探照灯下晶莹闪亮。还有我回归巴黎后降落在五朔节旗帜上的暴风雪，它令我不安地回想起了之前的恐惧和勇气。这是十五年来的第一场回忆之雪。1945年12月，在阿斯科纳的马焦雷湖畔，一个清透的冬日，一辆车从布里萨戈路驶来，我闭上了眼，避开风挡玻璃反射的夺目阳光。我闭上了眼，经久不化的微小雪花在我的记忆中闪耀。我睁开眼，看到了一个姑娘，罗莱纳。在阿斯科纳，那是往昔的雪最后一次出现。我放弃了写作计划，罗莱纳无意间帮助我幸存了下来。

十五年来，我的梦中再也没有下过雪。我忘记了雪，抑制着它，封住了它。我控制着自己的梦境，把艾特斯伯格山上的雪和烟从梦中赶了出去。当然，我的内心会不时经历一阵短暂而尖锐的疼痛，一瞬间的痛苦，掺杂着乡愁。也许还掺杂着一种奇怪的幸福感，谁知道呢？这段回忆竟能带来奇特的幸福感，如此荒唐之事，该怎样述说呢？有时，一阵尖锐的疼痛会像刀尖一样刺入我的心房，或许是在我欣赏阿姆斯特朗的一段独奏时，或许是在我费力地咀嚼一块黑面包时，或许是在我吸着一个茨冈牌香烟的烟头，直到烫伤嘴唇时。有的人吃惊于我抽烟会抽到最后一寸。我无法解释这种习惯，只能说，我就这样。然而，那段记忆会忽然跳出来，令我会心一笑：我们几个朋友一起分享一个马合烟的烟头，一个人接一个人，一张嘴接一张嘴，这烟头就如同兄弟情的软毒品。

　　只是雪已经从我的梦中消失了。

　　在马努埃尔·A.讲了一周毛特豪森之后的某个夜晚，我突然惊醒。那是 1961 年，在马德里的冈赛普琼－巴哈蒙德路上。但是仔细想来，"惊醒"一词并不妥帖。确实，我是一下子醒来的，立刻头脑清晰，精神饱满。然而让我醒来的并不是焦虑和不安。我的心情格外平静泰然。一切自此都变得明朗起来，我知道了该如何创作十五年前放弃的那本书，更确切地说，我知道我能写下去了。我一直都知道如何创作，只是缺乏创作的勇气，通过写作与死亡对峙的勇气。只是我已经不再需要这种勇气了。

　　太阳逐渐升起，阳光斜擦过冈赛普琼－巴哈蒙德路上这间石灰墙小房间的玻璃窗。情势所迫，我不得不居家，躲避街上潜在的危险，于是我利用这一点，立刻动手。

我要为自己而创作，只为自己创作。毕竟当时根本谈不上出版任何东西。因为我地下工作者的身份，出书是不可想象的事情。

一个春日的拂晓，在冈赛普琼－巴哈蒙德路上，我坐在书桌前，面对着我的打字机。这是一台奥利维蒂牌便携式打字机，安装了西语键盘：可惜了，我打不出法语中的开口音符和长音符。

车厢里是成堆的尸体，我的右膝传来阵阵刺痛。没日没夜。我努力试图计算过去了多少个白天，多少个黑夜……

普里莫·莱维的《休战》令我感到如此亲切（只是他的经历比我恐怖百倍），又如此友爱（如同躺在布痕瓦尔德 56 号监区床架上的莫里斯·哈布瓦赫的目光）。读完最后一页，我闭上了眼睛。

这是一个梦中梦，细节各异，但主题总是同一个……①

确实，这是一个梦中梦。生存的梦，套着死亡的梦。更确切地说，对于只是一场梦境的生存来说，这场死亡的梦，才是它唯一的现实。普里莫·莱维以一种无与伦比的简洁手法描绘了我们身上共同的焦虑。只有集中营才是真实的。其他的一切——家人、鲜花盛开的大自然、家——都只是简短的暂歇，一种错觉。

---

① 原文为意大利语。

1987 年 4 月 11 日这天晚上，我想起了普里莫·莱维，也想起了把他的作品推荐给我的罗萨娜·洛桑达。我还想起了胡安·拉雷亚[1]，他也读过莱维的书。一天清晨，拉雷亚从弗勒讷斯出发，朝塞纳河走去。河水阴暗凄郁，他一动不动地站在那里，积攒着最后的力气，准备一死了之。

　　在顺着小丘的缓坡延伸至河岸的草坪上，胡安·拉雷亚驻足了一会儿。玫瑰色的栗树即将开花。光线依旧朦胧，在第一缕阳光的轻抚下温暖起来，他就这样欣赏了一会儿这棵孤零零的栗树。他的笑容有些悲伤：他看不到弗兰卡·卡斯泰拉尼那棵栗树上今年开出的玫瑰色小花了；他的死亡，他缺席的目光，也不会阻碍弗兰卡欣赏栗树上的小花；即便他因死亡而缺席，这棵树也照样会开花；世界还将在弗兰卡·卡斯泰拉尼的注视中继续存在下去。

　　接着，他继续朝昏暗的塞纳河走去，朝着终点走去。

　　就在前一天，也就是 1982 年 4 月 24 日（推断小说里的事情发生的日期也不算太难的事情），他想起了飘荡在艾特斯伯格山上的焚尸炉的气味。

　　1986 年 2 月，在《白山》出版之际，经常有人向我提出一些愚蠢或者毫无意义的问题：小说人物胡安·拉雷亚与我有何相似之处？这个人物是否就是我自己？

　　作为回答（或者躲避的方式），我表示，自我认同本身就已经十分困难，想要合理地甚至确切地把自己认同为小说中的人物，

---

① 胡安·拉雷亚和后文中的弗兰卡·卡斯泰拉尼都是本书作者 1986 年出版的小说《白山》中的人物。

更是难上加难。不，我并没有把自己认同为胡安·拉雷亚，尽管我们之间有一些相似的身份标志：西班牙人，作家，前集中营犯人。我倒是有些嫉妒他呢，我也想认识弗兰卡·卡斯泰拉尼，我也想写出拉雷亚（按小说中的安排）导演的那几部戏剧。我尤其希望自己也能写出《阿斯肯纳夏霍夫的审判》。

在第一场戏中，弗兰茨·卡夫卡笔直地站在他的席位上，一言不发，呼吸断断续续，微张着嘴；真正发言的是格里特·布洛赫，语气因绝望而慷慨激昂。那是在七月，天气炎热，一场大战一触即发。接着，一个身穿白色上衣的仆人从左侧上台，手里端着清凉的饮料。

重写《阿斯肯纳夏霍夫的审判》的念头属于无稽之谈，我会遭遇皮埃尔·梅纳尔①重写《堂吉诃德》时的那种不幸：我写出来的东西会和拉雷亚的版本一模一样，一字不差。

不过拉雷亚留下了一部尚未完成的作品，他在自杀的前一天仍在创作，后来人们在他位于弗勒讷斯的房间里找到了关于这部作品的一些笔记和草稿——一整套资料。那部戏剧作品没有名字，至少在他们找到的资料中没有显示，不过这部作品描写的是寇松勋爵②的一生，一个痴迷于二十世纪历史（从世纪初到旧世界的终结）的英国名人。

---

① 博尔日的一部"虚构作品"中的人物，而博尔日则同样是作者虚构的法国作家，一心想要一字不差地重写《堂吉诃德》的第一卷。

② 乔治·纳撒尼尔·寇松（George Nathaniel Curzon，1859—1925），英国政治家，先后担任印度事务次官、外交事务次官。

无论如何，我还是很喜欢阅读拉雷亚的草稿（这么说都客气了！）以及乔治·纳撒尼尔·寇松（第一代凯德尔斯顿的寇松勋爵）的精彩传记。拉雷亚死前就在研读这部由罗纳德赛写作的传记，我也得以就此想象利用这些素材能构思出怎样精妙的作品。

　　胡安·拉雷亚的文学品位，以及我（基于他的心理特性和他虚构的一生中出现的各种具体情况）给他安排的种种计划——这些品位和计划倒像是我的私人专属：那是我本可以用我的欲望和不确定为自己安排的一种未来。

　　就在胡安·拉雷亚自杀的前一天，也就是1982年4月24日，星期六，他忽然就想了起来。他本以为自己这一次依旧能够控制住自己。至少，他决定什么也不说。当位于塞纳河谷的波舍维尔市中心飘起的烟让他回想起艾特斯伯格山上焚尸炉的烟时，他决定把恶心的焦虑藏在心里。藏起，掩埋，抑制，遗忘。让这股烟自行飘散，不向任何人倾诉或者谈起。继续假装活着，就像他这些年来一直做的那样：四处走动，装模作样，发表犀利或者细腻的言论，爱上年轻的姑娘，写作。仿佛他真的活着一样。

　　或者，正相反，仿佛他三十七年前早已死去并随风飘散；仿佛他的生活从此成为一场梦，他只是梦到了真实的世界：树，书，女人，他创造的那些小说人物。要么就是这些人物梦到了他。

　　确切地说：要么就是胡安·拉雷亚梦到了我；胡安·拉雷亚才是布痕瓦尔德的幸存者，他在一本书中讲述了我的一生，并使用我的名字作为作者的化名。毕竟，我给他起名叫拉雷亚，不正是因为我在西班牙从事地下工作的时候，使用的化名之一就是拉雷亚吗？

给我们做假证件的朋友问我："这次你想用什么名字？"他是一个很友善的朋友，一个很有天赋的假证制作者。当时我们在蒙巴纳斯的一间画室，他把自己的作坊设在画室里。那一天，我想起了胡安·拉雷亚，一位神秘而高雅的作家，辉煌的二十世纪三十年代作家之一，这一代人使二十世纪成为西班牙文学的又一个黄金世纪。胡安·拉雷亚同他的智利朋友维森特·维多夫罗一样，都精通两国语言。

于是我对这位制作假证的朋友说："拉雷亚。在我的证件上就用'拉雷亚'这个名字！"

几个月后，警方在马德里各大学机构内开展了一次大规模搜捕，有一个人没能管住自己的嘴，向佛朗哥的警察透露了我在几次联络工作中使用的这个化名。内政部便在各大报纸上刊登了一则寻人启事，敦促一个叫拉雷亚的人（对他的外貌特征有着非常逼真的描述，并且据称他出生于桑坦德）前往主管机构报到。

这些主管机构或许管得太宽了一点。

然而胡安·拉雷亚避开了佛朗哥的警察。几年后，他在小说《白山》里自杀，代替我死去。生生死死，真真假假，一切轮回似乎就此圆满闭合。

我在班菲家族位于米兰比格里路上的书房里读到了普里莫·莱维的《休战》。在那栋住宅的内部花园里，天空、阳光和树叶都是秋天的颜色。

读完这本书的最后一页，我闭上眼睛。我想起了洛迦诺的罗莱纳，想起了我在1945年做出的决定，放弃那部创作中的手稿的决定。

罗萨娜·洛桑达向我推荐了莱维的《休战》，以及他的第一部作品《这是不是个人》。她还建议我和他见面，她可以帮我安排。

然而我并不需要认识普里莫·莱维。我是说在外面，在我们归来后这场生活之梦以外的现实中认识他。在我们之间，一切似乎已经言无不尽，又或者根本无法言说。在我们彼此之间展开一段获救者的交谈，一段幸存者的对话，这样做在我看来没有必要，甚至不太妥当。

另外，我们真的幸存下来了吗？

1987年4月11日，星期六，一个句子写到转折处，我自己那年轻犯人的幽灵毫无征兆地出现在他本不该出现的小说中，在那里制造混乱，在那里投下一个充满犹豫的目光；同一天，普里莫·莱维选择从他都灵住宅的楼梯井纵身一跃，奔赴死亡。

这是我在次日从收音机里听到的第一个消息。

当时是早上七点，一个陌生的声音播报着早间新闻，忽然就说到了普里莫·莱维。那个声音宣布了他前一天在都灵自杀的消息。我想起了自己在一个阳光灿烂的日子同伊塔洛·卡尔维诺在这座城市中心的拱廊下的一次漫步，就在《远行》出版后不久。我们曾经谈起了普里莫·莱维。收音机里陌生的声音回顾了莱维出版的图书。他的书直到最近才在法国受到追捧（法国人面对一切新鲜事物总是慢半拍）。

收音机里提到了普里莫·莱维的年龄。

我感到五雷轰顶，自忖还有五年的生命，因为普里莫·莱维比我大五岁。我当然知道这么想很荒唐，我也知道这种晴天霹雳般的信念是不理智的：没有什么命数会迫使我和普里莫·莱维在相同的年龄死去，我完全可能更早或者更晚死去，随时都有可能。而我立刻就发现了这种离谱的预感，这种荒谬的确信背后的深意。

我意识到，死亡再一次出现在我的未来，出现在可见的未来。

自打我从布痕瓦尔德归来（确切地说是自从我在阿斯科纳放弃写作计划以来），我一直设法远离死亡。死亡存在于我的过去，就像童年、初恋和启蒙读物一样，每天都离我更远一些。死亡是一种经历完毕的体验，关于它的记忆会逐渐消退。

我就生活在起死回生之人那无忧无虑的永生之中。

在我出版《远行》后，这种感觉起了变化。死亡仍旧存在于过去，只是这过去不再离我越来越远，不再消退；正相反，它重新变成了现时。我开始循着我的人生追溯这源头，追溯这最初的虚无。

忽然，普里莫·莱维的死讯，关于他自杀的消息，彻底推翻了我原本的预期。我重新变成了注定会死去的人，或许我余下的生命甚至可能不足五年，我活不到普里莫·莱维的年纪。死亡再一次出现在我的未来之中。我不知道自己是否还会有关于死亡的记忆，或曰关于死亡的预感。

无论如何，1987年4月11日这一天，死亡追上了普里莫·莱维。

其实，自从1945年10月，他在经历了漫长而惊险的路途从奥斯维辛归来（他在《休战》中讲述了这段经历）后，就开始创作自己的第一部作品《这是不是个人》。他在狂热和某种喜悦的心情中匆忙完成了这部作品。他后来写道："我的种种经历和遭遇由内而外地灼烧着我。比起活人来，我感觉自己同死人的距离更近。我因自己是人而感到有罪，因为是人建立了奥斯维辛，奥斯维辛又吞没了数百万人的生命，其中就有我的很多朋友，还有一个我曾经深爱的女人。我感觉，在讲述的过程中，我在逐渐自我净化，我感觉自己与老水手柯尔律治有几分相似……"

莱维最后一部作品《被淹没与被拯救的》（这个名字原本是《这是不是个人》中一个章节的标题）开篇就引用了柯尔律治的诗：

> 从此后这无比的痛苦，
>
> 时时出现，将我折磨：
>
> 我的心在剧痛中燃烧，
>
> 直到我把这故事诉说。[①]

莱维又继续写道："我创作血腥的短诗，我在一种眩晕之感中，语调急促地讲述或者书写我的经历，在此过程中，一本书竟渐渐成形：通过写作，我又找回了那丝丝缕缕的平和，我又重新成为一个人，同芸芸众生一样的人，不是殉难者，不是无耻之徒，也不是圣人，而是像千千万万的普通人，组建家庭，继往开来。"

普里莫·莱维后来曾多次谈起他在那个时期的种种感受，以

---

① 普里莫·莱维：《被淹没与被拯救的》，杨晨光译，中信出版集团，2017 年 10 月。

及写作时朴素的喜悦。他感到，写作帮助他回归了生活。

这部无与伦比的作品（其行文之克制，证词之赤裸，思路之清晰，同情之真挚，堪称大师之作）完成后，并没有找到买主。所有知名出版社都将它拒之门外。最终，它在一家无名小社出版，没有得到任何关注。普里莫·莱维就此放弃了写作的意愿，完全投身于化学工程师的工作当中。

这就像是他记述的一场梦（一场集中营犯人的噩梦）最终的结局：你回到家，满怀激情、事无巨细地向家人讲述你的经历和受过的苦难。可没有人相信你。你的故事最终令大家感到不适，引起了一片愈发厚重的沉默。你的亲友——在那些最恐怖的噩梦里甚至还包括你深爱的女人——最终站起来，转过身去，离开了房间。

历史似乎也印证了他的感觉：他的梦成了现实。直到多年以后，《这是不是个人》才忽然受到关注，征服了大批读者，开始被译介到世界其他国家。

这迟来的成功促使他写下新作：《休战》。

我的经历则截然不同。

写作将普里莫·莱维从往昔中剥离出来，平复了他的记忆（他写道："矛盾的是，我这份残酷记忆的重担成了一笔财富，一颗种子：写作的时候，我感觉自己像一株植物一样在生长。"）；然而写作却将我重新沉入死亡，任我被死亡淹没。一篇篇手稿如同一片不适合呼吸的空气让我感到窒息，每一行字都在把我的头往水中按，仿佛我又回到了欧塞尔那栋盖世太保别墅的浴缸里。我挣扎着想要活下去。我想描述死亡，通过这种方式让它闭嘴，然而我失败了：如果我继续下去的话，最可能的结局是死亡让我闭嘴。

尽管我们的人生轨迹和经历大不相同，我们之间却有着一个令人感到困惑的巧合：莱维的第一本书《这是不是个人》（在写作上是一大成就，然而在阅读和受众方面却是一次彻头彻尾的失败）和第二本书《休战》相隔的时间，与我在1945年失去写作能力到我出版《远行》这段间隔完全重合。《休战》和《远行》创作于同一时期，而且也几乎同时出版：莱维的书出版于1963年4月，我的书出版于5月。

就好像（抛开我们迥异的人生轨迹不谈）在历史缓慢前进过程中那几乎无法辨认的黑暗里，某种聆听的能力真正成熟起来。

无论如何，1987年4月11日这一天，死亡追上了普里莫·莱维。

为什么他的记忆在四十年后就不再是一笔财富了呢？为什么他失去了写作还给他的这一方宁静？在那个星期六，他的记忆中又出现了什么，出现了怎样一种致命的催化剂？他为什么忽然就再也无法承受记忆的残酷？

很简单，只是因为焦虑不安的情绪最后一次压垮了他，没有出路，无药可救。无法闪躲，也毫无希望。他在《休战》的结尾部分描述过这种焦虑的症状：

　　死亡营之外没有任何事物是真实的。其他的一切只是简短的暂歇，一种错觉，一个梦……①

------

① 原文为意大利语。

死亡营之外没有任何事物是真实的。其他的一切只是简短的暂歇，错觉，不确定的梦：就是这样。

9

季节与城堡

这个姑娘为什么会让我想起米莲娜？

如今，每当我看到那一年（遥远的 1964 年）在萨尔茨堡拍摄的这张照片时，都会感觉二人的相似度并不算太高，甚至完全不像。

照片上的姑娘是侧脸，坐在一张晚宴餐桌前，一身黑色衣服，一缕头发垂在额前，纤长的右手微蜷着放在餐桌上，手腕上有一圈花饰，左手抬起，举着一支香烟。

唇边是一抹不易察觉的微笑。

在这张照片上，餐桌前围坐了不少人。很明显，晚餐接近尾声，我们已经喝上了咖啡，男士们还抽着雪茄。餐桌前有这位姑娘，其他几位姑娘，两位先生，还有我。其中一位先生的面孔令我感到陌生，我完全想不起来他是谁。另一位是乔治·韦登菲尔德。

不过他在 1964 年时可能已经是韦登菲尔德勋爵了，我不太确定。

那位让我想起米莲娜的姑娘似乎是韦登菲尔德（暂且不论他是否已成为勋爵）的同行人员。在这张老照片上，韦登菲尔德这位来自伦敦的出版商正带着一种慈祥的微笑看着她。也可能是同谋般的微笑。

其实照片上的我们都在笑。

这张照片捕捉到了一个轻快的瞬间，一个放松而舒畅的默契瞬间。或许我们只是为了拍照刻意为之？如何判断呢？在这种情况下，表象就是这张照片的真相。虚假的表象或真实的相像。那是在正式晚宴的尾声，接下来即将颁发福门托尔文学奖。一切都很顺利。评委会里的出版商们不久后将依次起身，每个人交给我一本各自语种的《远行》译本。

然而，那位不知名的姑娘并不是在那一刻让我想起了米莲娜·杰森斯卡①。她只是坐在那里，看上去面无表情。无论是她的面孔，还是她微笑而平和的静止姿态，都无法让她与米莲娜有任何相似之处，连似是而非都算不上。

在这座即将举办福门托尔文学奖颁奖仪式的城堡里，晚宴开始前，我还不知道我会与她同桌进餐，只看到她穿过了一间会客室。她的步伐，或者说她身形上的某种东西，又或者说她的姿态，让我想起了米莲娜·杰森斯卡。

更确切地说，她让我想起了卡夫卡关于米莲娜·杰森斯卡的一句话。总而言之，我真正想起的并不是米莲娜本人：她只是出

---

① 米莲娜·杰森斯卡（Milena Jesenská，1896—1944），捷克斯洛伐克记者，作家、卡夫卡的情人。她因于与卡夫卡的通信而闻名，也是最早将他的作品翻译成德语的人之一。后因参加抵抗纳粹活动，帮助犹太人，被关入拉文斯布吕克集中营。1944 年死于集中营。

现在了卡夫卡的一句话里而已。

我忽然觉得一点也无法记起您的脸……①

"我忽然发现，我无法回想起你面庞上的任何特殊细节。只有你从咖啡馆的桌子之间穿行而出时，你的身影，你的衣着：是的，这些我依旧能够看到。"

弗兰茨·卡夫卡于 1920 年 4 月在梅拉诺疗养时写给米莲娜的第二封信如是收尾。

我们都曾有过这样的经历：当一个女人在咖啡馆的桌子间穿行时，我们虽不辨她的面目，却会首先注意到她步态的优雅，举止的傲慢，衣着的柔美。或者在剧场里，甚至在地铁车厢里，也是如此。

1942 年，在花神咖啡馆，茜蒙·仙诺②的身影和步伐引起了我的注意。她就在桌子间穿行，那一天，我没能看清她的面庞。直到三年后的 1945 年，我归来的那个夏天，才在同一间咖啡馆的露天座椅区看清了她的容貌。小卡民克已经改了名字，但她的目光与我初次注意到她时她那轻快而傲慢的步伐十分相称，随着她的移动，这步伐在她的身影周围制造出一片又一片光与静的空间。

---

① 弗兰茨·卡夫卡：《给米莲娜的信》，彤雅立、黄钰娟译，上海文艺出版社，2015 年 1 月。

② 茜蒙·仙诺（Simone Signoret，1921—1985），原名亨丽埃特·夏洛特·茜蒙·卡民克（Henriette Charlotte Simone Kaminker），法国女演员，二战后法国电影界的代表人物之一。

所以，卡夫卡的评价是中肯的，甚至有些平庸。他想起了米莲娜的举动，她在布拉格一间咖啡馆的桌子之间穿行的样子。他在最初写给她的某封信中忆及了这一点。真正疯狂的是后面发生的事情。真正疯狂的，是卡夫卡没有等待着看到米莲娜的脸，与她四目相对，甚至不想也不需要这样做，就唤醒并定格了一种迫切而专一的爱意（然而，由于他患得患失，又无法遵守和面对自己的诺言，也无法承受这些诺言必然导致的情欲代价，这爱意又有了悲情的味道）；在表面的不安和故作落魄的游戏背后，是一种义无反顾，是固执于一种惊人的心理攻击性的表现；而这一切，都仅仅建立在咖啡馆桌子间穿行的一个身影所呈现出的模糊征兆。

　　　　只记得您穿梭在咖啡馆桌间的模样，您的身形，您的裙装，只有这些仍在我眼前……①

　　一场至死方休的爱恋就此展开，依靠它脱离肉体的养料和它自闭式的狂热存续下去。在这场爱情中，被爱者的容貌（她的表情，她的目光，她睫毛的颤动，她嘴角的一撇，一抹忧伤的倩影，一次乍现喜悦的光芒）没有扮演任何角色，也没有任何意义。这场爱情的无益狂热仅仅建立在对一副移动中的身体的回忆之上，这幅画面被希伯来律法中对描绘偶像的禁令悄悄加工美化，又被傲慢所超越，这傲慢的源泉便是一种想要诱惑和在精神上占有的抽

---

① 弗兰茨·卡夫卡：《给米莲娜的信》，彤雅立、黄钰娟译，上海文艺出版社，2015年1月。

象愿望。

1964年，在萨尔茨堡，如果我在福门托尔文学奖颁奖前没有参加那场晚宴，如果我的意图不在于澄清死亡记忆与写作之间的关系（《远行》的出版是绝佳的澄清机会），我很愿意走上偏题的荆棘之路，说一说卡夫卡和女人：他对女人的爱，或者说他的自爱（尽管他公开表示不自爱）——通过对坠入爱河的热爱实现的自爱。总而言之，就是偏题讲一讲卡夫卡和诱惑的问题。谁是诱惑者？谁是被诱惑者？换句话说，谁在收买，谁又在玷污？

可是我此时就在萨尔茨堡。正式晚宴已经结束。

莱迪希·罗沃尔特刚刚站起身来，他就像布莱希特早期某部作品中的人物般口若悬河。在十二位将要把《远行》不同译本交给我的出版商中，他是第一位，要交给我的是德文版。

我不知道那个姑娘的名字，只知道她原籍捷克斯洛伐克，是韦登菲尔德的同行人员之一；她先前的步态令我想到了卡夫卡的一句话。方便起见，我就叫她米莲娜吧。她看着莱迪希·罗沃尔特先发表了几句关于我这本书的溢美之词，随后向我走来。

我想起了《给米莲娜的信》。

几年前，这本《给米莲娜的信》就放在苏黎世班霍夫大街上一家书店的橱窗里展示。

为了打发时间，我在这条中央商业街上走了一个来回：从火车站走向湖边，再走回来。我当时就在朝火车站走回来的途中，在班霍夫大街左侧的人行道上，背对着苏黎世湖。

如果是在夏天或者春天，我肯定会乘坐苏黎世湖上的游船，以此打发时间。在韦登斯维尔码头，我会想起帕尔乌斯这位传奇人物。1905年，他在圣彼得堡与托洛茨基共事；1917年，他设法帮列宁登上了德国的铅封火车车厢，回到俄国。后来，帕尔乌斯来到这座像所有瑞士湖畔村庄一样宁静的小村，等待死亡的到来。

然而，当时不是春天，也不是夏天，而是1956年1月。干冷清冽的空气中似乎有着无法触及的冰晶，在整座城市里纷飞。

当天早上，我从巴黎来到这里，在阅兵广场上一家咖啡馆的卫生间里变换了身份，广场四周是几家瑞士银行低调而奢华的门面。我从行李袋中取出我的法国证件，随后把自己的乌拉圭护照放进了行李袋的双层底，这样便可以打乱我的轨迹，抹去我在不同机场安检处的行踪。

我从巴黎出发来到这里，几个小时后乘坐飞机前往布拉格。我一边打发时间，一边小心注意是否被人跟踪。来自巴黎的飞机落地时，我是一个乌拉圭家庭中的儿子；前往布拉格的飞机起飞时，我变成了一个法国公司的高管。

然而，为了便于读者理解这部作品，也为了明晰它的道德维度，我不得不回想起这段过往，哪怕只是一笔带过。另外，此处亦是回顾这段过往的最佳时机。

因为我正徜徉在1964年5月在萨尔茨堡和1956年1月在苏黎世之间的这段回忆之中：纽带便是米莲娜·杰森斯卡的形象，以及卡夫卡在写给她的信中对她的描述。1956年1月后不久，苏联共产党第二十次代表大会期间，历史发生了巨大的变化，或者说开始缓慢地进入了这种巨大的变化。西班牙也未能逃过这一进程。1956年2月，我结束了布拉格和布加勒斯特之旅（我将在后文中概述这次旅行），回到西班牙。当时，两年来由我积极维护（我的贡献起到了关键作用）的非法国共产主义学生组织在马德里大学奋起反抗，随后又走上街头，引发了佛朗哥政权的第一次重大危机。

此处便是回忆这段政治"史前"时期的绝佳时机。那是冷战表面停滞期的最后阶段：就像一大块浮冰，面对的是因解冻而已经开始膨胀的水流冲击。

另一方面，写作这本书的时刻——也就是眼下这些即兴创作，既有啰唆又有废话的时刻——来得也算巧。这本书的萌芽在1987年4月11日（就在我从收音机中得知普里莫·莱维自杀的几个小时前）那段记忆的一片眩晕之中突然出现；几乎整整七年后的今天，我正在修改这本书的最终版，一边担心再一次唤醒往昔的四月。

加蒂奈的平原和森林上空乌云密布。从我的窗前望去，可以看到一片水塘镜子般的水面。树枝在渐起的风中摇摆。

歌德的寿命之长，让他得以经历旧制度的终结、后革命时代欧洲矛盾的发展以及拿破仑帝国的兴起和垮台；可即便是他，也不敢妄称曾有过类似的经历。

然而，1956年1月末，我在苏黎世，身上背着一则紧急消息。

在西班牙共产党的领导圈子（我当时也是其中一员）里，围绕一个政治策略问题爆发了一场十分激烈的讨论，关于讨论的细节，我在此处不予赘述。今天看来，这些细节无甚意义，也难以理解，复述它们就像重新书写一份已经被遗忘的手稿一样。虽然细节无关紧要，但核心问题却是重中之重——不同领导机构之间的权力争夺。

我们最终会意识到，一切的关键都归于权力争夺。

我站在班霍夫大街一家书店的橱窗前，惊喜地看着一本弗兰茨·卡夫卡作品的白色封面：《给米莲娜的信》。

我的心在狂跳，手在颤抖。

我推开了书店的门。接待我的女士笑容甜美，皮肤光滑，一头灰发。我一把抢过她递来的书，并激动地表达着感谢，让她有些措手不及。"不，不用包装，谢谢，我直接拿走就行，再次感谢！"我付完书钱，离开收银台时，她对我报以微笑。

在班霍夫大街的人行道上，我短暂地思考了一下会计负责人在我的差旅报销单上看到弗兰茨·卡夫卡这本书的价格时会发多大脾气，不过比起微不足道的价格，真正惹恼他的应该是作者的名字。或许我根本不会写上卡夫卡的名字，只说这几个瑞士法郎用来购买马克思的一本书就行了。

这样更省事一些。

总而言之，1956 年 1 月，我在苏黎世邂逅了米莲娜·杰森斯卡。她在整个差旅途中一直陪伴着我。

再说回到刚刚站起身来的莱迪希·罗沃尔特。

举行福门托尔文学奖晚宴的大厅安静下来。罗沃尔特先发表了几句关于我这本书的溢美之词，随后向我走来，把《远行》的德译本交到我手中。

我应该表现出感动，毕竟这是一个历史性的时刻。我是说，对我来说，在我个人的历史上，这是一个高光时刻。然而我心不在此处，脑子里想着一大堆别的事情，记忆中又忽然出现了好几张面孔，乱作一团，以致我无法将注意力集中在这个历史时刻上面。莱迪希·罗沃尔特之后是克洛德·伽利玛，再往后是朱里奥·伊诺蒂、巴尼·罗塞特和乔治·韦登菲尔德。这十二个全球规模最大的出版商依次向我走来，把各自语言的《远行》译本交给我。

可我还是无法将注意力集中在这个历史时刻上面。我预感自己要错过它，在我注意到它之前，在我品尝到它的琼浆玉液之前，它就会悄悄走过，消失不见。我应该是不太善于享受历史时刻。

无论如何，为了避免晕头转向，也为了防止自己被赞美、掌声、大厅里朋友们灿烂的微笑冲昏了头脑，我低声背诵着让·波朗[①] 为我一部小说手稿撰写的读后感。

背诵的时间并不长，毕竟这是一条非常简短的读后感，短到我能把它的内容熟记于心，短到波朗写下它都不需要一整张纸。波朗很注重节省时间、语言和纸张，他把一张正常大小的纸裁成了四份，将《远行》的读后感写在其中一份上面。我一眼就看出他是用剪刀裁剪的，虽然很小心，但仍然无法避免剪纸时出现的不规则边缘。

在这四分之一张纸的上半部分，让·波朗写下了我的名字和手稿的题目——远行。他先是在这些信息下面画了横线，随后用娟秀清晰的圆体字写下了他对这本书的看法：

---

① 　让·波朗（Jean Paulhan，1884—1968），法国作家，伽利玛出版社审读委员会成员。

"讲述的是挤成一团的集中营犯人被送往德国的路途。作者与身边那位'来自瑟穆尔的小伙子'之间的对话非常精彩。不幸的是，来自瑟穆尔的小伙子在抵达终点前死去了，故事的结尾比较无趣。这部作品还算说得过去，里面没有令人印象深刻的内容，也没有太糟糕的内容。"

这段读后感的结尾是一个数字，一个加粗的"2"，应该是出版社的一个内部代码，具体含义我并不知道。这个"2"是否意味着这部手稿可以出版？或者出不出版都可以？还是意味着这部书稿完全可以被毙掉？

我不知道。我只是在颁奖仪式的嘈杂中，内心默默重复着让·波朗的读后感，只为避免晕头转向，只为保持脚踏实地。不过，谦虚归谦虚，我还是要指出，作者与来自瑟穆尔的小伙子之间的对话非常精彩（波朗如是说），而来自瑟穆尔的小伙子直到小说结尾才死去，所以波朗的遗憾之情只涉及小说中的几页内容而已（"不幸的是，来自瑟穆尔的小伙子在抵达终点前死去了，故事的结尾比较无趣"）。

来自瑟穆尔的小伙子只是一个小说人物，所以波朗的赞美愈发令我感到欣慰。当我重新踏上写作这场虚构现实的旅途时，我杜撰出来自瑟穆尔的小伙子这个人物来陪伴我，也让我在现实中从贡比涅到布痕瓦尔德的路途中不再独自忍受孤独。我虚构了来自瑟穆尔的小伙子，虚构了我们之间的对话：现实往往需要杜撰才能变得真实，变得可信，从而取信于读者，激发他们的情感。

在让·普拉改编自《远行》的电视电影中扮演来自瑟穆尔的小

伙子的那位演员希望这个人物是真实的，可事实并非如此，他因此感到困惑，几乎有些难过。演员让·勒穆埃尔将虚构和现实混同起来，他对我说："我真心希望自己曾在旅途中伴您左右。"然而，友爱不只是一个现实的主题，它更是一种心灵的需求：一片有待探索和构想的大陆，一种贴切又充满热情的虚构。

不过，在我即将接受十二个版本的《远行》这一历史时刻（我是真心期待这一刻的到来！），让我分心的并不是让·波朗。

让我分心的，是1956年1月在米莲娜——或者说弗兰茨·卡夫卡的《给米莲娜的信》——陪伴下的一次旅行。导致我分心的责任因此间接落到了与乔治·韦登菲尔德同行的一位捷克裔姑娘身上。

如果1964年5月1日这一天，我不在萨尔茨堡参加福门托尔文学奖的晚宴；如果彼时我没有看着朱里奥·伊诺蒂在莱迪希·罗沃尔特和克洛德·伽利玛之后朝我走来，交给我一本意大利语版的《远行》，我一定会利用这次机会跑个题，讲一讲从布拉格到布加勒斯特的这段处理党内问题的旅行。然而，就算这次跑题的内容再精彩（同我不久前想补说卡夫卡的内容一样精彩），我暂时也不打算这样做。

有时必须懂得克制，给读者卖个关子。

我只能说，那次旅途十分漫长，专列的平均车速不超过每小时六十公里；我只能说，那次旅途十分有趣，虽然从某个角度来看，它枯燥得要死。

他们给我分配了罗马尼亚专列上的一个单人豪华隔间。在隔间里，我悠闲地看完了弗兰茨·卡夫卡写给米莲娜·杰森斯卡的信。

因为卡夫卡的作品有着最不夸张、因始终保持透明而最难以穿透的想象力，不断将我们拉回到历史或社会现实之中，以一种不可抗拒的从容姿态，清除这现实中的污垢，揭露它的真相。

卡夫卡生于1883年，即卡尔·马克思去世的那一年，又于1924年与列宁同年逝世。他从未真正审视过那个年代的历史现实。《卡夫卡日记》在这方面就存在巨大的空白，世界的嘈杂和愤怒在他的日记里似乎没有引起任何反响。他所有的作品都避开了历史环境中的问题和紧迫，是他痛苦地从冰冷到不真实的严密中抽丝剥茧出来的（至少这严密的本质是不真实的，无论它的表象是多么具有欺骗性的写真主义）。他所有的作品都再现并决然地昭示着整个世纪的厚重、昏暗、不确定和残酷，而这并不仅仅是因为卡夫卡通过朴素到令人尴尬的叙事手法触及了人类处境的抽象核心，触及了它永恒的真相。

卡夫卡的作品漂浮在时代的喧嚣之上，从这个意义上来说，他的作品并不是永恒的；然而他的作品有着永恒的价值和企图，这又是另一回事了。不过，他的作品终归属于这个时代，在这个时代之外无法想象，尽管这些作品一直在各个方面超越着这个时代。

在卡夫卡作品专属的领域，也就是文学领域，而非社会学分析领域，这些作品与马克斯·韦伯和罗伯特·米契尔斯的作品显然同属一个时代，后两者则致力于解开官僚化社会生活的种种迷思。

于是乎，在这段时期里，弗兰茨·卡夫卡的虚构作品将我拉回到世界的现实之中，政治话语中不断提到的"现实"反而只是一种虚构，而且有着明显的强迫意味，有时甚至令人窒息，同时越来越缺乏具体的根基，越来越远离日常的真相。

总而言之，在布拉格开往布加勒斯特的这段漫长旅途中，我把大部分时间花在了卡夫卡和米莲娜身上。

话题回到位于萨尔茨堡的这座城堡餐厅里，卡洛斯·巴拉尔刚刚起身，将一本西班牙语版的《远行》交到我手中。由于巴拉尔的桌子离我较远，他穿过巨大的餐厅需要好几秒钟，那么我就利用这段时间做个小小的总结吧。

总结一下那段旅途中最重要的一件事情，也就是对米莲娜的深入了解，更确切地说，是我通过卡夫卡对她的疯狂，认识了米莲娜这个人。

我忽然觉得一点也无法记起您的脸……①

"我忽然发现，我无法回想起你面庞上的任何特殊细节。只有你从咖啡馆的桌子之间穿行而出时，你的身影，你的衣着：是的，这些我依旧能够看到……"

一个身影从布拉格一间咖啡馆里的熙攘间穿过；弗兰茨·卡夫卡仅凭这样一个短暂而模糊的身影，便建立起了一部轻盈、精

---

① 原文为德语。

妙又令人心碎的文学作品，描绘一段无果的、毁灭性的爱情。这段爱情仅以缺席、距离和空白为养料，随着每一次见面，每一个亲身在场的瞬间，凄惨地、悲凉地逐渐逝去。这部作品如此精妙，又如此令人心碎，让一代又一代读者（特别是女性读者，在一段充满激情和痛苦，随着失败和空虚的模糊幸福升华的关系里，这些优质女性总是习惯于贬低肉体欢愉，将之视为次要甚至粗俗的需求，转而赞颂精神上的愉悦）和一大批麻木的评论家最终将这种文学操作——或曰文学驱魔仪式——误认为是爱情，并把这种脱离肉体、极度自恋、对对方（包括她的目光、容颜、快乐甚至生命）漠不关心的激情视为真爱的绝佳范例。

卡洛斯·巴拉尔最终走到了我的桌边，向我送出了《远行》的西班牙语版：*El largo viaje*。

我又回到了1964年5月1日在萨尔茨堡颁发福门托尔文学奖前那次晚宴的美好现实之中，短暂地忘记了米莲娜·杰森斯卡。我起身迎接卡洛斯·巴拉尔，拥抱他，从他手中接过我的书。

然而我并没有产生喜悦之情。

在那一刻表面的欣喜背后，我悲从中来。"悲伤"或许都不算太贴切。我知道，在那一刻，我的人生改变了，或者说我换了一种人生。这不是一个理论命题，不是一次精神自省的结论，而是一种实际的印象，一种感官上的确信，就好比我在一次漫长的徒步中，忽然走出了树林的阴影，进入了夏日的阳光。反过来说也行。总而言之，在某个确切的瞬间，我换了一种人生，如同从阴影走到阳光下，或者从阳光下走入阴影，从而产生了一种现实的、浅表的差异，一种在之前和之后、在过去和未来之间细微却根本的差异。

就在巴拉尔将《远行》的西班牙语译本交给我的时候，就在我把这本书握在手中的时候，我的人生发生了改变。人生的变换必然要引发相应的后果，尤其是当你明确地意识到了这种变化，对事件、对另一种未来的出现有着极度清晰的认知；无论未来有什么在等待着你，这未来是注定与过去决裂的。

在福门托尔文学奖颁奖典礼举行前的几周，在另一座城堡里（萨尔茨堡的那座城堡属于霍亨洛厄家族，而这一座则属于古老的波西米亚皇室），举行了一次漫长的西班牙共产党领导层会议。

不过我不打算细说这一段。

虽然卡洛斯·巴拉尔已经走到我身边，将我的小说交给我，但我之所以不打算细说，并不是因为时间来不及，而是因为我是作者，我是这场叙事中全能的上帝。如果我愿意，我完全可以让卡洛斯·巴拉尔保持当时的姿势，将他定在当时的那一刻，想定多久定多久。巴拉尔就会待在那里，一动不动，脸上挂着微笑，而静止会让这微笑看上去越来越傻，只等着我这位叙述者发善心，等着我讲完发生在波西米亚王室城堡里那次会议。

然而我不会这么做，我不打算讲述改变我人生的那个阶段；从某种意义上来说，是它使我活了过来。首先，那段人生，我已经在其他地方讲过。其次，没有人对那段人生感兴趣，连我都不太关心。在1964年，"占理"没有任何意义，历史已经充分证明了这一点：那时的道理在历史上不会有任何结果。就算我在讨论中占了理，就算我的道理在争论中更胜一筹，就算得到多数人的支持（这是荒唐至极的假设），也没有用，只能证明我们占理，只能起到自我安慰，让我们满足于这个事实的作用，历史却不会因此有一丁点变化。

卡洛斯·巴拉尔站在我面前，递给我一本西语版的《远行》。他对我说了几句话，我没能立刻听懂，或者说没有真正听懂，因为我还沉浸在关于布拉格的回忆中，沉浸在几周前最后一次在布拉格漫步时那些内心的图景中。

在布拉格的最后一天，带着一种再也无法重见的隐忧，我游览了记忆中这座城市里我最喜欢的几个地方。

我先去了位于施特拉施尼茨新犹太人墓地的弗兰茨·卡夫卡墓，又去了布拉格城堡内的国家美术馆，欣赏那里展览的一幅雷诺阿的油画作品。我曾经多次驻足于这幅肖像前，上面画着一位笑意盈盈、有着金褐色皮肤的姑娘。我被她颈部的姿势、肩头衣服的褶皱、想象中那洁白的肩部皮肤以及衣服下面乳房的浑圆曲线所深深吸引。

1960 年，我在布拉格逗留期间，在雷诺阿的这幅油画面前，忽然产生了这样一个想法：米莲娜·杰森斯卡或许也曾凝视过这幅作品；四年后，当我在布拉格最后一次漫步时，这段关于米莲娜的回忆再次出现。我想起，当我意识到米莲娜应该不止一次出现在这个相同的地点，一动不动地凝视着雷诺阿的油画时，浑身不由自主地一颤；我还想起了一段关于雪的回忆，雪花在探照灯的灯光下闪闪发光，这段记忆令我感到一阵痛心，而像一团冰火般引爆它的正是关于米莲娜的记忆：米莲娜·杰森斯卡，死于拉文斯布吕克集中营。我想起了雪落在米莲娜·杰森斯卡骨灰上的那段回忆。我想起了米莲娜与焚尸炉的烟一同随风消散的美。

我不知道何时还能回到布拉格（如果我真能活着回来的话）。为了给这段布拉格回忆之旅画上句号，我再一次前往平卡斯旧犹太人墓地和墓地旁的犹太教堂。

在杂乱的墓碑间，在这永恒之地的寂静中，我想起了1945年8月在克洛德－艾德蒙特·玛尼位于舍尔歇路的家中度过的那个遥远的清晨；时隔二十年，我又想起了我们的对话，还有她读给我听的那封关于写作之力量的长信。在平卡斯墓地的墓碑间，我想起几周后我要在萨尔茨堡接受福门托尔文学奖；获奖的那本书，我和玛尼在遥远的那一天就曾谈起，然而我等了近二十年才真正动笔。

不过，我不打算让卡洛斯·巴拉尔久等。

他已经在我的桌子旁边站了太久，手里拿着我那本小说的西班牙语版，嘴边挂着一个凝住的微笑。我要将生命、色彩和动作归还给卡洛斯·巴拉尔，我还要认真倾听他（此前徒劳地）试图让我听到的话。我已经相当大度了：一个叙事的上帝并不常给叙事中的次要人物发言的机会，因为担心这些人物会得寸进尺，任意为之，把自己当成了主角，扰乱了整个叙事的进程。

卡洛斯·巴拉尔向我解释了他拿在手中，准备交给我的这本书有何特殊意义。

佛朗哥政权的封锁导致《远行》在西班牙遭禁。一年前，福门托尔文学奖颁发给我之后，佛朗哥将军麾下的信息部长弗拉加·伊里瓦尔内先生就指挥其下属机构开展针对我的一系列行动；攻击福门托尔文学奖国际评委会中的出版商（特别是意大利的朱里奥·伊诺蒂）。于是，巴拉尔不得不在墨西哥完成印刷，并与若阿金·莫尔提兹共同出版此书。由于此次出版准备不足，几周后才能印出足够的本数。

为了排除万难，完成将作品交给获奖作者的仪式，巴拉尔让人为我的小说制作了一本独一无二的样书。开本、内封、页数、护封：一切都与即将推出的墨西哥版的样式相同。只有一个细节上的区别：我这本样书的书页是空白的，一个字也没印。

卡洛斯·巴拉尔在我面前翻动这本书，向我展示书里的一片空白。

我受到了触动。

这个独一无二的时刻，我本以为自己错过了它，以为自己无法理解个中深意，它就像水、沙子和烟一样从我的指间流逝；然而此时，它重新展现出它的深度，它夺目的厚重。

它重新变成了真正意义上独一无二的时刻。

1945年5月1日，一队身着条纹服装的原集中营犯人从民族广场走来时，一场暴雪打在传统游行队伍的红色旗帜上面。在回归生活的第一天，在那一刻，飞旋的雪花仿佛在提醒着我，死亡将一直以何种样貌出现。

十九年后（一代人的时间）的 1964 年 5 月 1 日，往昔的雪再一次降落在我的生活中。在马德里冈赛普琼－巴哈蒙德路上的那间秘密公寓里，它抹去了这本一气呵成的书中所有的印刷痕迹。往昔的雪盖住了书中的每一页，用一张棉质裹尸布缠住了它们。雪抹去了我的书，抹去了这本书的西班牙语版。

象征意义很容易解释，教训也很容易汲取：我还没有取得任何成就。这本书，我酝酿了近二十年才能写下去，然而刚一写完，它却再一次消失了。我不得不重写一遍：记录死亡体验，这必然是一个没有尽头的任务。

在我那天晚上收到以及日后还将收到的《远行》不同版本中，西班牙语版是最美的。正是因为它的巨大空白，因为那有待重写的书页白得纯洁而有悖常理，因此，在我眼中，这个版本的意义最为深远。

卡洛斯·巴拉尔离开了我的桌子。接下来，格罗夫出版社的巴尼·罗塞特将小说的美国版交给我。

巴尼·罗塞特向我走来，与此同时，我正享受着翻阅西班牙语版中空白书页的乐趣。

我自忖：在那一晚出现的所有版本里，往昔的雪并不是随意选择它要覆盖的文本，随意选择它要缠住的语言。不是英语，不是德语，不是瑞典语，不是芬兰语，不是葡萄牙语，等等，一共十二种语言。它只是抹去了原初的语言，缠住了我的母语。

当然，消灭我这本小说的母语文本，佛朗哥政权的封锁这样做恰恰是在增强小说的真实感，因为我并不是用我的母语书写《远行》的。

不是用西班牙语写的，而是用法语写的。

不过，那段日子里，我大部分时间居住在马德里。通过我童年的语言，我找回了写作私密性所必需的复杂、热情、怀疑和挑战的欲望。另外，我早就知道（虽然克洛德－埃德蒙特·玛尼爱不释手的那几首小诗只是一段记忆，甚至都算不上记忆：它们只在《论写作的力量的信》中间接出现，我在旅行时会带上这本书，不时拿出来读一读；虽然我在四十年代末创作的戏剧《孤独》也只是一个私下的练习，用来向自己证明，我之所以不写作，不是因为写不出来或者懒惰，而是我有意放弃写作），在我重新获得和拥有写作力量的那一天，我就可以选择自己的母语了。

同西班牙语一样，法语也是我的母语，或者说它变成了我的母语。我没有选择出生的地方，孕育着我母语的沃土。你为之奋力斗争、挥洒热血的这种东西——说它是理念也好，现实也好——反而是最不属于你的东西，是你身上最不确定、最偶然的一部分：也是最荒唐的一部分，既愚蠢又缺乏人性的部分。所以说，我没有选择自己的出生地，也没有选择我的母语。又或者说，我确实选择了一种母语——法语。

有人会说，考虑到流亡和背井离乡的事实，我是被迫选择了自己的母语。这么说并不完全对，甚至不太对。有多少西班牙人拒绝使用流亡之地的语言？有多少西班牙人保留住他们的乡音，他们对其他语言的陌生感，病态地、不理智地希望保持自我（保持自己他者的身份）？有多少西班牙人为了达到某些现实目的，故意不正确地使用法语？至于我自己，我主动选择了法语这一流亡之地的语言，作为我的另一种母语。我为自己选择了新的出身；我将流亡之地变成了祖国。

总而言之，我已经不再有真正意义上的母语了，或者说，我有两种母语；不得不承认，从血脉传承的角度来看，这种情况比较棘手。有两位母亲，如同有两个祖国，这不会让你的生活变得更简单，不过反正我对太简单的事情也没什么兴趣。

我选择用法语书写《远行》并不是出于简单顺手的原因，用西班牙语去写也是同样轻松（如果真的能用这个肤浅的形容词来描述写作的话），或者同样困难。我之所以用法语书写，是因为我将法语视为自己的母语。

在萨尔茨堡的那天晚上，我对自己说，总有一天，我要在这本空白的样书上重写《远行》。我要用西班牙语重写它，而且完全不参考已有的西班牙语译本。

不久后，卡洛斯·富恩特斯[①]对我说："这个主意不错啊。"

那是在巴黎，在圣日耳曼德佩的一间咖啡馆里。

他又接着说道："另外，西班牙语版本来就该由你来翻译。不必简单地把它翻译过来；你可以尽情背叛自己，背叛原来的文本，试着走得更远一些。这样一来，就会诞生一本不一样的书，你可以再给它搞出一个新的法语版来，又是一本新书！你自己想想，这会是多么无穷无尽的体验……"

[①] 卡洛斯·富恩特斯（Carlos Fuentes，1928—2012），墨西哥著名作家、小说家、散文家。

在巴黎，一个下着春雨的日子里（就像塞萨尔·巴列霍的诗描写的那样），他的结论让我们二人哄然大笑。

卡洛斯·富恩特斯总结道："这样，你就实现了所有作家的梦：一生只写一本书，一本不断更新的书！"

我们笑了又笑。我们在咖啡馆里避雨，雨点打在咖啡馆的窗户上。

不过我并没有实现这个计划。卡洛斯·巴拉尔于1964年5月1日在萨尔茨堡交给我的那本独一无二的空白样书一直保持着空白的状态，也就是说，随时可供我在上面书写。我很喜欢其中的寓意：这本书仍有待书写，这项工作将无穷无尽，这个故事将永不枯竭。

然而，不久前，我终于知道自己要如何处理这本书，在上面写些什么。我要在这空白的书页上写下布痕瓦尔德犹太儿童杰尔兹·茨威格的故事，献给塞西莉亚·朗德曼。

塞西莉亚三岁时，我常将她抱在怀中，给她背诵诗歌。这是每天晚上让她安静下来，摆脱焦躁，不再拒绝睡眠的最好方式。

我给她朗诵龙萨、阿波利奈尔和阿拉贡的诗，也给她朗诵波德莱尔的《旅行》（她最喜欢的一首诗），随着时间的推移，她把这首诗背了下来，并与我一同朗诵。不过我总是在以"死亡，老船长……"这一句作开头的那一节前停下，避免她出于好奇提出问题。因为莫里斯·哈布瓦赫在布痕瓦尔德56号监区的床架上奄奄一息时，我在他耳边低吟的正是这一节。

我将小姑娘搂在怀中，她用专注而充满信任的目光望着我。对于哈布瓦赫来说，波德莱尔的诗更像是某种为垂死之人的祈祷；

当他听到这些诗句时，嘴角浮现出一抹浅笑。然而，此时在我怀中的是塞西莉亚，我在给她朗诵波德莱尔；记忆逐渐模糊不清，发生了变化。恶臭、不公和对死亡的恐惧渐渐消失，剩下的只有同情，一种强烈的、震撼人心的友爱。

我为小姑娘朗诵的诗句，是对踏上人生之旅的一种鼓励；哈布瓦赫的表情似乎逐渐放松下来；在我的记忆中，在那个星期日，一种极大的安宁似乎点亮了他的目光。此刻，我怀中抱着塞西莉亚·朗德曼，这个有着四分之一犹太人血统的爱笑的小姑娘，她的身体里流淌着切尔诺夫策的血液，这座城市也是保罗·策兰的家乡。残酷的记忆似乎就此平息下来。

我要在《远行》的空白书页上为她书写杰尔兹·茨威格的故事，他是我们曾经救下来的一个孩子。多年后，在另一段人生里，在真正的人生里，我在维也纳又一次见到了他。

10

回到魏玛

"不，他不是这样写的！"

男人的口吻十分坚定，甚至不容置疑，但声音并不刺耳：那是一个几乎有些低沉的声音。仿佛他以这种否定形式宣告的真相根本不需要抬高的声音和斩钉截铁的语气来凸显它的无可辩驳。

我们朝他转过身去。

这个人大概四十来岁，红棕色的胡子，目光专注而谨慎，甚至还有些腼腆。直到刚才，他一直表现得沉默寡言。

在我们交错的吃惊目光注视下，他进一步说道："他写的不是'学生'，是另一个词！"

"学生"这个词，男人说的是德语的 *Student*，而不是法语的 *étudiant*，因为他说的是德语，这段对话也是用德语进行的。很正常，毕竟我们在德国。

男人朝着上衣的一个内兜伸过手去，或许是为了掏出佐证，至少看上去是这么回事。

我们呆呆地望着他。

那是 1992 年 3 月的一个星期日，我们在布痕瓦尔德的点名操场上：与我在集中营度过的最后一日相隔四十七年。

几周前，一位名叫彼得·梅泽布尔格的德国记者给我打了一个电话。他要拍摄一个关于魏玛这座文化之城和集中营之城的电视节目。他希望我能作为主要证人之一，完成这场对历史的探索——当然，是对这座小城集中营历史的探索。他提出在布痕瓦尔德旧址上录制对我的采访。

我想都没想，一口回绝。

我从没回过魏玛，也从来没有回去的欲望。每当回去的机会呈现在我面前，我总是持拒绝的态度。

然而，当天夜里，我再一次梦见了布痕瓦尔德。一个声音半夜将我唤醒。确切地说，是我的睡梦中忽然爆发出一个人的声音。我还没醒，我知道我只是在睡觉，在做着一个寻常的梦；一个阴郁而愤怒的男声将像往常一样响起："焚尸炉，熄火！"然而事实并非如此。我即将走出深眠，进入令我痛苦不堪的梦，瑟瑟发抖地等待着那个声音，可它完全没有响起。正相反，我听到的是一个女人的声音。一个优雅的女声，略带沙哑的金褐色女声：是札瑞·朗德尔的声音，演唱着一首爱情歌曲。札瑞·朗德尔有着洪亮优美的嗓音，可她只唱过爱情歌曲，至少每周日在布痕瓦尔德的扩音喇叭里是如此。

> 于是我想象爱情的样子，
>
> 不再孤独……

我在梦中听到了札瑞·朗德尔的歌声，而不是往常那个循环往复的声音，也就是党卫军突击队中队长命令熄灭焚尸炉的声音。我听她唱着情歌，就像在布痕瓦尔德度过的那些周日一样。

我们彼此相爱，时光也变得美好……

我醒了过来。我明白了在这场透明的梦中，自己给自己传达的信息。我第一时间给柏林的彼得·梅泽布尔格打了电话，告诉他我同意拍摄，我很愿意回到魏玛去，进行他想开展的对谈。

总而言之，经过一系列的辗转迂回——一个既不是我构思也不是我发起的德国电视节目，还有一场解读起来过于轻松的梦——我最终强迫自己写完这本长久以来被我反复放弃的书：《写作或死亡》①。

这本书诞生于我记忆中的一次错觉。那是在 1987 年 4 月 11 日，布痕瓦尔德集中营解放纪念日，也是普里莫·莱维去世的日子，是死亡追上他的日子。一年后，当菲利普·冈萨雷斯邀请我加入他的政府时，我愉快地放弃了这本书的创作。退出政府工作后不久，我再一次放弃了这本书，转而去创作一本关于我在西班牙文化部工作经历的著作。这本书在我的计划之外，我甚至根本没料到自己会写它：直到多年后，我才决定在这个题材上动笔。

---

① 此处原文 *L'ecriture ou la mort*（《写作或死亡》）。

然而，札瑞·朗德尔的歌声将我唤回现实，不断将我引向布痕瓦尔德。这个声音很聪明，尽管它来自死后的世界。想要迫使我完成这个长久以来被我压在心底的故事，唯一的办法，就是将我引向布痕瓦尔德。

启程前往柏林的那一天，在鲁瓦西机场，我见到了丹尼尔·科恩－本迪特。我心想，这次见面是一个好兆头。丹尼尔出生于1945年4月，也就是我从死亡中归来的那段时间。我的人生重启之时，是他人生的开启之日：那些让我年复一年远离死亡的日子，正是他生命的每一日。另外，丹尼尔·科恩－本迪特出生在蒙托邦。在贝当执政的黑暗年代①，多亏了该市的左翼市长，很多外国人前往那里避难。曼努埃尔·阿萨尼亚也在蒙托邦去世，他是西班牙共和国最后一位总统，也是二十世纪最伟大的西班牙作家之一：很明显，这样的死亡，这样的人生，在我们之间建立起了一条又一条纽带。

所以，我与科恩－本迪特的相遇，是一个好兆头。

我与托马·朗德曼和马蒂厄·朗德曼一同前往魏玛，他们是通过真情实感的纽带与我联结在一起的两个孙子：这种联结不比其他血亲关系淡薄。这话我应该已经说过了。我是不是也解释过我为什么选择他们与我同行？

和他们在一起时，我可以谈起当年的经历，对那场死亡的真实体验，却不会产生不体面或者失败的感觉。这种说法用法语表

---

① 1940—1944年，亨利·菲利普·贝当出任法国维希政府元首，默许法西斯统治，镇压法国的爱国力量。1945年贝当被捕，被判处终身监禁。

达出来多少有些刺耳：我"经历了（vécu）"死亡，听上去有些怪。用德语表达就明晰得多：*das Erlebnis dieses Todes*（与路德维希·维特根斯坦对死亡的看法无关）；在西班牙语中也是如此：*la vivencia de aquella antigua muerte*。唯独法语中没有用来指代"生之体验"的主动名词，总有一天我们要好好找找原因。

是因为托马和马蒂厄教养好吗？我指的不是那种关于行为举止的良好教育，希望各位能够理解。我指的是胸怀的培养。宽阔的胸怀，是父母的榜样作用、温和的态度和长期耐着性子培养出的结果。也就是说，他们的教养之好，体现在他们懂得倾听和面对不安，懂得迎难而上，而不是逆来顺受。是因为他们（碰巧）有四分之一的切尔诺夫策犹太人血统吗？四分之一的犹太人血统足以让他们对整个世界、对二十世纪后半叶世界的苦难和伟大保持好奇心。还是仅仅因为他们的年龄和他们与我的关系（充满了需求和要求，但没有半点义务和责任的约束）让他们敢于提出儿子永远不敢提出（当然也不想提出）的问题？事实上，托马·朗德曼和马蒂厄·朗德曼年纪相差十来岁，但是当他们各自到了喜欢提问的青春期，都需要知道该如何面对我，如何面对我在集中营的经历。

于是，1992年3月，1992年3月的这个星期六，他们选择与我同行。

到了柏林机场，一辆车已经等在那里，准备送我们去魏玛，我们要在那里与彼得·梅泽布尔格和他的妻子萨宾娜以及他们的拍摄团队碰面。

很快，糟糕的路况和四处可见的翻修工地让我们意识到，我们已经深入了前德意志民主共和国的领土。

我一路看着风景，还有高速路匝道出口的路牌上标出的一个个村庄和城市名称。不知什么时候，一种不适感或者不安感渐渐浮现出来。不知道为什么，每看到路牌上出现一个新的城市名称，这种不适感都会加重一分。忽然间，我明白了：这里的每一座城市都曾设有一个附属于布痕瓦尔德中央管理处的外部指挥部或者二级集中营。我曾在中央文库（劳动统计办公室）工作，负责登记来自这些外部集中营的信息。四十七年后，我记起了这些城市的名字。它们要么散落在平原上，要么在苍翠的树林掩映之下；它们的名字曾经就是布痕瓦尔德外部集中营的名字。

我们离魏玛越来越近，逐渐进入了往昔的死亡之境。

"他写的不是'学生'，是另一个词……①"

男人乍看上去四十岁上下，红棕色的胡子，目光专注而忧伤。他打破了我们自布痕瓦尔德参观之旅开始后已经习惯的沉默，用一种低沉但果决的声音说道："他写的不是'学生'，是另一个词！"

这天是三月的一个周日。一个清爽而阳光明媚的美好周日。在布痕瓦尔德度过的又一个周日。像往昔的那些周日一样，风拂过艾特斯伯格山。永恒的风，拂过永恒的艾特斯伯格山。

---

① 原文为德语。

前一天，汽车把托马、马蒂厄和我送到了魏玛集市广场，停在大象酒店门口。彼得·梅泽布尔格就在那里等着我们。

我在人行道上下了车，走了几步，活动双腿，又四下望了望。广场上是一片乡下的宁静，四周的建筑立面精致漂亮。这番景象十分美好，看上去也怪熟悉的：跟我曾经见过的中欧老城形形色色的集市广场都差不多。

我继续欣赏着城市的风景，关注着每一个细节，感觉颇为熟悉，似曾相识；接着，我的心跳开始疯狂加速，产生了隐隐的不适和一丝不安。

似曾相识，可不！

在之前的一段人生里，在1945年4月的那一天，我曾与罗森菲尔德中尉一同来过这里。我忘记了与罗森菲尔德在魏玛度过的偷闲时光，忘得如此干净彻底，以至于在这本书的第一版里，我一个字都没提起。我必须在这本关于往昔岁月的书里重新介绍一下罗森菲尔德中尉。从某种意义上说，我要重新创造罗森菲尔德：我的记忆模糊而颓废，我要让他从这段记忆混乱的虚无中重生。

我以全新的视角观察了一下魏玛的集市广场，这才明白那种熟悉感和古怪及不安的感觉从何而来。近半个世纪后，广场比起我二十岁时眼中的样子变得更加清爽，焕然一新。1945年，广场的一部分还满是灰尘和瓦砾，整个北侧在轰炸下被破坏殆尽。

我将罗森菲尔德中尉的幽灵召唤至身边。我要试着与他——与我二十岁的记忆——共同度过接下来的几天，因为我已经意识到此次回到魏玛有着怎样的深意：通过这次回归，我要短暂地寻回自己二十岁时的能力、精力和活下去的意愿；或许在找回自我的同时，还能找到完成这本书的能力、精力和意愿。这本书一直在不断回避我，躲避我；更确切地说，是我在不停地逃避着它，一有机会就躲开它。

在托马·朗德曼、马蒂厄·朗德曼以及美军中尉罗森菲尔德这位年轻的德国犹太幽灵的陪伴下，我跨进了大象酒店的大门。

在房间里安顿好之后，与两个孙子会合去吃午餐前，我把随身带来的三本书放在了桌子上。

第一本是托马斯·曼的小说《绿蒂在魏玛》，新法兰西杂志出版社的白色丛书版本，译者是路易斯·塞尔维桑。托马斯·曼的这部小说1945年年初在巴黎出版，是我从布痕瓦尔德回来之后购买的第一本书。5月的某一天，我走进了圣米歇尔大街的一间书店，想看看那时的文学景观是否真的像法国军官马克描述的那样，他是否忘记或者遗漏了什么新晋作家。与我一同前往的是洛朗斯，这也就说明，我进入圣米歇尔大街书店的那个"5月的某一天"一定是在8号之后，因为我是在8号那一天认识了洛朗斯。

不得不承认，那段时间，在书店里陪我的是洛朗斯，在卧室里陪我的是奥迪勒。这并不是我刻意选择的结果，而是事实如此。我不确定是否更愿意反过来，只是遗憾自己没有机会从书店直接去卧室，或者从卧室直接去书店：众所周知，生活就是不完美的。生活可以是一条通往完美的路，但它本身远远称不上完美。

在5月的某一天（8号之后），我与洛朗斯一同进入了一家书店，我购买了托马斯·曼的《绿蒂在魏玛》，一小部分是因为托马斯·曼本人，大部分是因为魏玛。我知道书中的绿蒂就是歌德的夏绿蒂，也是约翰·沃尔夫冈·冯·歌德笔下维特的绿蒂①，而歌德则是我在布痕瓦尔德那段人生中的一个人物：既有他与爱克曼在艾特斯伯格山上一同漫步的原因，也有莱昂·布鲁姆的原因。

然而，我在购买这本小说时不知道的是，书中来自汉诺威的夏绿蒂·布夫·凯斯特纳，也就是维特的绿蒂，在魏玛下榻的酒店正是大象酒店。我当时不知道这一细节，但它日后深深地镌刻在我的记忆中。

于是，当我从梅泽布尔格手中接过布痕瓦尔德访谈节目的录制计划，并得知我们将入住大象酒店时，我立刻就去书房寻找托马斯·曼的那本小说。由于我的图书分类不甚合理，这本书并没有在它该在的位置，但我还是找到了。它旁边的几本书与托马斯·曼或者歌德都毫无关系，但是与布痕瓦尔德有着某种关联。似乎一种模糊的预感指引我当年把这本小说归入了布痕瓦尔德的背景之下，多年后，这种预感得到了证实。

我最终找到了《绿蒂在魏玛》，在它旁边摆着一本塞尔日·米勒的书，他是我在小集中营62号监区的朋友，这本书名叫《轧钢机》（顺便说一句，这本书由弗朗索瓦·密特朗作序，因为塞尔日曾经是"全国战俘及被放逐者运动"的成员）；还有一本是尤金·科

---

① 托马斯·曼笔下的"绿蒂"原型就是歌德曾热恋过的少女夏绿蒂；歌德后来创作的小说《少年维特之烦恼》中，主人公维特深爱的姑娘绿蒂的原型也是夏绿蒂。"绿蒂（Lotte）"为夏绿蒂（Charlotte）的昵称。

根的《有组织的地狱》，无疑是关于布痕瓦尔德生存、工作和死亡情况最客观也最详尽的报告（虽然是在集中营解放后立刻完成的作品）。

托马斯·曼的这本书，在如此奇怪却又暗含深意的分类中被我找到，但它并不是我在1945年5月（8号之后）购买的那一本，而是1948年10月发行的第十四版。这也证明，我多年来一直坚持将这本书带在身边；原版应该是在我频繁更换住所期间（如果我在那段日子里短暂拥有过的落脚点算得上住所的话）遗失了，但我又买了一本，也就是我在1992年3月前往魏玛时携带的那一本。

不消说，自从1816年夏绿蒂·布夫·凯斯特纳在魏玛下榻大象酒店（按照托马斯·曼的描述）以来，酒店已经发生了翻天覆地的变化。特别是在1938年，酒店内饰按照当年的审美进行了修整。这种审美绝对算不上健康，而是一种希特勒式审美，也就是一种被浮夸引入歧途的德式整洁，整洁得过分。

1945年，为了庆祝圣乔治日，罗森菲尔德中尉和我闲逛魏玛时，他并没有带我参观大象酒店，不过我可以想象得出，如果我们参观酒店，他会对我说些什么。他会给我讲述酒店自1696年建成以来的历史，曾在那里相遇的人以及他们的生平和作品，从歌德与席勒，巴赫与瓦格纳，到托尔斯泰与格罗皮乌斯。当然，还有阿道夫·希特勒，以及在黑暗年代前来参加斯塔菲尔宣传机构[1]会议的法国作家们——他们就在距布痕瓦尔德焚尸炉几公里外的地方，

---

① 德军占领法国期间负责宣传以及监管法国媒体和出版活动的德国机构。

讨论着新欧洲的问题。

罗森菲尔德中尉没能利用他渊博的学识为我妙趣横生地讲述大象酒店的历史，然而我敢肯定，他会对我旅行书目的选择表示赞同。《绿蒂在魏玛》自不必说，另外两本也会得到他的首肯。

第二本书包含马丁·海德格尔和卡尔·雅斯贝尔斯[①]在1920—1963年的通信，由克洛斯特曼与皮佩尔出版社出版。

我从1941年开始与克洛德－埃德蒙特·玛尼探讨《存在与时间》；同一时期，我也偶尔与亨利－伊雷内·马鲁（他经常在音乐专栏里使用"戴文森"[②]这一笔名）谈起海德格尔。马鲁是一个为人宽厚的伟大学者，博学多才，诲人不倦，但从不卖弄学问，因为他的学识中还掺杂着一丝讽刺和宽容，而这两者是所有伟大思想家的基本美德。他经常与我在一个位于圣日耳曼大街、名叫"太子妃"的糕点茶室见面，在食品定量配给的占领时期，这家茶室只售卖替代食品，但工艺依旧十分考究。我们会从那里出发，徒步远足，一直走到巴黎城边去（我就是从那时开始深入了解巴黎的城门、地下通道、旧城墙和植被覆盖稀少的近郊），他不知疲倦地一边用他那典型的山里人的步伐丈量着巴黎的空间，一边与我谈论着亚里士多德和圣奥古斯丁，有时也会谈起海德格尔。

不过，我是在结识罗森菲尔德中尉后，才开始思考海德格尔

---

① 卡尔·雅斯贝尔斯（Karl Theodor Jaspers，1883—1969），德国存在主义哲学家，主要探讨内在自我的现象学描述、自我分析及自我考察等问题。

② 亨利－伊雷内·马鲁（Henri-Irénée Marrou，1904—1977）的笔名。马鲁是法国历史学家、音乐学家，《精神》杂志撰稿人。

这位居住在托特瑙山上的哲学家与纳粹主义之间的关系的。这同样是一次漫无止境的思考。

我把海德格尔和雅斯贝尔斯的通信集带到了魏玛（在此期间上演着德国历史上悲剧和决定性的四十年），因为我感觉，带着重回布痕瓦尔德时那种清晰的情感，重读这些通信，是十分必要的。

我敢起誓，我为这次旅行选择的第三本书也会得到罗森菲尔德中尉的赞同。如果他还活着，并且身上还有当年我所认识的那个年轻人的影子，他总有一天会发现并爱上保罗·策兰的诗歌。

我带上的第三本书是策兰的一本有些特别的诗集：英德双语的诗选，译者是迈克尔·汉伯格。多年来，我一直耐心地解析保罗·策兰的德语原版诗歌（至少这位罗马尼亚诗人希望德语是诗歌原本的语言，甚至是初始的语言），并对比了几个我能看懂的译本，最终感觉英文版是最贴近原文的。

在我准备离开房间，与托马和马蒂厄会合之前，我随手翻开了策兰的这本书，正好停在了折过角的一页（这些折角的书页上是我最常看的几首诗），巧合再一次发生：正是印着《托特瑙山》的那一页。

策兰与海德格尔曾有过一次对话，地点就在海德格尔位于黑森林的隐居住所。据我所知，这首诗是那次对话仅存的痕迹。一个费解（策兰的诗歌之晦涩在这首诗中达到了顶峰，那是一种灿烂夺目的晦涩）却透明得令人不寒而栗的痕迹。各位应该记得，保罗·策兰曾经想要从马丁·海德格尔口中得到他对纳粹主义（确切地说是对希特勒集中营针对犹太人的灭绝行动）的明确态度；

然而，各位应该也记得，他没能得到海德格尔的回答，只得到了沉默。一些人试图掩埋关于这场沉默的记忆，或者用肤浅无谓的胡言乱语来填满这沉默：这是海德格尔面对德国罪过的彻底沉默。卡尔·雅斯贝尔斯在几封信中都提到了这种沉默，虽然言辞谦和，却带着一种破坏性的哲学严苛态度。

然而，留给我们的只有这震撼人心的痕迹，保罗·策兰的几行诗：

> 书中
> ——接受过谁的名字，
> 在我之前？——
> 在这本书中
> 写下的那行字，怀着
> 一份希望，今天，
> 盼望一个思想者
> 说一句
> 掷到
> 心坎里的话……①

在马丁·海德格尔的访客留言簿上（"接受过谁的名字，在我之前？"策兰在想，或者佯装在想），策兰写下了一行字，表达自

_____

① 保罗·策兰：《保罗·策兰诗选》，孟明译，华东师范大学出版社，2010 年 9 月。

己的愿望，关于那一天的期望：

　　　一份希望，今天……

　　期望海德格尔这位思想家说一句掷到心坎里的话。这句掷到心坎里的话，它关乎什么？关乎他们对话的主题，这对话或许刚刚结束，刚刚以内心的沉默收尾——当然，这也是思想的沉默，不过保罗·策兰质问的是哲学家海德格尔的内心。总之，这句掷到心坎里的话，它关乎这段对话背后的隐言，典型的海德格尔式隐言：关于德国罪过的隐言。在多年的通信中，马丁·海德格尔一直以惊人的固执和再明显不过的坚持，悄悄地用这种隐言来应对雅斯贝尔斯礼貌的尝试：尝试问出海德格尔对他关于德国罪过的论著《罪责问题》有何看法。住在托特瑙山上的思想家拒绝给出他的看法，无论他面对的是雅斯贝尔斯还是保罗·策兰。在雅斯贝尔斯的信函和策兰的诗歌《托特瑙山》中，我们看到的，只是他看法的负反射和空洞的痕迹。

　　我在大象酒店的房间里高声朗诵着保罗·策兰的诗句：

　　　一份希望，今天，
　　　盼望一个思想者
　　　说一句
　　　掷到
　　　心坎里的话……

一位切尔诺夫策的犹太诗人的诗句。我高声朗诵着策兰的诗，想到了德语的命运。德语是党卫军用来发号施令和叫嚣谩骂的语言（"死亡是来自德国的大师"，策兰如是写道），也是卡夫卡、胡塞尔、弗洛伊德、本雅明、卡内蒂和保罗·策兰本人的语言，更是无数犹太知识分子的语言，他们缔造了二十世纪三十年代德国文化的辉煌和财富。德语是颠覆性的语言，也就是全面认定批判理性的语言。

　　一份希望，今天……

　　那一天，写在马丁·海德格尔访客留言簿上的希望最终没有实现。思想家没有给出任何能够填补这沉默的、掷到心坎里的话。不久后，保罗·策兰跳进了塞纳河：没有任何掷到心坎里的话挽留住他。

　　第二天，星期日，在布痕瓦尔德的点名操场上。
　　我们都惊愕地朝着那位沉默寡言的大胡子转过身去，整个参观集中营的过程中，他一直陪在我们身边。
　　往昔的风，永恒的风，吹拂着永恒的艾特斯伯格山。
　　我们与彼得·梅泽布尔格及其妻子萨宾娜一同乘车抵达。摄制组就在那里等着我们。我们来到了通往布痕瓦尔德入口的雄鹰大街上，只是这里已不见希特勒的鹰饰勋章，也不再有高高的立柱，将"雄鹰"托向曾弥漫着焚尸炉烟雾的天空。剩下的只有这条大街，还有党卫军营地的几间临时营房。宏伟的大门还在，上方是控制塔。大胡子向导已经在入口等着我们，在他的引导下，我们跨过了栅栏门。我用手轻抚着这座铸铁门上刻着的铭文：JEDEM DAS SEINE——"善恶有报"。

不能说我被感动了，因为"感动"这个词力度远远不够。我知道，我回到了家里。站在这地狱之门面前，我该抛开的不是希望；正相反，我抛开的是我的衰老，我的失落，是人生的挫败和悔过。我又回到了家里——我的意思是，我又回到了二十岁的那个世界，见到它的愤怒，它的激情，它的好奇，它的欢笑。尤其是它的希望。我抛开了整整一段人生里在灵魂中日积月累的致命绝望，以重新找回二十岁时被死亡包围的希望。

我们跨过栅栏门，艾特斯伯格山上的风拍打着我的脸庞。我什么也说不出，只想像疯子一样奔跑，穿过点名操场，一路跑到小集中营去，跑到莫里斯·哈布瓦赫去世的56号监区遗址，跑到医务室去——我在那里合上了迭戈·莫拉莱斯的双眼。

我什么也说不出，一动不动地站着，被眼前这片惊人的美景深深吸引。我把手放在身旁的托马·朗德曼肩上。我曾把《多么美好的周日！》题献给了他，他便可以在我死后忆起我关于布痕瓦尔德的回忆。这样对他来说更容易一些；同时也更难，因为抽象的空间更小了。

我把手放在托马肩上，如同把证人的身份交接给了他。总有一天（这一天相对来说并不算远），这世上将不再有布痕瓦尔德的幸存者，也不再有关于布痕瓦尔德的直接记忆：不再有人能用来自真实记忆的语言——而非通过理论重建——来诉说；这些语言，便是饥饿、困倦、不安以及根本恶的存在——因为它就盘踞在我们每个人心中，作为自由的代价。不再有人的心中和脑海里飘荡着焚尸炉里焦尸那挥之不去的气味。

我曾让《白山》中替我死去的小说人物胡安·拉雷亚说出了这样一番话："我曾想过，我最私人的记忆，最不愿与他人分享的记忆……这段记忆让我成为如今的自己，让我与众不同，甚至将我与人类割裂，只把我与几百个特例归为一类……这段记忆在我的回忆中燃起恐惧、卑鄙和傲慢的烈火……这段记忆根深蒂固，常令我感到眩晕：它便是对一种气味的记忆，是焚尸炉那陈腐而令人作呕的气味，是艾特斯伯格山上焦尸的气味……"

不久的将来，对这种气味有着真实记忆的人将不复存在：它将变成一个句子，一个文学典故，一种气味的概念——没有气味的气味。

1992 年 3 月的一个星期日，我一边向布痕瓦尔德点名操场的中央走去，一边思考着这一切。我想起了胡安·拉雷亚，他占据了死神本来一直留给我的位置。我将手放在托马·朗德曼的肩上。

我的手，它轻如我对他的慈爱，重如我向他传递的记忆。

近半个世纪前的一个八月的早上，就在广岛被炸毁的前一天，我离开了克洛德－艾德蒙特·玛尼位于舍尔歇路的工作室，朝着蒙巴纳斯墓园的一个小门走去。我要在塞萨尔·巴列霍的墓前静心片刻。

再往前推三个月，在布痕瓦尔德的一间医务室里，迭戈·莫拉莱斯在我怀中死去时，我几乎没有时间来回忆巴列霍的诗句。

……不要死啊，我这么爱你！
但你死去的身体，唉，仍然死去……

这位秘鲁诗人在蒙巴纳斯的墓中长眠。人们不时在墓前进献花束（我不在巴黎时，玛尼就曾这样做过），也可以前去拜访，静心片刻——各种意义上的静心，包括它最极致的形式：一种沉思，它将自我四散的碎片集结起来，并超越它们。

然而，迭戈·莫拉莱斯，这位西班牙共产党人，巴列霍最后几首诗歌中描述的那些人的兄弟，却无处长眠。他没有像数千位勇士一样，随着艾特斯伯格山树林上方飘荡的烟雾而去，天空没有成为他的裹尸布，因为焚尸炉已停止工作。莫拉莱斯被埋进了公共墓坑里，这些美国人挖掘的墓坑用于安放小集中营臭气熏天的数百具尸体。莫拉莱斯无处长眠，身处无人之地（ no man's land）。法语中没有用来描述"无人之地"的词语。德语是 Niemandsland，西班牙语是 Tierra de nadie。

我要在塞萨尔·巴列霍的墓前静心片刻。

送我离开前，克洛德－埃德蒙特·玛尼最后一次翻了翻《论写作的力量的信》的打字稿，找到了她一直在找的一句话：

"我甚至想说：一个人如果没有纯洁的心灵，没有充分抛弃自我，是无法写作的……"

她静静地看着我。

诚然，要说的话很多很多。一个作家想要达到写作本身要求的心灵纯洁状态，难道不是只能通过写作这一条路吗？一个作家，即便背负着与他共生并存的无礼、邪恶的幸福和夺目的不幸，他唯一可能经受的苦行，不还是需要在写作中找寻吗？

要说的话很多很多，然而那一天，我已精疲力竭。无论如何，不能脱离《论写作的力量的信》的大背景来看待这句话。它在这一背景下的含义十分明确：尽管写作自认为不是一种简单的游戏或者赌注，但它注定是一场漫无止境的苦行，一种抛弃自我的方式——控制自我：也就是发现自己与生俱来的他者身份，并将它公之于众，从而成为自我。

多年后，一个三月的星期日，在布痕瓦尔德的点名操场上，我想起了克洛德－埃德蒙特·玛尼的话。

我停下脚步，被眼前这片惊人的美景深深吸引。

然而，我之前不知道他们如何处理集中营本身，如何处理千篇一律的成排木板屋和水泥营房。所以，面前的景色完全出乎我的意料。

四周的铁丝网以及沿铁丝网均匀设立的哨所被保留下来。大门上方的控制塔还在，与我记忆中的样子无异。焚尸炉、淋浴房和服装仓库也还是老样子，其他的一切都被夷为平地，不过，每个木板屋和每个水泥营房原先的位置和地基上，都像在考古遗址中一样，铺着一个灰色碎石拼成的长方形，四周围着一圈石头，长方形的一角标注着消失的建筑曾经的编号。

最终结果的冲击力是惊人且难以置信的。如此形成的空旷场地，四周围着一圈铁丝网，焚尸炉的烟囱突出而显眼；艾特斯伯格山吹来的风扫过，这片场地成为一个震撼人心的记忆之地。

我站在那里，一动不动。马蒂厄拍着照片，托马十分理解我想要独自清静的心情，微微站开了一些。

我是否拥有了纯洁的心灵？我真的已经充分抛弃自我了吗？至少在那一刻，我感觉自己做到了。在某种幸福的眩晕感中，我的整个人生在我面前变得透明起来。在这里，我曾经度过了自己的二十岁；在这里，我回到了那个还谈不上人生的年代；我的人生就此圆满。

就在这时，我听到了鸟儿的低语。最终，它们还是回到了艾特斯伯格山上。它们的叽叽喳喳像浪涛一样在我四周此起彼伏。生命又回归了艾特斯伯格山。我把这个消息献给罗森菲尔德中尉，无论他在这大千世界中身处何处。

我们都惊愕地朝着那位四十岁上下、沉默寡言的大胡子转过身去，参观集中营的整个过程中，他一直陪在我们身边。

每当我捕捉到他的目光时，都能从中察觉到一丝带有些许赞赏意味的惊奇。他的惊奇应该是源于我记忆的精确性。他不时点头，对我的解说表示默许。

前一任政府将布痕瓦尔德集中营变成了一个政治景点，他当时便已经在这里工作了。集中营里建起了一座博物馆，就在原服装仓库（资产室）的一层。

这位表情略显忧伤的大胡子可能曾经是一位共产党员，我们参观集中营的过程中，他一直耐心听我讲着。我尽可能地做到表述客观，避免使用形容词和副词，不带任何个人情绪。

参观完毕后，我们回到了点名操场上，我向梅泽布尔格夫妇、托马和马蒂厄讲述了我1944年1月抵达集中营当晚的情形。

目光悲伤的大胡子听得十分认真。

近半个世纪前，我曾给罗森菲尔德中尉讲述过那段插曲。疲惫，口渴，淋浴，消毒，在淋浴楼和资产室之间的地下通道里赤身裸体地奔跑，还有那条长长的柜台，后面的人把不合身的衣服扔给我们。最后，我还给他讲了那个德国犯人，他不愿把我的身份登记为学生，无论如何也要给我换一个职业。

罗森菲尔德中尉曾经认为这是一个好开头。我问他，什么的开头？他回答说，这段经历的开头，而且我还可以把这段经历写下来，就以此作为开头。

近一个世纪后，我在大胡子中年男人专注的目光中讲完了这个故事。

"最后，或许是我的坚持惹恼了他，他示意我离开，给下一个人让出位置来……并以一种在我看来十分暴躁的姿态在我的卡片上写下了'学生'……"

就在这时，中年男人开了口，语调均匀，平静，却十分坚定。

"不，"他说道，"他不是这样写的！"

我们惊愕地朝他转过身去。

"他写的不是'学生'，是另一个词！"

他朝着上衣的一个内兜伸过手去，从里面掏出一张纸来。

"我看过您的书，"他说道，"您在《多么美好的周日！》里面提到过这段插曲。我知道您今天要来，所以特意在布痕瓦尔德的档案里找出了您的报到卡。"

他浅笑了一下。

"您也知道，德国人喜欢一切井井有条。我最终找到了您的卡片，上面是您抵达布痕瓦尔德当晚记录的内容……"

他把那张纸递给了我。

"这是复印件。您可以自己看看，那位德国同志写的不是'学生'！"

我接过那张纸，双手止不住地颤抖。

不，那位不知名的德国同志写的确实不是"学生（Student）"。或许是出于谐音的缘故，他写的是"拉毛粉饰工（Stukkateur）"。

我看着这张卡片，双手止不住地颤抖。

44904

豪尔赫·森普伦　　　　　　　　政治犯

1923 年 12 月 10 日，马德里　　西班牙籍

拉毛粉饰工

1944 年 1 月 29 日

在我抵达布痕瓦尔德的那一夜，我的个人卡片就是这个样子的。

提前印好的 44904 是分配给我的编号。我的意思是，这是分

配给犯人的编号，无论是谁，只要在那一刻来到负责填写卡片的人面前，这就是他的编号。

碰巧是我。或者说，幸好是我。

我很可能因为身份被写成了"拉毛粉饰工"而躲过了被送到多拉的命运，当时很多人是这样的下场。多拉是一家地下工厂的在建工地，工厂将用于生产V1和V2火箭。这处工地如同地狱一般，在烟尘飞舞的隧道里做着令人筋疲力尽的工作，还要承受党卫军突击队中队长们的棍棒；在中队长和犯人之间，还隔着一批普通法罪犯，连他们也要在这愚蠢和粗暴中插上一脚，以巩固他们的权威。避开多拉，就等于避开了死亡，至少是避开了更多死亡的风险。

当然，我是后来才知道这一点的。我还得知了1944年1月至2月间向多拉大规模输送犯人的制度是如何运作的。在那两个月里，布痕瓦尔德每新到一批犯人，就要对关在小集中营里的犯人里进行一次初筛。那些拥有职业技能或者职业经历，在布痕瓦尔德生产体系中有用武之地的人，会被这次盲筛排除在外。

那位努力让我意识到这一现实的陌生共产党员说得对：想在布痕瓦尔德生存下去，最好成为技术工人（*Facharbeiter*）。

拉毛粉饰就属于技术工种。拉毛粉饰工最早出现在几个世纪前的文艺复兴时期，他们几乎都出身于意大利。这些人将自己的技术和这些技术的名字带出了国门；法国国王们位于枫丹白露和卢瓦尔河畔的城堡，其装饰都出自他们之手。

也就是说，事情很可能是这样的：在1944年2月的这一天（天寒地冻；白雪盖住了集中营，日后也将盖住我的记忆；劳役繁重而残酷），在起草往多拉输送的犯人名单时，某个人的名字出现在了本该是我名字的位置上，把我换了出去，因为我是拉毛粉饰工。虽然无法粉刷法国国王们的城堡，但我至少能粉刷骷髅师长官们的豪华别墅。

半个世纪后，我手中拿着我的卡片，浑身颤抖。梅泽布尔格夫妇、托马和马蒂厄，他们都向我围拢过来。故事出人意料的结局令他们感到错愕，他们看着 *Stukkateur* 这个荒唐而神奇的词语，这个可能挽救了我生命的词语。我想起了那位德国共产党人超脱死亡的目光，他试着向我解释为什么在布痕瓦尔德当个技术工人会更好。大家传阅着我的卡片，不住地惊叹。

我寻找着那位忧郁的大胡子中年人的目光。他的眼中闪烁着一种新的光芒。一种雄浑的自豪点亮了他的目光。

在与菲利普·罗斯的一次对谈中，普里莫·莱维曾提到："我经常思考幸存的问题，也曾有很多人问过我这个问题。我要强调的是，并没有什么普适的规则，唯一的规则就是要健健康康地抵达集中营，还要懂德语。除此之外，就全靠运气了。在幸存者中，我见过精明的，也见过愚蠢的；见过勇敢的，也见过胆小的；见过'爱动脑子的'，也见过疯狂的。"

到达布痕瓦尔德时，我很健康，也懂德语。我甚至是唯一一个懂得主宰者语言的西班牙犯人，因此也是唯一一个得以被分配到指挥部行政岗位的西班牙犯人。

除了普里莫·莱维在与罗斯的那场精彩对谈中提到的几个客观因素，我还要加上一个主观因素:好奇心，它能帮助你坚持下去。帮助的方式虽然无法评估，却有着决定性的意义。

　　普里莫·莱维继续说道:"我记得自己是在一种格外活跃的状态下在奥斯维辛度过了这一年。我不知道这到底是源于我所受到的职业教育，还是出于一股意想不到的抵抗情绪，抑或是出于一种深层的本能。我从未停止观察世界和我周围的人，以至于当时的世界和人至今依旧能够十分清晰地出现在我的脑海中。我有着强烈的求知欲，总是充满好奇，后来有人认为，我的这种好奇心中有着玩世不恭的意味。"

　　身体健康，对世界保持好奇，懂德语:剩下的就交给运气了。

　　终此一生（幸存后的人生），无论在谈起那段经历的时候还是在其他什么场合，我都在思考这件事。所以我才无法产生负罪感。因为自己活着而感到有罪? 我从没有过这种感觉（或者说怨恨? ），但是我完全可以想象它，承认它的存在，进而讨论它。

　　然而，1992年3月的这个星期日，在布痕瓦尔德的点名操场上，这张在我初次抵达布痕瓦尔德那天填写的卡片，还有 *Stukkateur* 这个奇怪的词语，迫使我开启新一轮的思考。

　　确实，运气把我放在了那位目光冰冷的德国共产党人面前，他是从布痕瓦尔德最恐怖的时期幸存下来的。换作是其他德国共产党人，很可能被我的咬文嚼字激怒，把我登记成学生，还懒得向我解释集中营的情况;除了愤怒，他们甚至根本不在乎把一个年轻的布尔乔亚送到多拉去。我认识不少甚至太多德国共产党，他们都会作出同样的反应。"让这个废物自己想办法去吧！让这个毛头小子学学怎么活下去吧！反正他们永远也不会知道这里曾经的真实情况：如今的集中营简直算得上是疗养院了！"

后来，在很多相同或者相似的情境下，从德国老犯人嘴里说出的这种话，我不知又听过多少回。

这不重要。那位不知名的德国共产党人还是做了一个共产党人该做的事。我的意思是，他的行为符合共产主义理念，即便是在如此血腥、压抑和毁灭心灵的历史背景之下。他的行为以团结和国际主义理念为导向，以高贵的人性为导向。他对我一无所知；我像这几年艰苦岁月里无数的陌生人一样，只是短暂地在他的人生中逗留了几秒。他也许很快就忘记了自己的所为，还有他利用谐音写下的那个词。或许他很快连我都忘了个一干二净。

这不重要。因为这位挽救了我生命的陌生德国人，是一位共产党人。

我知道（或者说我是根据自身经历猜到或者猜测，毕竟真实的资料和证据暂时还比较有限），我也能够轻易猜到布痕瓦尔德的德国共产党组织历史有多复杂，这段历史是多么壮烈，血腥而慷慨，致命而高尚。

想象一下吧，哪怕只是片刻。

那个遥远的一月的晚上，运气把我推到了这个不知名的共产党人面前，他的目光超脱了一切痛苦，一切死亡，一切同情。或许，同样是运气让他成为一名共产党人。而我的运气好就好在他成了共产党人，他在那一刻能够关注他者：也就是我。关注我脸上和言语中的什么东西，关注人性。正是这种人性使他在集中营外的人生中成了一名活动积极分子，这人性始终像一簇微弱的火苗在他的心中燃烧着，什么也无法将它熄灭。恐惧，谎言，死亡，都做不到。

那是一种友爱，对抗着根本恶的耀武扬威。

所以他写下了"拉毛粉饰工"，这个重新为我打开生之门的密码。

周日晚上，在大象酒店的房间里，我的梦中再一次下起了雪。

本次访谈要等明天，也就是星期一，才会在布痕瓦尔德（我们今天上午踩好点的几个地方）开始录制，所以我今天下午与托马·朗德曼和马蒂厄·朗德曼一同在魏玛小城闲逛。

罗森菲尔德中尉的幽灵与我们同行。有那么一刻，我忽然开始猜想罗森菲尔德是否了解让·吉罗杜的作品。1945 年 4 月的那几天，我们是否曾讨论过吉罗杜呢？我不记得了。这也不是不可能。罗森菲尔德十分了解法国文学，我们还曾经探讨过德国占领时期法国作家们的态度。让·吉罗杜没有来魏玛参加斯塔菲尔宣传机构的研讨会。我之所以想起了吉罗杜，是因为他完全有能力为这天下午陪在我们身边的罗森菲尔德中尉的幽灵书写一段精彩的独白。

托马、马蒂厄和我参观了位于伊尔姆河对岸的歌德花园小屋，还有歌德在魏玛城中妇女广场旁边的房子。我们绕着小城走了一圈，不时停下来欣赏主要的纪念性建筑和故居，喝上一杯啤酒或咖啡，或者在屈指可数的几家小店里讨价还价，只有这几家店里有一些像样的东西能作为纪念品拿出来售卖。

晚上，彼得夫妇邀请我们在一家当地特色餐馆里吃饭。气氛友好、轻松而热烈，只是拉毛粉饰工一词不可避免地短暂出现在了对话中：我的德国朋友们显然对那段故事印象颇为深刻。

而我的梦中再一次下起了雪。

那不是曾经的雪，或曰往昔的雪。这场雪今天降落在了我最后一次看到的布痕瓦尔德。在我的梦中，布痕瓦尔德集中营下起了雪，它就是今天上午我看到的样子。

刚刚听到回归艾特斯伯格山的鸟儿多彩的争鸣时，一件事情立刻就吸引了我的注意，那就是山脚处用于隔离的小集中营不见了。那里的营房像围场内其他地方一样被夷为平地，这一点我倒是不意外。然而空旷的场地并没有保留下来：小集中营的所在地长出了一片树林。

树林盖住了56号监区，我曾在那里亲眼看见哈布瓦赫和马伯乐与世长辞；树林盖住了62号监区，我于1944年1月29日抵达那里，并开始学着破解布痕瓦尔德的种种谜团，发现友爱的秘密，直面根本恶那刺眼的恐怖。树林盖住了公共厕所，那里曾是地狱最外圈流动着各种自由的所在。

直到后来，我才了解到这一幕背后的原因。

再往前走一些，在一片林间空地上，几位死者的家人立下了十字架，上面写着死者的名字。数千名在公共墓坑中死无所归的亡魂，共享着这几十个十字架。

四散的十字架构成一幅震撼人心的画面，马蒂厄·朗德曼给这片林中空地拍了几张照片，我现在还会不时拿出来看。我时常感慨，重新统一起来的民主的德国（这也是海德格尔和雅斯贝尔斯在他们的通信中无法达成一致的问题之一，因为海德格尔固执地拒绝思考德国罪过的问题），从二十世纪的双重悲剧中走出来的新德国，根植于欧洲，未来还可能成为欧洲的根基，应该将魏玛－布痕瓦尔德这片区域变成一个记忆之地，一个民主理性的国际文化基地。

魏玛－布痕瓦尔德这片区域因而可以成为这种理念象征性的记忆和未来之地。

然而，我的梦中下起了雪。

它盖住了那片新长出的树林，树林下是小集中营的所在地，是数千具无名的尸体，这些死者没有像他们曾经的兄弟那样化作烟灰而去，而是在图林根的土地中腐烂分解。

我与托马和马蒂厄在厚厚的雪中跋涉，在树间行走。我给他们讲述 56 号监区的位置，讲述莫里斯·哈布瓦赫，讲述公共厕所的原址，讲述我与塞尔日·米勒和伊夫·达里埃的诵诗会。

忽然，他们再也无法跟上我的步伐，落在后面，在厚厚的雪中不知所措；忽然，我又变成了二十岁，在暴雪中疾步而行，就在此地，只不过是回到了许多年前，回到了那个遥远的星期日：卡明斯基叫我去参加一个会议，听那位奥斯维辛特殊派遣队幸存者讲述他的经历。

我在大象酒店的房间里醒来。

我不再做梦，而是回到了另一场梦里，它是我曾经的人生，也是我未来的人生。

我在路德维格·G.那间带玻璃窗的小房间里，他是布痕瓦尔德诊所传染病区的卡波。这里只有我一个人，所有朋友都已经离开了。

微弱的灯光照着路德维格平放在桌子上的双手。我们一言不发。那位奥斯维辛幸存者的叙述仍然在这片沉默之中回荡着。

他的音调没有任何起伏，节奏倒是不甚规律，时而缓慢，细致，重复絮叨；时而急促，仿佛突然受到了一股强烈的情绪冲击（奇怪的是，当他叙述某个细节的时候：比如一个女人迷茫的目光望向某个亲友，这位亲友在到站月台上进行的挑选程序中被选中，被迫同她分开；又比如一长队被选中者走近消毒楼时，队伍中的某个男人或者女人忽然奋起反抗，仿佛某种隐兆提醒着他/她警惕面前巨大的危险，而伴随这反抗的，却是反抗者同伴们那可怕的"好言相劝"，这位反抗者最终还是随波逐流，几乎是被好心人的手臂架着走向毒气室里那难以想象的死亡。当他叙述这种细节的时候，他的声音便急促起来；而当他以一种全局视角描述恐惧时，他的音调又始终保持匀速，简洁和中立：那是一种抽象的集体恐惧，个体融入其中，仿佛消失在冰冷的熔岩流里，而这熔岩正流载着他们走向一场编排好的死亡之旅）。这位特殊派遣队幸存者的声音依旧在没完没了的沉默中回荡着。

不久前，卡明斯基语气严肃地让我们永远不要忘记奥斯维辛幸存者的叙述，永远不要忘记德国的罪过。

我低吟着贝尔托·布莱希特的诗句：

德国啊，苍白的母亲！

教会我这首诗的，是茱莉亚，移民劳动力组织军事机构的奥地利籍犹太姑娘。

"这是什么？"路德维格问道。

显然，他并不知道这首诗。

然而，路德维格·G.经常同我谈起布莱希特，还给我朗诵过他的诗歌。正因如此，我才背下了他的那首《赞美诗》。然而，我不知道的是，这些诗歌都引自布莱希特的说教剧《措施》：

德国啊，苍白的母亲！

你多么肮脏，

当你坐在各民族中间……

然而，路德维格·G.并不知道这首诗。他倒是记得布莱希特在二十年代创作的另一首诗：

德国，你这苍白的金发人，

有着乱云和温柔的额，

你寂静的天空出了什么事？

你已经成了欧洲的腐肉坑。①

　　我们谈到了德国，她是布莱希特口中苍白的母亲，她的儿子们让德国人民变成嘲笑和害怕的对象；抑或，像他给我朗诵的那首更早创作的诗中说的，这是一个苍白的金发德国，有着乱云和温柔的额，却已成为欧洲的腐肉坑。

　　刺耳的哨声忽然打断了我们在传染病房里微光下的对话。时光飞逝，哨声宣布着宵禁时刻的到来。

　　我要赶快回到我的监区去。

　　外面，夜空明亮，暴雪已停。星星在图林根的天空中闪耀着。我穿梭于医务室四周的小树林中，在嘎吱作响的雪上疾步而行。尽管远处的哨声仍在刺耳地响着，夜却依旧美丽，宁静，安然。世界在月光阴暗的皓白下呈现出一种光芒四射的神秘之感。我不得不停下脚步喘口气。我的心脏狂跳不止。我对自己说，我要一辈子记住这荒唐的幸福感，记住这夜之美。

　　我抬起头。

　　艾特斯伯格的山顶上，橙色的火焰从焚尸炉粗壮的烟囱中喷涌而出。

---

① 贝尔托·布莱希特：《致后代：布莱希特诗选》，黄灿然译，译林出版社，2018年2月。